새드엔딩은
취향이 아니라

삶과 이야기 3

새드엔딩은 취향이 아니라

니콜 슈타우딩거 지음 | 장혜경 옮김

서른둘, 나의 빌어먹을
유방암 이야기

갈매나무

많이 울고, 많이 웃고, 많이 생각하고

영광스럽게도 니콜 슈타우딩거의 책을 또 한 번 번역하게 됐습니다. 잘 읽히고 무척 재미나는 데다 불끈! 에너지까지 솟게 하는 그녀의 책을 세 번이나 만날 수 있었으니 참 운이 좋았습니다.

그녀는 순발력의 여왕이자 일어서기의 여왕입니다. 지금도 여성들에게 순발력을 가르치고 있고, 절망에 빠진 사람들에게 다시 일어설 용기를 주는 데 힘쓰고 있죠. 얼마 전에는 이 고단한 코로나 시대에, 많은 사람에게 용기와 희망을 주기 위해 팟캐스트 방송을 하기도 했습니다.

갈매나무 출판사에서 앞서 나온 《나는 이제 참지 않고 말하기로 했다》와 《다들 그렇게 산다는 말은 하나도 위로가 되지 않아》가 바로 그녀의 순발력과 용기를 전달하는 책인데요. 알고 보면 그녀의 첫 작품은 지금 우리가 읽고 있는 이 책입니다.

아시다시피 이 책은 암 투병기입니다. 사람들이 얼마나 민머리 여성에게 따가운 시선과 아픈 말을 던지는지는 물론, 암

환자들의 불안과 초조함, 독하디독한 항암 치료를 받는 동안
겪어야 하는 엄청난 고통이 고스란히 담겼습니다. 힘든 시간
을 옆에서 묵묵히 함께해준 가족과 친구에 대한 고마운 마음
과 함께 말이지요.

울적하고 슬프기만 할 것 같은 투병 생활 중에도 그녀는 유
머와 웃음을 잃지 않습니다. 그래서 책을 읽는 동안 연신 눈이
촉촉이 젖어 들다가도 피식 웃음이 새어 나오기를 몇 번이나
반복했는지 모릅니다. 그리고 늘 그렇듯 그녀는 씩씩하고 용
감합니다. 어린아이처럼 무서워 벌벌 떨고 엄살을 피우다가도
이내 아자! 주먹을 불끈 쥐며 벌떡 일어서거든요.

책에 이런 구절이 있습니다.

"유방암이요." 나는 정직하게 대답했다. …… 반응은 거의
동일했다. 처음에는 당황하고 불안해하지만 대부분 이런 대
답이 돌아왔다. "아, 우리 엄마/동생/할머니/이모/조카/이웃집
아줌마/친구/동료도 유방암이었어요."

유방암이 여성암 1위이고 점점 증가하는 추세라 독일에선
여성 열 명에 한 명꼴로 유방암을 앓는다니 당연히 그럴 겁니
다. 우리라고 다르지 않을 테니 몰라서 그렇지 아마 우리 주변
에도 많은 환자가 있을 겁니다.

제게도 있었습니다. 소처럼 큰 눈을 끔뻑이던 마음씨 곱고

예쁜 올케. 아직 기저귀도 채 떼지 못한 병아리 같은 새끼를 두고 차마 눈도 감지 못했던 우리 올케. 처음 암이라는 진단을 받고 "그럼 저 죽어요?"라고 물었다던 올케. 그 말을 전화로 전해 듣고 전 말했습니다. 아직 젊었고, 죽음이 너무 먼 남의 이야기였기에 그랬을 겁니다. "요새 유방암으로 죽는 사람이 어딨어?"

저자는 곳곳에서 묻습니다. "나의 질문이 옳았을까?" 저도 이 책을 번역하며 묻고 또 물었습니다. 나의 질문이 옳았을까? 혹여 실수는 아니었을까? 안 그래도 상처투성이 마음에 또 하나의 생채기를 낸 것은 아닐까?

그러기에 여러분께서도 많이 울고 많이 웃되 많이 생각할 수 있으면 좋겠습니다. 이 책이 재미와 감동을 주는 것 못지않게 위로가 되고 도움이 되며 무엇보다 각성의 계기가 되면 좋겠습니다. 동병상련이, 측은지심이, 타산지석이 되면 좋겠습니다.

2021년 4월
장혜경

차례

거기에
혹이 있었다

기분이 날아갈 것 같았다. 아이디어가 떠올라 오래 고민하지 않고 실행에 옮겼는데, 어머, 어머, 웬일이니! 생각보다 더일이 술술 풀렸다. 지난 6개월이 그랬다. 아이디어부터 진짜기발했다. 여성들만 모아놓고 재미난 순발력 강의를 해보자! 이 아이디어를 현실로 만들기 위해 나는 내가 할 수 있는 모든 것을 총동원했다. 언론은 물론 자체 네트워크까지. 그리고 마침내 5월 8일, 첫 강연이 열렸다.

50명의 여성이 신청을 했고 나는 쾰른 근처의 어느 빈집 앞 공터에서 첫 강연을 했다. 여성들은 열광했고 많이 웃었으며 내가 가르쳐준 내용을 실습해 보였다.

나는 라이프스타일 전문 출판사에서 영업부장으로 오래 근무했고 내 직업을 사랑했다. 하지만 1년 전 아이들과 시간을 보내고 싶어 사표를 던졌다. 그럼에도 뭔가 새로운 일, 의미있는 일을 하고 싶었다. 물론 육아가 의미 없다는 것은 아니지만 항상 뭔가 부족하다고 느꼈다. 그래서 트레이너 자격증을 취득하고 순발력 강의를 해보자는 생각을 하게 된 것이다. 강연 제목만 봐도 짐작이 가능하겠지만 말 그대로 여성들의 순발력을 키워주는 게 목적이었다. 앞에서는 한마디도 못 하고 집에 돌아와서 후회로 가슴을 치며 다음번에는 꼭 할 말 다 하겠노라 다짐하는 여성들을 도와주고 싶었다. 그러니까 거의모든 여성들을 내 강연의 대상으로 삼았다는 말이다. 참가자들이 적극적으로 동참할 수 있는 세 시간짜리 강연을 기획하고 완성하기까지 많은 시간과 에너지가 들었다. 완성한 후엔 친구들 세 명을 상대로 시범 강연도 해보았다. 현장실습인 셈이었다. 그리고 마침내 5월 8일 나는 50명의 여성을 앞에 두고 차가운 물 속으로 뛰어들었고, 정말 다행스럽게도 유유히 헤엄을 쳤다. 얼마 안 가 다른 도시에서도 강연 문의가 들어왔고 연말까지 전국적으로 다섯 번의 강연 일정이 잡혔다. 뿌듯했고 행복했다.

6개월간의 고생이 큰 결실을 거둔 덕에 나는 몇 주 동안 계속 들떠 있는 상태였다. 가끔 주변 사람들이 짜증 나지 않을까 싶을 정도로 신이 나 방방 뛴 적도 있었다. 그래도 여태 아무도 내게 짜증을 부린 사람은 없었다. 하긴 나 같은 순발력의 여왕에게 감히 태클을 걸 용기가 쉽게 나진 않겠지…….

"얼마나 더 있어?" 아래층에서 남편이 소리쳤다. 벌써 12년째 내 곁을 지키는 남자. 세상에서 제일 멋진, 두 아이의 아빠.

우리는 온라인으로 만났다. 당시만 해도 채팅으로 만났다고 하면 곱게 보지 않았다. 하지만 우린 상관하지 않았다. 게다가 우리는 채팅만 한 게 아니다. 알게 된 지 사흘 만에 술집에서 직접 만났다. 그리고 그를 처음 본 순간 느꼈다. 저 사람이 내 남편이 되겠구나!

12년이 지난 오늘 그는 아래층 부엌에서 아이들과 함께 초에 불을 붙일 순간을 기다리고 있었다. 오늘이 나의 서른두 번째 생일이기 때문이다. 그래도 남편이 초 서른두 개를 다 켜지는 않았으면 했다. 애 둘을 데리고 그건 너무 힘들 테니까 말이다.

"나 얼른 샤워만 하고 나올게."

남편에게 시간을 주려는 의도였다. 선물을 예쁘게 정돈하고 아이들에게 깔끔한 옷을 입히고 그림책에나 나올 법한 생일 아침상을 내게 선물할 수 있을 시간. 성공한 순발력 여왕인 내게 말이다.

아래층에서 쿵쾅쿵쾅 투닥투닥 법석을 떨었다. 잘 되어가고 있군! 나는 그렇게 생각하며 샤워부스로 들어갔다. 오늘부터 서른둘이구나. 그래도 울적한 마음은 눈곱만큼도 없었다. 나는 지금껏 내 인생에 정말로 만족했다. 사랑하는 남편과 눈에 넣어도 안 아플 아들 둘. 여섯 살이 다 된 큰아들 막시밀리안은 나의 자랑이었고, 둘째 콘스탄틴은 언제나 웃어주는 나의 햇살이었다. 이 세 남자가 나의 행복을 완성시켰다.

더할 나위 없는 행복에 젖은 나는 샤워를 할 때 늘 하던 것처럼 가슴을 만졌다. 열여섯 살 무렵부터 생긴 습관이었다. 왜? 이유는 모른다. 그냥 그래야 할 것 같은 생각에서였다. 나는 나의 큰 가슴을 늘 하던 대로 재빨리 더듬었다. 나는 내 가슴을 속속들이 잘 안다. 벌써 여러 번 혹을 발견하기도 했다.

"유선증입니다. 나쁜 게 아니에요. 생리 때 생겼다가 사라집니다." 내가 다니는 산부인과 의사가 설명했다. "걱정하지 않으셔도 됩니다." 촉진을 할 때면 늘 그녀의 이 말이 머리를 스치고 지나갔다. 오늘까지는, 서른두 번째 내 생일날 아침 아홉 시 무렵까지는, 내가 그 자식과 마주치기 전까지는. 앞으로 몇 달 동안 반갑지 않은 나의 동반자가 될 그 혹, 친구의 추천으로 "카를 자식"이라는 이름을 얻게 될 그 녀석과 마주치기 전까지는 말이다.

오른쪽 가슴의 오른쪽 윗부분, 거기에 혹이 있었다. 암인가? 잘은 모르겠지만…… 아냐, 그냥 결절성 유방질환일 거야. 하지만 너무 딱딱한데? 아닌가? 아, 말도 안 돼. 나 이제 겨우 서른두 살이야. 얼마 전에 X선 검사도 했잖아.

내가 다니는 산부인과 의사의 말이 생각났다. "아이 둘 모두에게 수유를 했다니 X선 검사를 권하고 싶네요. 수유 후에는 받아보는 게 좋아요. 안전한 게 좋으니까요." 솔직히 말하면 그 말을 듣고 몹시 불안했다. 2년 전쯤에 이미 흑색종 진단을 받은 적이 있기 때문이다. 그때 이후로 나는 예방 검진이라면 무조건 흔쾌히 받고 있었다.

X선 검사 결과는 좋았다. "유방조직 치밀도가 아주 낮아요. 마흔 전에는 다시 안 봤으면 좋겠네요." 감사합니다. 안녕히 계세요! 그러니까 걱정할 필요 없어. 혹이 있다고 해도 나쁜 건 아닐 거야.

"자기야, 나 가슴에 혹 있어!"

"노래 불러도 돼?"

"그럼, 당근 불러도 되지……. 신나게 불러봐!"

듣기에 아름답지는 않았지만 목청껏 부르는 아이들의 노랫소리가 울려 퍼졌다.

"오늘은 비가 오고 바람이 불고 눈이 와도 괜찮아."(독일 싱어송라이터 롤프 주코프스키가 지은 어린이용 생일 축하 노래─옮긴이) 콘스탄틴의 발음은 어눌했지만 나는 아이의 말을 다 알아들을 수 있었다. 막스는 촛불을 불겠다고 고집을 피웠다. 자기가 늙은 엄마보다 훨씬 잘 불 수 있다며.

"콘스탄틴, 이 케이크는 네 거 아냐."

"내 거야."

"아냐! 엄마, 아니라고 말 좀 해줘요."

그러니까 모든 것이 평소와 다를 바 없었다. 두 아이의 얼굴이 초콜릿 케이크로 범벅이 되었다는 것만 빼면. 풍성했지만 순식간에 끝난 생일 아침상을 물리고 아이들은 여느 주말처럼 TV에 빠져들었다. 남편과 나는 조용히 커피를 마셨다.

"아까 혹이라더니, 무슨 소리야?"

"아, 가슴에 뭔가 느껴져서. 여기……."

남편이 그 부위를 만지는 동안 나는 이런 말을 기다렸다. "응? 아무것도 없는데." 대신 그는 이렇게 말했다. "그러네, 나도 느낌이 와."

쯧쯧, 남자들이란! 언제쯤 철이 들어 우리가 듣고 싶은 말을 알아서 척척 해줄 수 있을는지. "아냐, 당신 엉덩이가 뭐 살쪄 보인다고 그래? 내 눈에 안 쪄 보이면 안 찐 거야." "당신이 구두가 몇 켤레나 된다고 그래? 그냥 사." 그리고 당연히 이런 말도. "혹? 혹 없는데."

"뭐? 느껴진다고?" 나는 벌컥 소리를 질렀다.

"응, 뭔가 있어. 하지만 나쁜 건 아닐 거야."

"당신이 의사야?"

"자기, 자기가 혹이 있다길래 나도 그런 것 같다고 했을 뿐이야. 근데 왜 나한테 화를 내? 당신 자주 그러는 거 알아? 내일 병원에 가봐. 다 괜찮을 거야."

맞아, 다 괜찮을 거야.

"이따 엄마 오시면 아무 말도 하지 마. 괜히 걱정하시니까."

"엄마 나 가슴에 혹 있어." 엄마의 선물을 풀어보고 10분쯤 지났을 무렵, 결국 내 입에서 이 말이 튀어나오고야 말았다.

"어디? 오래됐어? 나쁜 거 아닐 거야. 그냥 혹일 거야." 엄마의 반응도 그 정도였다.

그것으로 문제는 일단락되었다. 피부암을 발견한 이후 나는 겁이 많아졌다. 지난번에 목이 아팠을 때도 식도에 암이 생겼다고 확신했다. 물론 그래서 우리 식구들이 내 말을 예사로 들어 넘기게 되었다는 뜻은 아니다. 하지만 이 순발력 여사님께서 자기 몸에서 자주 신종 암을 진단하시게 되었다는 것만큼은 사실이다.

몇 주 후 친구들이 고백했다. 그날 생일 축하 전화를 걸었을 때 내가 아주 이상하더라고.

아, 네……
암이네요

앞서 말한 산부인과 의사는 쾰른에 있다. 병원이 쾰른 시내 한복판에 있기 때문이다. 그런데 우리가 애들이 생기면서 시 외곽으로 이사를 했기 때문에, 예약을 하지 않으면 병원에 다녀오는 데 최소 세 시간이 걸린다. 오늘은 도저히 낼 수 없는 시간이었다. 애들을 일찍 어린이집에서 데리고 와서 점심을 먹이고 있었기 때문이다. 그래서 이웃 마을 산부인과에 전화를 걸었다. 특별한 계기는 없었지만 시골 병원을 그렇게 좋게 생각하고 있진 않았다. 우리 엄마는 내가 어릴 때부터 시내에 있는 큰 내과에서 근무하셨고 우리 역시 도심의 병원에 다니고 있었다. 물론 시골 의사라고 해서 다 실력이 없다고 생각했던 것은 아니다. 다만 한 번도 직접 가본 적이 없었다. 뭐 어때? 별것 아닌 혹인데, 이 정도 진단이야 시골 병원으로도 충분할 거야. 나는 그렇게 생각했다.

"아홉 시 45분으로 예약해드렸습니다." 전화기 너머에서 간호사가 말했고, 나는 정확해도 너무나 정확하게 시간을 딱 맞추어 병원에 도착했다. 심장이 두근거렸던가? 잘 모르겠다. 아마 살짝 뛰었을 것이다. 게다가 아무리 좋게 생각하려 해도 병원은 심히 충격적인 모습이었다. 초록색 양탄자라니! 진료실에 양탄자? 그것도 초록색? 마음에 안 들었다. 자기들끼리 속닥거리는 간호사들도, 편치 않은 이 대기실도. 하긴, 뭐 어때? 여기서 숙박을 할 것도 아닌데. 내가 원하는 것은 단 한 가지였다. "혹 아니에요. 아무 문제 없습니다." 이 말만 들으면 다른 건 아무래도 좋았다.

대기실이 꽉 찼고 대부분의 환자들이 나보다 먼저 왔는데도 오래 걸리지 않았다. 의사가 인사를 하고는 나를 고기 만지듯 검사하기 시작했다. 3초도 안 지나 불쾌감이 밀려들었다. 갑자기 의사가 X선 검사는 왜 했는지 물었다.

나는 그에게 이유를 설명했고 놀라운 대답을 들었다. "그렇다면 그 의사는 별로예요. 우리 병원으로 옮기세요." 잠깐 고민 좀 해보고요. 싫어요!

정밀 검사를 위해 방을 옮겼다. 커다란 모니터와 초음파검사기가 놓여 있었다. 병원에 온 후 처음으로 심장이 두근거렸다.

나는 점점 더 호감을 잃어가는 이 남자 앞에서 옷을 벗고 촉진을 받았다. 나 역시 다른 여성들처럼 가슴을 더듬는 차갑고 거친 손길이 좋을 리 없었지만 어쩔 수 없는 것은 어쩔 수가 없다. 의사는 전문가답게 빠른 손길로 촉진을 마치고 기분 좋은 결과를 내놓았다. "아무것도 없습니다. 다 정상입니다." 당연히 이런 인사가 튀어나와야 할 순간이었다. "감사합니다. 그럼 전 꺼지겠습니다." 경험 많은 의사가 내게 괜찮다고 말했으니 의심을 품을 이유가 없었다. 그런데 내 입에서 불쑥 이런 말이 튀어나왔다. "그럼 여기 한번 만져보시겠어요?" 나는 그 문제의 위치를 가리켰다. 그가 다시 그 부위를 만지다가 남 일이라는 듯 툭 이런 말을 던졌다. "아, 네…… 암이네요."

아, 네, 암이네요! 아, 네, 암이네요!! 아, 네, 암이네요!!! 아,

네, 아, 네……. 이 말, 이 말투가 얼마나 자주 귓가를 맴돌았
는지 모른다. 아, 네…… 암이네요……. 이 양반 무슨 말을
하는 거야, 지금? 암이라고? 내 나이 서른둘. 아, 네…… 서
른둘!

"누워보세요." 치밀어 오른 공포에 빠져 허우적대던 나를
그가 사정없이 다시 현실로 끌어당겼다. 무슨 일인지 가늠도
하기 전에 차가운 젤과 초음파검사기가 내 가슴을 쓸고 지나
갔다.

믿을 수 없겠지만 실제로 그는 그렇게 말했다. 그리고 그 말
과 함께 나의 신성한 작은 세상은 끝이 났다. 와장창 깨지고
와르르 무너졌다. 그 단 한 마디로 인해. 그 순간 내 마음이 어
땠는지는 설명하기가 힘들다. 차가운 죽음의 공포가 밀려들었
고 아이들이 생각났다. 아직 어린데, 애들은 어찌 될까? 아직
죽을 수 없어! 무서워 눈물이 줄줄 흘렀다. 나는 의사의 손을
잡고 애원했다. 아닐 거라고, 정기적으로 검진을 받았다고, 병
원에 자주 간다고, 나는 겨우 서른둘이라고, 그럴 리가 없으니
다시 한번 봐달라고.

하지만 보아하니 의대에 다닐 때 심리학 수업이란 수업은
모조리 빼먹었을 것 같은 우리의 "아, 네" 의사 선생님은 평온
한 표정으로 나를 바라보다가 초음파검사기를 거두며 말했다.
"이렇게 과민 반응을 보이시면 제가 진료를 할 수가 없어요.
울음을 안 그치시면 여기서 중단하겠습니다."

나는 정말이지 힘들게 마음을 추슬렀다. 의사는 검사를 이어갔다. 촉진을 하면서도 그는 연신 혼자서 이런 말들을 중얼거렸다. "허, 대박이네. 큰데? 상당해!" 이런 감탄사도 잊지 않았다. "오예, 오예."

평소 같았으면 순발력의 여왕답게 최소 열 마디는 날리고도 남았겠지만, 여기 이 검사실에서 암을 가슴에 담고 초음파검사기 앞에 누워 있자니 정말이지 아무 말도 떠오르지 않았다. 숨이 막혔다. 땅이 갈라지고 죽음의 공포가 밀려들었다. 애들, 우리 아들들…… 세상에! 난 겨우 서른둘이야!

영원히 끝날 것 같지 않던 검사가 끝나자 그는 의자 바퀴를 굴려 자기 책상 쪽으로 갔다. 그리고 내게는 눈길 한 번 주지 않고서 괜히 책상 위를 뒤적대면서 내 질문에 대답했다. 그런 다음 두 장의 팸플릿을 내 손에 쥐어주며 가벼운 말투로 이렇게 말했다. "여기 이 병원에 전화를 하셔서 얼른 예약을 잡으세요. 워낙 환자가 많아서 좀 시간이 걸리기는 할 것 같습니다만." 그러니까, 진료가 끝났다는 말인 것 같았다.

눈물에 가려 앞이 보이지 않았고 발이 떨어지지를 않아 기다시피 진료실을 나왔다. 간호사조차 달려와 도와주지 않았다. 누구 한 사람 괜찮으냐고 물어보는 이가 없었다. 그래도 어찌어찌 병원을 나왔다.

이제 난 금방 죽을 것이라는 확신이 들었다. 나는 엄마에게 전화를 걸었다. 아직도 기운이 펄펄한 쉰셋의 우리 엄마는 앞서 말했듯 쾰른에 있는 병원 내과에서 일하고 있었다. 시설도 좋고 전문의도 두 명이나 되는 큰 병원이었다. 평소엔 근무시간에 절대 엄마에게 전화하지 않았는데, 지금은 평소가 아니다. 오늘 내가 병원에 간다는 걸 알고 있었던 엄마는 내 번호가 뜨자마자 전화를 받았다.

"의사가 뭐라고 하디?" 인사도 없이 엄마가 바로 물었다.

"엄마, 인맥을 총동원해야 할 것 같아."

30분 후 부모님이 우리 집에 도착했다. 늘 그랬다. 부모님은 언제나 든든한 나의 뒷배였다. 묻지도 따지지도 않았다. 선생님께 야단을 맞았을 때도, 친구들에게 따돌림을 당했을 때도, 암 진단을 받았을 때도 부모님은 언제나 내 곁을 지켜주었다. 예전이나 지금이나, 그리고 오늘도.

"당장 뒤셀도르프로 가자." 엄마가 말했다. 난 순순히 부모님을 따라 차에 올랐다. 가는 동안 엄마는 낭종이 틀림없다고 장담했다. "확실해. 100퍼센트야." 엄마는 "아, 네, 큰데" 의사한테 전화를 걸어 환자한테 그따위로 말하는 의사가 어디 있냐고 따지는 것도 잊지 않았다. 역시, 그래야 우리 엄마지! 엄마의 항의에도 의사는 딱 한 마디밖에 안 했다. "그런 식의 대화라면 관심 없습니다." 그리고 전화를 끊어버렸다. 사실 놀랍지도 않았다. 그 남자는 대체 무엇에 관심이 있을까? 무슨 상관이랴. 그 문제는 나중에 고민해도 늦지 않다.

뒤셀도르프의 병원은 우아하고 큼직했고 환했으며 무엇보다 조용했다. 조용해도 너무 조용했다. 우리는 기다렸다. 앞으로 내가 세상 그 무엇보다 증오하게 될 그 일, 기다림. 덤으로 받은 생명의 시간, 상상의 나래를 펼치기에 더없이 완벽한 시간. 그 10분 동안 나의 상상은 나의 장례식으로까지 뻗어 나갔다. 생각만으로도 신체 통증을 유발할 수 있다는 사실이 놀라웠다. 생각은 행동에 영향을 미친다. 그건 누구나 다 아는 사실이다. 하지만 생각이 숨통을 틀어막고 그 정도로까지 공포를 불러올 수 있다는 것은 처음 알았다. 완전히 새로운 경험이었다. 무서웠다. 엄마도 무서웠을 것이다. 내 인생 최악의 시간이었다. 어제만 해도 무사태평이었다. 저녁에 뭘 해 먹나, 그게 제일 큰 걱정이었다. 그런데 오늘 나는 내 몸에서 뭐가 자라고 있는지 알아내기 위해 X선 검사를 기다리고 있다.

검사 자체는 아팠지만 금방 끝났다. 그리고 다시 기다림이 이어졌다. 대기실만 바뀌었을 뿐이다. 이제 나는 진료실 앞 탈의실에 앉아 있었고 엄마는 내 옆에 서 있었다. 둘 다 꼴이 말이 아니었다. 불과 몇 시간 사이에 엄마가 몇 년은 늙어버린 것 같았다. 엄마가 그렇게 가슴 아파하는 모습을 보니 내 마음도 찢어졌다. 내 이름을 부르는 소리가 들렸다.

오늘 아침 그렇게 환자를 막 대하던 시골 의사와 달리 이곳 의사는 마음이 따뜻한 사람 같았다. 하지만 나를 바라보는 그녀의 시선엔 따뜻함보단 걱정이 서려 있었다. 심히 걱정스러운 표정이었다.

"슈타우딩거 씨, 안됐지만 사진이 아주 확실하네요. 좋지 않습니다. 암일 가능성이 매우 높아요." 쿵! 펑! 그렇거나 우려하던 바로 그 말이었다. 내가 암이라니, 그럴 수 없어. 그래서는 안 돼! 이 나이에 무슨 암이야? 애들은 어쩌라고. 자식 키우는 엄마는 암에 걸려선 안 되는 거야.

"더 정밀한 자료가 필요하니까 초음파를 하겠습니다." 초음파가 끝난 후 그녀는 재미난 진단을 덧붙였다. "암이 좋아 보이네요. 경계가 확실해서 검사하기가 좋아요. 음영도 없고요. 림프도 아직 괜찮아 보이고요." 축하합니다! 정말로 예쁜 암이네요. 세상에 이렇게 좋은 일이! 암이지만 예쁜 암이다. 와우!

의사는 설명을 이어갔다. 이런 정황들로 미루어볼 때 낭종이라 생각할 수도 있겠지만 그게 아니라는 명백한 증거가 있었다. 낭종은 혈관을 밀어내지만 암은 혈관을 끌어당긴다. 그런데 나의 경우 그것이 확실히 눈에 보였다.

지금 와서 생각해보면 당시 나는 참 운이 좋았다. 정말로 좋은 의사를 만난 것이다.

그녀는 설명을 마치자마자 곧바로 용기를 북돋아주었고 유방암 완치율이 얼마나 높은지, 유방암 연구가 얼마나 진척되었는지 열심히 설명했다. 하지만 그 순간 내 눈앞엔 죽음뿐이었다. 머리카락 하나 없이 수척한 모습으로 앉아 있는 사람들, 엄마가 어디 갔냐고 묻는 아이들, 하늘을 가리키며 "엄마는 저기 있다"고 대답하는 남편의 모습이 눈앞에 어른거렸다.

엄마는 완전히 맥을 놓고 앉아 고개만 저어댔다. 병상에 누워 가족과 작별 인사를 하는 내 모습이 보였다. 공포, 피와 고통과 죽음이, 엄마를 잃은 두 아이가 보였다. 그것뿐이었다. 남편과 함께 늙어가는 내 모습은 어디에도 없었다. 보이느니 암뿐이었다. 내가 암이야. 그런데도 까맣게 몰랐어! 4주 전에 난 세미나를 열었다. 50명의 여성을 앞에 두고 강의를 했다. 그때도 암이 자라고 있었다. 어떻게 그럴 수 있었을까? 나는 이렇게나 싱싱하고 젊고 건강한데…….

"조직검사 의뢰서를 써드릴 테니 대학병원으로 가세요." 마음이 따뜻하지만 걱정이 많은 의사가 생각에 빠진 나를 다시 현실로 끌어냈다. 접수대의 간호사가 안되었다는 표정으로 나를 바라보았다. 그녀가 얼른 전화를 돌려 내일 아침 조직검사 예약을 잡아주었다. "행운을 빕니다." 의사가 부드럽고 따뜻하면서도 진지한 말투로 작별 인사를 건넸다. 그녀의 음성에서 지금부터 내가 걸어가야 할 길이 얼마나 험난할지 짐작이 되었다.

우리는 집으로 돌아왔다. 나와 부모님과 암. 밑에서 기다리시던 아빠는 얼굴이 창백했다. 아빠는 내내 말씀이 없으셨다. 더 정확히 말하면 입 한 번 떼지 않고 묵묵히 운전만 하셨다. 아마 나와 같은 생각에 머리가 복잡하셨을 것이다. 우리 부모님이 무슨 잘못을 하셨기에 이런 고통을 당하신단 말인가? 부모님은 안 그래도 이미 자식을 하나 잃으셨다. 한 인간이 참을 수 있는 고통의 크기는 얼마일까? 나도 자식을 낳아 기르는 입장이다 보니 부모님의 고통이 짐작됐다. 아마 지금 부모님은 나보다 훨씬 더 고통스러울 것이다. 차에서 남편에게 전화를 걸었다.

"암이래."

"뭐? 그럴 리가 없어."

남편은 말을 잇지 못했다. 나는 울며 소리쳤다. 도저히 믿을 수가 없었다. 친구 두 명에게도 전화를 걸었다. 한 친구는 휴가 중이어서 자전거를 타는 중이었는데 하마터면 사고가 날 뻔했다. 둘 다 나 못지않게 충격을 받았다. 이해할 수가 없었다. 만사가 술술 풀리고 있었는데 이게 무슨 날벼락이란 말인가!

우리는 쾰른 외곽의 작고 조용한 마을에 산다. 어떤 이는 전원의 풍경이라고 생각할 것이지만 시골 생활이 답답하다고 느끼는 사람들도 있을 것이다. 그래도 나는 이곳이 참 좋다. 아이들이 자동차 걱정 안 하고 마음 편히 놀 수 있고 이웃들도 참 좋아서 이곳이 꼭 고향같이 푸근하다. 그런데 오늘은 집에 들어갈 수가 없었다. 내가 집안 분위기를 암으로 물들일 것만 같았다.

집에 도착하니 마침내 현실감이 밀려들었다. 뒤셀도르프에선 아직 암이 병원에 갇혀 있었지만, 여기 도착하니 암이 활개를 치며 우리의 삶과 집안 곳곳에 독을 뿌려댔다. 아이들은 벌써 집에 와 있었다. 남편이 아이들을 어린이집에서 데려온 것이다. 나를 보자 아이들이 달려왔다.

"엄마!"

달려드는 아이들을 덥석 안을 수가 없었다. 고통 때문에 곧 죽을 것만 같았다. 아이들을 밀어버릴 수도, 그렇다고 끌어안을 수도 없었다. 불쌍한 내 새끼들. 이제 곧 엄마 없는 아이들이 될 것이다. 어찌 살까? 누가 챙겨줄까? 누가 밤마다 책을 읽어주고 머리를 쓰다듬어줄까? 누가 연애 상담을 해줄 것이며 누가 집에 늦게 왔다고 호통을 쳐줄까? 남편이 혼자서 그걸 다 어떻게 감당할 수 있을까? 마음이 너무 아팠다.

부모님께서 오후 내내 아이들과 놀아주셨다. 덕분에 남편과 나는 이야기를 나눌 시간을 얻었다. 하지만 사실 대화는 불가능했다. 할 말이 없었으니까. 암인 것은 확실했지만 그 이상 아는 게 없었다.

제일 먼저 정신을 차린 사람은 엄마였다. 적어도 제일 먼저 정신 차린 척을 했다.

"의사 선생님 하신 말씀 잘 들었지? 림프는 아직 괜찮아 보인다잖아. 일찍 발견했어. 괜찮을 거야."

"안 괜찮으면?"

"절대 그런 일 없어."

"엄마, 안 괜찮으면 어쩌지?" 우리는 울기 시작했다.

"내 말 잘 들어." 엄마가 심각한 표정으로 나를 쳐다보며 여태 한 번도 들어본 적 없는 말투로 이렇게 말했다. "절대로 그런 일은 없어!"

날이 어떻게 저물었는지 기억이 나지 않는다. 나는 막스와 함께 큰 침대에 누워 잠이 들었고, 그날 밤 계속 자다 깨다를 반복했다. 이게 다 악몽이라는 생각도 잠깐 들었지만 결코 꿈이 아니었다. 난 암에 걸렸다. 왜 하필 나지? 내가 그렇게 나쁜 사람인가? 대체 내가 뭘 잘못한 거야?

나의 영웅

아침이 되어 아이들을 어린이집과 유치원에 보내고 남편과 나는 뒤셀도르프로 향했다. 가는 내내 둘 다 말이 없었다. 각자 자기 생각에 빠져 있었다.

"알지? 아빠는 늘 네 생각뿐이다."

아빠의 문자가 휴대전화에 찍혔다. 네. 알아요, 아빠. 아빠가 내 걱정을 안 해도 되기를 진심으로 기도했다.

남편과 나는 아주 깔끔한 대기실에 자리를 잡고 앉았다. 의자 등받이가 어찌나 높은지, 기절을 해도 넘어지지 않을 것 같았고 양옆에 누가 앉았는지 보이지도 않았다. 마침 그 순간의 나한텐 더없이 안성맞춤인 의자였다. 그날 나는 차 안에 외투를 벗어두면서 척추와 골격과 근육까지 다 벗어두고 온 것 같은 기분이었기 때문이다.

진료실로, 그 도살대로 들어가던 순간이 지금까지 내 인생에서 최악의 순간이었다. 이제 이곳에서 내가 얼마나 살 수 있을지 알려줄 것이다. 담당 의사인 베르트람 박사님은 아주 조용하고 얌전한 남자였다. 상당히 젊어 보이는 것이 40대 초반 아니면 중반인 것 같았다. 첫눈에 그가 좋아졌다. 그도 내가 마음에 든 것 같았다. 그는 검사를 하면서 한마디도 하지 않고 검사를 마친 후에는 울어 퉁퉁 부은 내 눈을 지그시 바라보았다. 그리고 어제 만난 의사처럼 암과 림프가 착해 보인다고, 예쁘다고 말했다. 적어도 그 점만큼은 모두의 의견이 일치했다. 이렇게 감격스러울 수가! 나는 구두나 핸드백, 혹은 지는 해를 보고 예쁘다고 생각한다. 그런데 암을 보고 예쁘다니!

베르트람 박사님은 조직을 채취하고 오래오래 가슴을, 특히 겨드랑이를 집중 검사했다.

"림프는 전혀 이상이 없습니다."

"좋은 거죠?" 나는 살짝 겁에 질려 물었다.

"아주 좋지요." 그가 장담했다.

"왜 그렇게 심각한 표정으로 절 빤히 보세요?" 나는 또 물었다.

"너무 힘들어 보이셔서요. 아직 쇼크 상태일 겁니다." 아, 그래? 그게 다 뭐 때문이겠어?

"저 아직 죽을 수 없어요. 아이들이 있어요." 이렇게 말하면 그가 뭐든 바꾸어줄 수 있을 것처럼 나는 그에게 매달렸다.

"네, 그럼요. 암으로 죽는 사람도 있지만 환자분은 아닙니다."

하! 나는 고개를 돌려 이 말을 같이 들은 증인을 찾았다. 나의 눈길이 상냥한 금발 간호사와 남편에게로 향했다. 당신들도 들었지? 아니면 내가 꿈을 꾸고 있는 거야?

"안 죽는다고요?" 믿기지는 않았지만 그래도 나는 희망에 부풀어 물었다.

"네. 치료 잘 받으시면 기대수명이 여기에 있을 겁니다." 그는 내게 용기를 주기 위해 손을 천장을 향해 높이 올렸다. 내가 이렇게 순식간에 사랑에 빠지는 금사빠인 줄은 미처 몰랐다. 갑자기 그가 이 세상 최고의 미남으로 보였다. 나의 기사님. 자기, 안녕. 난 베르트람 박사님한테로 갈 거야. 미안하지만 이분은 여자를 건강하게 만들어주잖아. 자기는 절대로 할 수 없을걸.

한 시간이 넘도록 나의 영웅은 온갖 질문에 정성껏 대답을 해주었다. 조직검사 결과는 아직 안 나왔지만 그는 앞으로 있을 일들을 정확하게 예측하였다. 그리고 그 예측은 지금까지도 정확히 맞아떨어지고 있다. 그러니까 나의 영웅은 의사일 뿐 아니라 예언가이기도 했다. 그는 암이 고도로 공격적이라고 설명했다. 그동안 매일 촉진을 했고 정기 검진도 꼬박꼬박 받았고 X선 검사까지 했으니, 그만큼 진행이 빨랐다는 소리인 것이다. 그는 또 수술 전 보조요법이 하나의 가능성 있는 선택지인데, 운이 좋으면 수술하지 않고 그 치료만 받아도 암이 사라질 것이라고 설명했다.

"전이되지 않았을 가능성이 99퍼센트입니다."

난 이 남자를 사랑해!

"크기는 크지만 예측 가능한 암입니다."

세상에, 너무 멋져!

나의 영웅이 소견서를 쓰는 동안 친절한 간호사가 조직검사 상처를 치료해주었다. 러시아 여자였는데 스물다섯 살 정도로 보였다. 나는 러시아 여자들을 정말 좋아한다. 같이 근무했던 동료 중에도 러시아 여자가 많았다. 솔직하고 때로는 거친 그들의 언행이 어쩐지 마음에 와닿았다. 그녀가 압박붕대를 힘껏 둘렀다. 나는 여전히 울음을 그칠 수가 없었다. 하지만 이제 그 울음에는 간신히 죽음을 면했다는 안도감도 살짝 섞여 있었다.

그녀가 대담하게 나를 빤히 쳐다보더니 사랑스러운 억양으로 이렇게 말했다. "암은 저희가 치료할 수 있어요. 하지만 환자분의 마음은 어떻게 해드릴 수 없답니다. 환자분은 열심히 사세요. 암은 저희가 없애드리겠습니다. 아셨죠?"

네, 알겠습니다! 앞으로 내가 어떻게 살아야 할지를 너무나도 간단명료하게 가르쳐준 말이었다. 그래도 혹시나 하는 마음에 나는 소리 죽여 물었다. "베르트람 박사님께서, 다 나았다가 죽은 사람도 있다고 말씀하신 적은 없나요?"

"없어요." 잘 알겠습니다! 그녀는 알까? 그녀가 내게 얼마나 귀한 말을 해주었는지. 따뜻하게 보호를 받고 있다는 기분이 들었고, 24시간 만에 처음으로 작은 희망의 불꽃이 타올랐다.

편집중

두 시간 반 전 병원에 들어설 때보다 훨씬 나아진 기분으로 병원을 나섰다.

"의사가 분명히 말했지? 나 안 죽는다고 그랬지?" 남편에게 열 번도 더 물었을 것이다.

"그럼! 분명히 그렇게 말했어." 남편도 안도한 기색이 역력했다. 남편을 데려오기를 잘했다 싶었다. 조직검사 결과는 이틀 후에나 나올 것이다. 양성이라는 희망은 애초에 접었지만 적어도 살아남을 수는 있다고 한다. 그런데 이제 뭘 하지? 암인데 그냥 집에 가서 손 놓고 가만히 있을 수는 없는 노릇이었다.

우리는 곧바로 우리 집 주치의한테로 달려갔다. 우리 엄마가 모시는 두 분의 상사 중 한 분이었다. 당연히 엄마한테 들어서 내 상황을 이미 알고 있었다. 우리는 오래 이야기를 나누었다. 몇 년 전 종양학과에서 근무한 적 있는 그는 내가 화학요법과 관련하여 많은 질문을 던져도 모두 대답을 해줄 수 있는 분이었다. 무엇보다 그는 내가 여태 몰랐던 정보를 하나 알려주었다. 바로 병기결정 Staging 이었다. 체내 전이 여부 검사를 그렇게 불렀다. 베르트람 박사님도 그 말을 한 적이 있었지만 그때는 반은 듣고 반은 흘려버렸다. 내 귀에는 오직 "림프는 아주 좋아요"와 "전이되지 않았을 가능성이 99퍼센트입니다"라는 말만 들렸기 때문이다.

유방암의 경우 명확히 정해져 있었다. 암이 발견되면 병기결정을 위해 세 가지 검사를 해야 한다. 흉부 방사선(이건 피부암일 때 이미 한 적이 있다. 그때는 내가 원해서 했다), 간 초음파, 뼈섬광조영술_{bone scintigraphy}.

"근데 림프가 괜찮으면 걱정할 필요가 없는 거죠?"

"그렇겠죠. 하지만 그걸 알면 검사를 받을 필요도 없을 테죠." 의사가 설명했다.

베르트람 박사님은 이 검사들을 자기 병원에서 받을 수도 있지만, 가능하다면 더 빨리 받을 수 있는 방법을 자력으로라도 찾아보라고 권했다. 나는 이 "자력으로"와 급히 친구를 맺기로 마음먹었다. 맥 놓고 가만히 있을 수는 없었으니까.

"네, 저도 알아야겠어요. 제가 싸울 적군이 그냥 암인지, 아니면 훨씬 더 큰 녀석인지. 당장 알고 싶어요." 나는 의사에게 애원했고 의사는 전화를 걸어 동료가 근무하는 병원에 예약을 잡아주었다.

"잠을 잘 수 있고 불안을 줄일 수 있게 약을 처방해드릴 수 있어요." 친절하게도 그가 이런 제안을 했다. 매력적인 제안이 아닐 수 없었다. 무엇보다 잠을 잘 수 있다면 정말로 좋을 것 같았다. 진단을 받은 어젯밤에도 거의 잠을 자지 못했다. 두 시간을 채 넘기지 못하고 깨어서 남은 그 끝없이 긴 밤을 보내며 나를 주인공으로 온갖 호러 영화를 찍어댔다. 앨프리드 히치콕도 저리 가라 할 스릴 넘치는 스토리였다.

그랬으니 나는 "잠을 잘 자게 해주겠다"는 의사의 제안을 덥석 물었다. 지금 와서 생각해보면 내 인생 최고의 결정 중 하나였던 것 같다(되돌아보니 딱 사흘만 수면제를 먹었고 그 이후로는 약 없이도 다시 잘 잘 수 있었다. 하지만 그 사흘이 중요했다).

항불안제도 유혹을 느꼈지만 그건 거부했다. 나는 이 모든 시나리오를 몽롱한 상태로 경험하고 싶지 않았다. 자학을 즐기는 사람이어서가 아니라, 뭔지는 몰라도 이 모든 일이 내 인생에 유익할 것이라는 확신이 있었기 때문이다. 이런 일이 일어난 건 이유가 있어서다. 그것이 무엇인지를 알아야 한다. 나는 그렇게 믿었다. 그랬기에 아무리 힘들어도 이 시간을 초롱초롱한 정신으로 견디고 싶었다.

한 시간 후 나는 또 다른 병원에서 X선 검사를 받았다. 24시간 동안 찾은 병원과 만난 의사가 지난 32년 동안 찾았던 병원과 의사보다 많았다.

X선 촬영이야 잘 아는 절차였다. 친절한 간호사가 숙달된 솜씨로 촬영을 한 후 환자를 다시 진료실로 돌려보내면 거기서 의사가 결과를 알려주었다. 보통의 경우 이 모든 과정은 그저 재미없고 따분한 절차에 불과하다. 하지만 암 진단을 받은 지 얼마 안 된 사람에게는 그것조차 재앙이 된다. 또다시 기다림이니 말이다. 기다림의 시간엔 언제나 상상의 극장이 열린다. 커튼이 걷히고 무대가 보인다. 오늘 공연할 연극의 제목은 "니콜의 종말 시나리오"다. 내 영웅 베르트람 박사님이 해주신 용기 나는 말들은 잊은 지 오래였다. 그리고 그사이 그 녀석이 또 찾아왔다. 불안과 공포가 말이다.

이곳의 친절한 간호사는 나를 안심시켜주지 않았다. 모니터에 화면이 뜨는 동안 아무 말도 해서는 안 되기 때문이다.

"여기서 얼마나 근무하셨어요?" 내가 밝은 척하며 물었다.

"23년 근무했습니다."

"그럼 뭐가 보이는지 말씀해주실 수 있겠네요."

"저희는 그럴 수가 없습니다."

오호, 그래? 말은 하면 안 되고 친절한 미소는 지어도 되나 보지? 결과가 좋다면 분명 말했을 거야. 안 좋으니까 입을 다무는 거지. 세상에나, 흉부 방사선에 전이가 보이나 봐. 헉, 어쩌지! 하지만 베르트람 박사님 말씀으로는…… 아, 그 사람이 뭘 알겠어? 아직 어리던데. 그 나이에 환자를 봤으면 얼마나 봤겠어? 난 죽을 거야. 온몸으로 전이가 된 거야. 며칠 전부터 거기가 아팠어. 음, 거기…… 그러니까, 어디지? 어딘지는 몰라도 분명히 아팠다니까. 눈에 눈물이 가득 고였다.

"대기실에서 기다리세요. 선생님께서 금방 부르실 거예요."

당연하지. 기꺼이 기다리지. 정말 기꺼이 기다릴 거야. 남편이 옆에 앉아 함께 기다렸다. 대기실이 꽉 찼는데도 자꾸만 사람들이 밀려들었다. 한 사람씩 이름을 불렀다. 나보다 늦게 온 사람들 이름도 불렀다. 남편이 내 손을 꽉 쥐었다. 나는 아무 말도 하지 않았다. 아니, 할 수가 없었다. 벌써 나의 부고를 머릿속으로 작성하고 있었으니 말이다. 검은 옷은 싫다. 꽃도 싫다. 장기는 기증하고 싶다. 하지만 말도 안 되는 소리! 암 환자의 장기를 누가 기증받으려고 하겠는가? 친구들이 울까?

"슈미츠 씨, 3번 진료실로 들어오세요."

남편이 새장가를 갈까? 절대로 안 돼. 날 애도해야지, 평생. 내가 너무 이기적인가? 하지만 새엄마가 우리 애들을 안 예뻐하면 어쩔 거야?

"뮐러 씨, 1번 진료실로 들어오세요."

저 여자는 나보다 늦게 왔는데! 하긴 꼴찌도 나쁘지 않아. 사형선고를 받고 제정신이 아닌 내 꼴을 아무도 못 볼 테니, 차라리 더 나아. 부모님이 우리 집으로 들어오시면 좋을 것 같다. 그럼 남편도 혼자가 아니어서 좋을 테고 아이들도 할머니 할아버지가 계시니 좋을 것이다. 그래, 그게 최선이야. 남편이 여자를 데려올 때마다 엄마가 쫓아버릴 테니까. 근데 그 여자한테 우리 애들이 '엄마'라고 부르면 어쩌지? 생각이 거기까지 나아갔다. 나는 벌써 남편한테 화가 났다.

"슈타우딩거 씨, 2번 진료실로 들어오세요."

나는 가만히 앉아 있었다. 남편이 나를 툭 쳤다. 들어가지 않을 것이다. 뭐 하러 들어가겠는가? 피할 수 없는 말을 굳이 듣겠다고? 내가 죽어야 한다는 말을 들으려고? 둘러보니 진짜로 내가 마지막 환자였다. 그래, 내 생각이 맞았어!

"어서 오세요. 앉으세요." 나이 지긋한 의사가 다정하게 우리를 맞이했다. 나는 그의 이름도 몰랐다. 이제 와 새로운 사람을 사귀는 것이 무슨 의미가 있겠는가? 그러니 이름이야 더 알 필요가 없었다.

"앉지 않겠습니다. 그냥 말씀하세요." 지금 와서 생각하면 나는
정말로 많은 사람을 괴롭혔다.

경험 많은 그 의사는 학교 다닐 때 심리학 수업을 남들보다
두 배는 더 들은 게 분명했다. 갑자기 그의 눈동자에 온기와 이
해가 스미더니 딴말하지 않고 미소를 지으며 내 손을 잡았다.
"다 정상입니다. 2년 전에 찍은 필름과 대조해보니 의심의 여
지가 없습니다. 최상입니다." 또다시 나는 생판 처음 보는 남
자한테 푹 빠지고 말았다. 더 심각했던 건 육체적으로도 사랑
을 나누었다는 것이다. 내가 그의 목을 끌어안으며 이렇게 물
었기 때문이다. "흉부 방사선에 전이가 없어요?"

"흉부 방사선엔 전이가 없습니다."

그는 진단을 받은 지 얼마나 되었냐고 묻고는 유방암은 치
료가 잘 되는 병이라고 장담했다. 그리고 내게 건투를 빌어주
었다. 나는 그에게 최소 한 번의 로또 당첨과 열 명의 미녀를
빌어주었다. 갑자기 나의 영웅 베르트람 박사님이 떠올랐다.
어마어마한 환자를 경험하시고 똑같은 예언을 해주셨던 그분.
그러니 나의 영웅이지. 나의 영웅에게 그 정도야 껌이지.

"자기, 사실은 나도 알고 있었어. 다 괜찮을 거야." 나는 자
신감에 넘쳐 이렇게 호언장담했다. 암이 낫거든 편집증 검사
를 한번 받아봐야 하나……

달리기 혹은
달아나기

병에 걸리는 바람에 인생이 완전히 달라지는 사람들이 있다. 병에 걸리고서야 진짜 소중한 것이 무엇인지 깨닫는다. 아이들이, 가족이, 물질적이지 않은 것이 얼마나 소중한지 새로이 절감한다. 그래서 삶의 우선순위를 바꾸고 깨달음을 얻었다고 느낀다. 친구도 정리하고 식습관도 바꾸고 난생처음 나무 사이로 비쳐드는 햇살을 즐길 수 있게 된다.

물론 나는 이런 종류의 사람은 아니다. 앞서 말한 것들이 별로라고 생각해서가 아니라 예전부터 그것의 소중함을 알고 있었기 때문이다. 나는 매일매일, 정말로 매일매일 내가 가진 것에 감사한다. 결코 나의 건강이 당연하다고 생각하지 않는다. 아마 우리 가족에겐 삶의 우선순위를 고민할 이유가 충분했기 때문일 것이다. 1년 전쯤 나는 돈 많이 주는 직장에 사표를 냈다. 허덕거리며 살고 싶지 않았다. 그리고 피부암을 발견하고 나서는 조깅을 시작했다. 암의 품으로 달려들고 싶지 않았다. 암으로부터 달아나고 싶었다. 그렇다고 해도…… 어쩜 다 헛소리일 것이다. 어쩜 이렇게 될 운명이었을 것이다. 달리기는 이제부터 걸어가야 할 길에서 혹시라도 길을 잘못 들까 봐 미리 익혀둔 재주일지도 모른다.

2012년 주치의가 전화로 암 진단 사실을 알렸다. "이런 말씀 드리기 좀 그렇지만 흑색종이었더군요……. 그래도 걱정하지 마세요. 절제했으니 괜찮습니다. 주변 건강한 조직까지 다 제거했거든요." 그 소식을 듣고 조깅 프로그램에 등록하기로 결심했다. 뭐든 해야 할 것 같았다. 스트레스가 심한 직업에다 두 번의 임신, 무엇보다 먹을 것을 너무 밝히는 식탐 탓에 살이 많이 쪘고 생활습관도 건강하지 못했다. 암이 생긴 것도 어찌 보면 당연한 결과였다.

조깅 프로그램은 딱 12주면 30분을 뛸 수 있게 될 것이라고 약속했다. 나는 의욕에 불타서 일단 쇼핑부터 하러 갔다. 조깅복과 조깅화, 최고 중의 최고로. 뚱뚱해? 괜찮아. 운동신경이 없어? 그럼 어때? 하지만 스타일이 별로? 내 사전에 그건 절대 있을 수 없었다.

일주일에 한 번 날씨에 상관없이 실외 운동장에서 수업을 했다. 정말로 날씨가 아무리 험해도 수업은 진행됐다. 웜업조깅과 협응운동Coordination Exercise. 우리 같은 초보자들은 웜업 시간이 짧았다. 우리는 30초로 시작했다. "가소롭군"이라고 막 말을 뱉으려 했지만 그럴 수가 없었다. 7초가 지나자 이미 숨이 찼기 때문이다. 10초가 지나자 선생님의 스톱워치가 고장이 난 것은 아닌지 의문이 들었고 15초가 지나자 여기는 내가 올 곳이 아니라는 확신이 들었으며 30초가 되자 삶보다는 죽음에 더 근접한 상태가 되었다. 더구나 할 일이 산더미였다. 일주일에 한 번 수업을 듣고 나면 선생님이 숙제를 가득 내주셨다. 하긴, 안 그랬으면 12주로는 어림도 없었을 것이다.

수업은 기대와 달리 최고였다. 나는 열심히 따라 했고 한 번도 빠지지 않았으며 숙제도 꼬박꼬박 했고 바람이 불고 비가 내려도 힘껏 달렸다. 록키 발보아의 딸이라도 된 것 같은 기분에 사로잡혀서 말이다. 그랬더니 세상에나! 2월의 어느 목요일 밤, 영상 2도의 차가운 비가 내리는 날, 처음으로 30분을 주파했다. 정말 황홀했다. 예전 체육 선생님이 날 보시면 뭐라고 하실까 궁금했다. 학교 다닐 때 늘 체육 점수가 엉망이었으니, 인생 최초의 체육 훈장을 남들보다 20년이나 늦게 탄 셈이었다.

그날부터 나는 지금까지 조깅을 하고 있다. 하지만 솔직히 말하면 한 번도 즐거웠던 적은 없다. 달리기 전에도, 달리고 있을 때도, 달리고 난 후에도 즐겁지는 않았다. 물론 조깅 덕분에 아스트리트를 만날 수 있었다. 그것만 해도 더 바랄 것이 없다. 아스트리트는 소중한 나의 친구가 되었다. 우리는 조깅을 하면서 자주 암에 대해 이야기를 나누었다. 왜 그랬을까? 잘은 모르겠지만 아마 겁이 없었기 때문일 것이다. 제일 컨디션이 좋을 때는 이틀에 한 번꼴로 7킬로미터를 달리며 마치 불사조라도 된 듯한 기분에 사로잡혔다. 나는 15킬로그램을 감량했고 앞서 말했듯 사표를 던졌으며 코칭 강사로 새로운 인생을 시작했다. 아이들은 건강했고 나는 스포티한 뉴커머였다. 부러울 것이 없었다. 완벽한 인생이었다. 그러나 운명의 뜻은 달랐던 것 같다.

카를 그 자식

암 진단으로 바뀐 것은 나만이 아니었다. 주변 사람들 모두가 내 소식에 큰 충격을 받았다. "당사자"로서 그런 소식에 대처하는 방법에는 여러 가지가 있다. 어떤 이는 일단 숨어들어 혼자서 마음을 추스를 것이다. 하지만 마음을 추스르려면 먼저 사람들과 대화를 나누어야 하는 사람들이 있다. 어쩜 당신은 나도 그런 종류의 사람일 것이라고 생각할지 모르겠다. 그런데 나는 그러지 않았다. 당장 아는 사람들에게 전화를 돌리기엔 너무나 기운이 없었다. 평소엔 한시도 휴대전화를 손에서 놓지 않았지만, 진단을 받은 후로는 몇 시간씩 휴대전화를 집에 두고 나가기도 했다. 대화는 하고 싶었지만 언제 누구랑 할지는 내가 정하고 싶었다.

어떻게든 세상이 가만히 멈추어 있었으면 했다. 어쨌거나 나는 암 환자였다. 하지만 충격이 너무 컸기에 내가 먼저 그 충격을 친구들에게 알리자고 마음먹었다. 페이스북에 진단 사실을 포스팅하자고 말이다. 몇 달 전에는 순발력 강의 소식으로 이곳 친구들을 괴롭혔다. 강의 소식을 듣고 친구들은 놀랐을 수도, 감동을 받았을 수도 있다. 그런데 이제 친구들은 그 신나던 나의 세상이 얼마나 순식간에 엉망진창이 되어버렸는지를 알게 될 것이다. 나는 서른둘이고 아이가 둘이며 유방암 환자다. 그러니 모두 나를 응원해줘!

당연히 그런 방법이 별로라고 생각할 사람들도 있을 것이다. 하지만 어쨌든 그것 역시 나의 결정이니 나는 좋았다. 지금껏 나는 무슨 일이든 소중하지 않은 사람들에게까지 일일이 설명할 필요는 없다고 생각했다. 그 생각은 암이 생겼다고 해도 달라지지 않았다. 그런데 페이스북에서의 반응이 압도적이었다. 친구들은 온라인상으로는 물론이고 실제로도 달려와 응원해주었고 나는 그것으로 큰 위안을 받을 수 있었다.

주변 여자들에겐 내가 어쨌건 위태로운 인물이었을 것이다. 내가 암을 그들 가까운 곳으로 데려왔으니 말이다. 이제 유방암은 먼 곳에서 일어나는 남의 일이 아니었다. 물론 다들 가까운 지인이나 친구, 가족 중에 유방암에 걸린 사람들이 있을 것이다. 하지만 대부분이 나만큼 젊은 나이는 아니었을 것이고, 결과도 상대적으로 좋았을 것이다.

사람에 따라 반응도 정말 가지각색이었다. 나는 그 반응을 모두 이해했다. 가령 한 친구는 아주 대놓고 이렇게 말했다. "널 어떻게 대해야 할지 모르겠어."

나는 그 말이 솔직하다고 생각했고 이해도 되었다. 그래서 담담하게 대답했다. "평소처럼 대해주면 되지."

친구 안케는 인터넷을 뒤져 엄청난 정보를 찾아낸 다음 파일로 잘 정리해서 우리 집으로 가져다주었다. 자료를 찾아보니 완치율이 최고라는 합리적인 장담도 빼놓지 않았다.

친구 게리는 그녀답게 반응했다. 파도에 맞서는 바위처럼. 그녀는 따스한 말과 함께 줄곧 내 곁을 지켰다. "니콜, 난 너보다 용감한 사람을 본 적이 없어. 넌 이겨낼 거야, 아주 가볍게."

게리는 든든한 버팀목이다. 자주 보지는 못하지만, 그녀는 내가 새벽 세 시라도 달려가 초인종을 누를 수 있는 사람이다. 그럼 그녀는 아무것도 묻지 않고 나를 집에 들일 것이다.

내 친구 중에서 제일 나이가 많은 율리아는 겁에 질려 울기 시작했다. "그럴 리가 없어." "조직검사 결과도 안 나왔는데 어떻게 알아?" "이제 어떻게 해야 해?" 그리고 말했다.

"카를 그 자식은 언제 꺼진대?"

"누가? 어디로 꺼져?"

"네 가슴에 있는 그 빌어먹을 놈의 자식을 이제부터 '카를'이라고 부를 거야."

나쁘지 않은 아이디어라고 생각했다. 그 자식에게 큰 관심이 있는 건 아니지만 기왕 왔으니 이름 하나쯤 지어주는 것도 나쁘지는 않을 것이다. 혹시 아나? 이름을 지어주면 기분이 좋아져서 더 빨리 가버릴지도.

친구 아스트리트는 휴가 중이었는데 돌아오자마자 우리 집으로 달려와 나와 같이 울었다.

"뛰어서 암한테서 달아나자고 했잖아."

"그래, 그랬었지. 앞으로도 그럴 거야."

아스트리트는 내가 아는 사람 중에 가장 동정심이 많은 사람이다. 상심에 젖은 내 모습을 보았으니 아마 온몸이 아팠을 것이다. 우리는 산책을 하며 이런저런 이야기를 나누었다. 지난 며칠 동안 겪었던 일들을 그녀에게 털어놓으니, 대화로도 치료가 된다는 말이 실감이 났다. 그날은 마침 그리스도 성체 성혈 대축일이었다. 우리는 공원에서 친구 가비를 만났다. 페이스북을 보고 내 진단 소식을 알고 있던 그녀가 곧장 우리한테로 달려왔고, 우리는 셋이서 같이 울었다.

"우리 이웃집 아줌마도 여장부야. 그 아줌마도 이겨냈으니까 너는 말할 것도 없어." 그녀가 용기를 주었다.

"당연하지. 나도 이겨낼 거야." 내 입에서도 용기의 말이 튀어나왔다.

하지만 더 이상의 대화는 불가능했다. 찬송가가 들려왔다! 성체성혈 행렬이었다. 신앙심 넘치는 가톨릭 신자들이 심각한 표정으로 우울하게 우리 곁을 지나갔다.

"깜깜한 밤이라 믿어도 어디선가 빛이 비치리라." 신부의 장엄한 목소리가 확성기를 통해 울려 퍼졌다. 상황이 참 묘했다. 엉엉 울던 우리 셋이 배를 잡고 웃기 시작했다.

"그럴 리가. 건강할 때도 안 믿었는데 암 판정을 받은 이 상황에서 저 말을 믿으란 말이야?"

"혹시 뭘 알고 그러는 거 아닐까?" 가비가 목소리를 낮추며 물었다.

"이제부터 알 수 있어."

"뭘 보고?"

"기다려봐. 알고 그런 말을 한 거면 나를 볼 때 머리를 오른쪽으로 젖힐 거야. 그럼 다 들었으니 잘되기를 바란다는 뜻이야. 그리고 응원의 뜻으로 양 주먹을 불끈 쥘 거야."

"니콜, 너 미쳤구나!"

친구들이 깔깔 웃었다. 그 순간 마침 신앙심도 깊고 정치의
식도 높은 우리 이웃 주민들이 우리 곁을 지나갔다. 뮐러 부인
이 마이어 부인을 툭 치며 속삭였다. "저기 저 여자야."

마이어 부인과 슈미츠 부인과 다른 모든 사람이 우리 쪽으
로 고개를 돌리더니 살짝 고개를 젖히고 다 안다는 듯 고개를
끄덕였다. 우리 동네 신부님이 앞으로 고난의 길을 걸어갈 나
에게 그의 힘과 신의 힘을 선사하려는 듯 연극배우처럼 주먹
을 하늘로 치켜들었다. 그 순간 우리에겐 정말이지 그 힘이 필
요했다. 너무 웃어서 오줌을 지릴 지경이었으니 오줌을 참기
위해선 힘이 절실히 필요했던 것이다.

바람에 실려 이웃들의 대화가 내 귀에까지 날아왔다. "저
여자가 암이래." "어머, 너무 젊다." "그러게 말이야." "환자 나
이가 점점 젊어져. 그래도 완치 가능성이 크다고 하더라고."
"그건 모르지. 의사들이야 늘 좋은 말만 해주잖아." "애들이
아직 너무 어려. 예방검진을 안 받은 걸까?" "그건 나도 모르
지. 스트레스를 많이 받는 것 같지는 않던데." "예방검진은 꼭
받아야 해. 안 받으면 걸려도 할 말이 없어." "맞아, 맞아. 그
래서 나는 정기적으로 꼭 받는다니까." "맞아. 근데 오늘 저녁
에 뭐 해 먹어?" "슈바이네브라텐!(돼지고기 목살이나 등심 부
위를 야채와 함께 오븐에서 쪄 익힌 독일 전통 요리―옮긴이)"

"맛있겠다!"

며칠 전만 해도 나도 저러지 않았을까? 조용히 자문해보았다. 아냐, 절대 아냐. 난 성체성혈 행렬에 참석한 적이 없어. 그리고 난 슈바이네브라텐 안 좋아해.

엄마가 아파

이러지도 저러지도 못하는 이 엉거주춤한 시간이 온 신경을 갉아먹었다. 아직 치료 계획도 안 잡힌 데다 두 번의 병기결정 검사를 더 받아야 했으나 사실상 할 수 있는 것이 없었다. 무엇보다 카를 그 자식과의 싸움을 시작할 수조차 없다. 그런 상황이 신경을 곤두세웠다. 암이 더 자라지 못하게 약이라도 주면 안 될까? 지금도 암이 온몸으로 퍼지고 있을까? 지금 이 순간에도? 왜 아무도 조치를 취하지 않는 거지? 다시 불안이 치밀어 올라 어쩔 줄 몰랐다. 소파에 이불을 덮고 누워 있어도 불안해서 온몸이 벌벌 떨렸다. 다 싫어. 예전으로 돌아가고 싶어!

　하지만 예전은 떠나갔다, 영원히. 이제부터는 그 무엇도 예전과 같지 않을 것이다. 앞으로는 암 "이전"이나 "이후"만 있을 것이다. 이 순간 가장 힘들었던 것은 내 곁으로 다가오는 아이들이었다. "나를 얼른 잊는 게 좋을 거야." 그런 나쁜 생각이 어두운 그림자처럼 스치고 지나갔다. 아이들에게 말을 해야 할까? 막스는 분명 뭔가 이상한 낌새를 챘을 것이다. 다음 주면 벌써 여섯 살이고(이런, 선물 사야 하는데!) 워낙 예민한 아이다. 오늘 나는 막스의 유치원 선생님들께 사실을 알렸다. 선생님들도 그랬지만 누구보다 마음이 비단결 같은 자비네 원장 선생님은 이렇게 약속해주셨다.

　"진심으로 응원하겠습니다. 언제라도 필요하시면 꼭 말씀하세요."

원장 선생님은 막스에게 솔직하게 이야기해주라고 충고하셨다. 상세한 것까지 알릴 필요는 없지만 아이의 나이에 맞게 잘 설명을 하라고 말이다.

"속이지 마세요. 어머님이 우실 때는 왜 우는지 이유를 말씀해주세요. 눈에 뭐 들어갔다고 거짓말하지 마시고요."

옳은 말이라고 생각했다. 하긴 막스는 속일 수도 없는 아이다. 그래서 오후에 아이와 마주 앉아 레고를 하면서 대화를 시작했다.

"막스, 엄마가 아파."

"감기 걸렸어요? 샤를로테도 감기 걸렸대요."

"아니, 감기 아냐. 엄마 가슴이 아파. 거기에 이상한 게 자라고 있어."

"꽃이 자라요?"

"아니야, 실 같은 게 자라."

"털실?"

"아니, 털실보다 더 질겨. 예전에 로지 선생님 기억나? 로지 선생님도 그랬잖아."

로지는 막스가 다니는 유치원 선생님으로, 암을 앓았지만 지금은 다시 건강을 회복했다.

"아, 로지 선생님 알아요. 선생님이 아파서 집에서 자주 쉬셨어요."

"맞아. 로지 선생님이 너무 피곤하고 기운이 없으셔서 집에서 쉬셨지. 감기하고 살짝 비슷해. 엄마도 지금 그래. 이제 좀 있으면 엄마가 약을 먹을 건데 그걸 먹으면 막 피곤해질 거야. 하지만 그걸 먹어야 다시 건강해질 수 있어."

아이는 아무 말도 하지 않고 나를 빤히 쳐다보기만 했다. 그러더니 말했다. "그래서 슬퍼요?"

눈에 눈물이 고였다.

"응, 많이 슬퍼. 화도 나고. 솔직히 말하면 정말 화가 나."

"나도 화나요."

"그래? 그럼 우리 둘이 같이 이 나쁜 병한테 화를 내자꾸나."

"톰하고 놀아도 돼요?"

"그럼."

그날 이후 막스는 매일 내 가슴이 어떤지 물었다.

쇼트커트

머리가 빠질 것이다. 그건 피할 수 없다고 의사들이 말했다. 어떻게 빠질까? 한꺼번에 뭉텅? 아니면 조금씩, 조금씩?

당연히 머리카락은 심각한 고민거리였다. 1회차 화학요법을 받고 나면 곧바로 빠지기 시작한다고들 했다. 그날이 언제일지 아직은 감도 안 오지만 미리미리 조치를 취해두고 싶었다. 언제 어떻게 어디서 머리카락이 빠질지, 화학요법에게 맡기고 싶지 않았다. 그건 어쨌든 주체적이지 않은 결정이고, 난 그런 것을 결단코 용납하고 싶지 않았다. 카를 그 자식과 관련된 것이라면 더더구나.

솔직히 말하자면 진즉부터 쇼트커트를 해보고 싶었지만 다른 여성들처럼 나도 용기가 나지 않았다. 그러니 지금 아니면 언제 해보겠는가? 진단을 받고 정확히 사흘 후 나는 단골 미용실에 전화를 걸어 단도직입적으로 말했다. "오늘 당장 예약을 잡아주세요. 암이라서 머리를 잘라야 해요."

네 시간 후 온 식구가 미용실 의자에 앉았다. 남편과 두 아이도 함께. 온 식구가 머리 자를 때가 되었다고 생각했다. 아마 혼자 가기가 겁났을 것이다. 나만 머리카락을 자르면 남은 식구들의 머리가 갑자기 너무 길어 보일까 봐 겁이 났다.

어깨까지 내려오는 나의 금발은 2년 동안 엄청난 돈을 투자한 결실이었다. 정확히 내가 원하는 길이의 풍성하고 찰랑거리는 건강한 머리카락이었다.

"조금씩 자를까요? 아니면 왕창?"

"왕창 잘라주세요." 나는 미용사에게 자신 있고 단호하게 말했다.

그 순간 전화벨이 울렸다. 뒤셀도르프의 베르트람 박사님 번호였다. 오늘이 금요일, 조직검사 결과가 나오는 날이었다.

"슈타우딩거 씨, 예상했던 대로입니다……."

그가 뭐라고 더 덧붙였지만 미용실이 너무 시끄러웠고 전문용어도 더러 섞여 있었기에 잘 알아들을 수가 없었다.

"박사님, 새로운 내용이 있을까요? 절 생각해서 그날 일부러 숨기신 내용이라도 있나 해서요. 아니면 제가 안 죽을 거라는 그 말씀을 도로 물리고 싶으신 건가요?"

"아닙니다."

그는 다시 설명을 이어갔다. 삼중음성Triple Negative 이니 Op. 같은 단어가 들렸다. 내가 못 알아듣자 그는 먼저 화학요법을 하고 그다음에 수술을 할 거라고 설명했다. 그리고 다시 감시 림프절 생검이라는 단어가 들렸고, 우리는 오는 월요일로 예약을 잡았다. 오늘은 금요일이었다. 당연히 또다시 기다려야 한다는 뜻이었다.

전화가 뜻밖인 것도 아니었고 내용이 충격적인 것도 아니었는데도 온몸에서 기운이 싹 빠져나가버렸다. 아마 무의식적으로는 말도 안 되는 작은 희망의 불씨를 품고 있었던 것 같다. 의사가 전화를 해서 이렇게 말하리라는 희망 말이다. "깜짝 놀랐죠? 만우절이에요. 그냥 낭종이었거든요. 저기 위에 카메라

보이죠? 우리 시청자들에게 손 한번 흔들어줄까요?"

들리는 것은 가위질 소리요, 느껴지는 것은 목에 닿는 가위의 차가운 감촉뿐이었다. "머리카락 드릴까요?" 미용사가 물었다. 그의 말에 나는 다시 내가 있는 이곳으로 돌아왔다. 눈에 눈물이 고였다. "아니요, 안 가져갈래요." 머리카락은 오래전에 잊힌 과거의 한 페이지였다. "무사태평"이라는 제목의 페이지. 그 시절은 지나갔다. 영원히, 머리카락처럼. 진단은 불과 사흘 전에 받았지만, 과거의 삶은 이미 오래전에 떠나버린 것 같았다.

미용사는 정말이지 정성을 다해 머리를 자르고 다듬었다.

"우리 어머니도 작년에 유방암 진단을 받으셨어요. 양쪽 가슴을 다 절제했죠. 정말 힘들었지만 이제는 다 나으셨어요." 미용사가 말했다.

이런 이야기는 수없이 들었다. 그런데도 들을 때마다 힘이 되었다, 진짜로.

"정말 잘 어울려요. 쇼트커트 어울리기가 쉽지 않은데!" 마지막으로 그가 이렇게 말했다.

나는 우리 집 세 남자를 돌아보았다.

"엄마, 완전 이상해! 바보 같아. 우리 가발 사러 가자." 아들 막스의 전문가다운 판결이었다. 남편도 썩 마음에 들지는 않는지 "익숙해지면 괜찮아" "금방 자랄 거야" 같은 말로 얼버무렸다. 남자들이 적절한 표현을 찾는 날이 과연 올까?

"엄마, 나 오늘 체조하는 날이야." 막스가 급하다는 듯 말했다.

"오늘은 하루 빼먹는 게 좋겠다." 남편이 끼어들었다.

"그건 안 되지." 나는 다정하지만 단호하게 말했다. 아이들에겐 평범한 일상을 유지할 권리가 있다는 게 내 생각이었다. 카를이라는 이름의 새 가족이 생겼다고 해도, 미스터 암 때문에 아이들의 중요한 체조 시간을 빼먹어선 안 될 일이라고 생각했다. 솔직히 말하면 그리 중요한 일정이 아닐지도 모른다. 하지만 막스에겐 한 주의 정해진 일과 중 하나였다. 그리고 그게 아니더라도 이제부터 우리 가족이 겪어야 할 변화는 충분히 많을 것이다. 그러니 아이의 "예전"을 최대한 오래 지켜주고 싶었다.

"자기가 별로 안 좋아 보여서 그래." 남편이 내 마음을 돌리려고 애를 썼다. 그 말이 맞았다. 별로 안 좋은 게 아니라 상당히 안 좋았다. 새 헤어스타일, 역사적인 최종 진단, 그사이 계속해서 자라는 것 같은 내 가슴속 카를 녀석, 그럼에도 앞으로 이틀 동안에는 아무 일도 일어나지 않으리라는 쓰디쓴 확신. 주말이라고 암이 가만히 있으리란 법이 어디 있는가? 다시 불안이 밀려들었다. 어떻게 날 이렇게 혼자 내버려둘 수 있단 말인가? 지금 당장 달려갈 수 있는 병원이 단 한 곳도 없단 말인가? "나 괜찮아." 나는 제법 그럴싸하게 거짓말을 하며 눈물을 꾹 참았다.

운동장에는 다른 엄마들도 많이 와 있었다. 엄마들 사이에 이미 나의 암 소식이 퍼졌을 것이다. 놀라고 충격을 받았을 것이므로 다들 무슨 말을 해야 할지 몰라 머뭇거렸다. 나도 무슨 말을 해야 할지 몰랐다. 이 순간만큼은 순발력 강사의 역량이 제로였다. 누가 와서 좀 도와주었으면 싶었다.

베르트람 박사님과는 이미 이야기를 마쳤다. 화학요법은 쾰른 유방센터에서 받기로 했다. 뒤셀도르프보다 훨씬 가깝기도 하고 또 이곳 의사들도 수준이 높다고 들었다. 그 말은 벌써 몇 번이나 들었기 때문에 그 사실 자체는 아무 문제도 되지 않았다. 다만 그놈의 기다림만 없다면 얼마나 좋을까 싶었다. 흩어졌던 퍼즐이 서서히 맞춰졌다. 우리는 암의 종류를 안다. 그것이 고도로 공격적인 녀석이라는 것도 알고 흉부에 전이가 없다는 것도 안다. 그러나 감시 림프절 생검의 결과가 어떨지, 림프에 정말로 전이가 안 되었는지, 앞으로 정확히 어떤 치료를 받게 될지는 아직 알 수 없었다. 이 모든 문제들을 두고 이제 나는 다가오는 이틀 동안 골머리를 앓을 것이고, 그럼에도 길어도 너무나 길 주말 내내 아무것도 할 수 없을 것이다. 그것이 엄청난 불안과 슬픔과 분노를 불러일으켰다.

나는 생각에 잠겨 있었다. 큰 선글라스로 눈을 가리고 운동을 하는 아이들을 쳐다보았다. 곁에서 보면 정말로 잘나가는 선수 아내 같았을 것이다. 유행하는 쇼트커트에 큼지막한 선글라스, 심각한 표정. 빅토리아 베컴하고 약간 닮지 않았을까? 뭐 덩치는 두 배겠지만(세 배인가? 글쎄). 주변에 많은 엄마들이 모여 있었지만 눈에 들어오지도 않았다. 다 아는 사람들이어서 평소 같으면 애들을 기다리는 내내 수다를 떨었을 것이다. 하지만 오늘은 입도 떼고 싶지 않았다. 그런데 다른 엄마들은 그렇지가 않은 모양이었다. 특히 한 엄마가 이렇게 말을 걸었다. "어머, 오셨어요? 안 그래도 얼마 전에 예방 검진을 받았는데 소식 듣고 얼마나 다행인가 안도했다니까요. 저는 꼬박꼬박 검사를 받거든요. 아이가 둘이면 그런 생각을 당연히 하는 게 맞죠."

내 친구 니콜이 옆에 앉아서 내 손을 꾹 눌렀다. "냅둬!" 그렇게 말하고 싶은 모양이었다. 대꾸할 기력도 없었다. 들리는 말마다 다 신경 쓰며 살 수는 없지 않은가. 하지만 마지막 남은 힘을 끌어모아 저 여자 배를 한 대 후려갈겨야 하지 않을까? 하, 냅두자……

엄마가
암에 걸린
애들은
얼마나
깎아줘요?

다음 주면 우리 큰아이가 벌써 여섯 살이 된다. 세상에나! 그 시절은 다 어디로 가버렸을까? 그 아름답고 걱정 없던 시절은? 나는 임신 기간에도 건강했다. 둘째는 문제가 약간 있었지만 지금 이 카를 자식에 비하면 그건 새 발의 피도 아니었다. 안타깝게도 둘 다 제왕절개로 낳았지만 평생 잊지 못할 아름다운 경험이었다. 나는 산후우울증도 없었다. 아이들을 보자마자 사랑에 불탔고, 처음부터 이 아이들의 엄마가 될 운명이었다고 느꼈다.

파티도 준비해야 하고 선물도 사야 한다. 기분전환이 될 테니 좋을 것 같았다. 토요일 오후 우리는 큰 자전거 가게에서 부모님을 만났다. 부모님이 내 쇼트커트 머리를 아직 못 보셨기 때문에 울음을 터트리면 어쩌나 은근히 걱정되었다. 안 그래도 아버지는 대동맥류 진단을 받고 큰 복부 수술을 앞두고 있었다. 올해 우리 가족이 치러야 할 병원 나들이는 그것으로 충분할 것이라고 생각했다. 카를 자식이라는 복병이 숨어 있을 줄 꿈에도 예상치 못했다. 어쨌거나 나는 아버지 앞에선 강한 척을 하고 싶었다. 걱정하는 아버지 모습을 보면 마지막 남은 힘마저 다 도망가버릴 것 같았다.

"너무 잘 어울린다." 엄마가 나를 꼭 안으며 말했다. 듣기 좋으라고 하는 소리 같지 않았다.

"그러네, 10년은 더 젊어 보여." 아버지가 맞장구를 쳤다. 뜻밖이었다. 아버지는 항상 긴 머리가 좋다고 하셨다. 막상 눈물을 글썽인 사람은 나였다. 부모님이 내 앞에서 강한 척하셨다 해도 상관없었다. 분명 부모님은 일부러 더 아무렇지도 않은 척하셨을 것이다. 그래도 연기가 아주 기가 막혔다. 나보다 훨씬 나았다.

막스에게 생일 선물로 새 자전거를 고르라고 했다. 나흘 만에 처음으로 한 시간 동안 나는 카를 자식을 완전히 잊었다.

"엄마, 이거 좋아. 완전 짱이야." 막스가 신이 나서 정신없이 소리를 질렀다. 아이는 갖고 싶은 자전거를 골랐고 자전거에 올라서 가게 안을 한 바퀴 돌았다. 판매원이 막스에게 잘 골랐다고 칭찬을 하면서 자전거가 막스한테 정말 딱 어울린다고 말했다. "그 가격이면 당연히 어울리겠죠." 나는 히죽 웃으며 판매원을 다정한 눈빛으로 바라보았다. 막스는 역시나 아주 비싼 모델을 골랐고, 나는 원래 협상을 즐기는 사람이다. 게다가 지금 내겐 암이라는 기가 막힌 패가 있지 않은가.

"사실 지금은 어울릴 수도 있지만 5년 후엔 또 어떻게 될지 아무도 모르는 거잖아요. 제가 지금 암에 걸렸거든요. 그래서 아이가 좋아하는 걸 꼭 사주고 싶어서요."

결국 우리는 10퍼센트 할인가에 자전거를 구매했고 자전거용 가방까지 덤으로 얻었다. 성공이었다.

"그게 뭐 하는 짓이니?" 엄마가 화를 냈다. 20분이 지났는데도 엄마는 여전히 창피해서 얼굴이 벌겋게 달아 있었다.

"내버려둬." 아빠가 내 편을 들었다. 큰 쟁반에 커피와 케이크, 아이스크림, 사과주스를 얹어서 우리 탁자로 가져오느라 우리가 나눈 대화를 절반밖에는 못 들었지만, 아버지는 무조건 딸 편을 들었다. 수술을 앞두고 걱정이 많으실 텐데 전혀 그런 티가 나지 않았다. 그게 좋은 건지 나쁜 건지 판단하기 어려웠다.

"싸게 샀잖아. 그리고 어차피 가격표 붙일 때 할인해줄 생각을 한단 말이야." 내가 엄마한테 설명을 했다.

"아무리 그래도 그렇지. 암이라는 말 듣고 그 사람 얼굴이 사색이 되던데."

"그래도 안 죽어요, 엄마."

"나도 같은 생각이야." 아버지가 우물거리며 말했다. 케이크 한 조각을 입안 가득 밀어 넣으신 참이었다.

"아빠, 머리에 행운의 거미가 있어요."

"안 믿기겠지만 당신도 그래." 남편이 놀라며 말했다. 정말이었다. 아버지와 내 머리에 작은 거미가 한 마리씩 기어 다니고 있었다. 우리는 서로를 쳐다보며 웃어야 할지 울어야 할지 몰랐다. 어찌 되었건 이건 신호였다. 그리고 우습지만 이게 처음이 아니었다. 카를 자식을 발견하기 이틀 전인 13일의 금요일, 어린이집으로 가다가 길에서 행운의 페니히(1페니히 동전이 행운을 준다고 믿는다.—옮긴이)를 보았다. "자기, 이것 좀 봐. 똥 무더기같이 생기지 않았어?" 나는 남편에게 이렇게 말하며 아버지 수술이 잘될 것이라는 하늘의 계시라고 해석했다.

"잘 돌려보내드려야겠네." 아빠가 웃으며 거미를 천천히 땅에 내려놓았다.

"맞아요. 우린 이제 필요 없으니까." 내가 맞장구를 쳤다. 우리는 거미를 조심조심 내려주면서 행운을 빌어주었고 오래오래 살라는 덕담도 잊지 않았다. 그리고 이것이 우연이 아니라고 굳게 믿었다.

정말로 즐겁고 유쾌한 하루를 보내고 저녁에 소파에 누워 있자니 처음으로 깨달음이 밀려왔다. 기분전환과 평범한 일상이 꼭 필요하구나! 그래야 머리와 영혼이 쉴 수가 있다. 내 머리와 영혼도 앞으로의 힘든 경험을 소화하기 위해선 무엇보다 휴식이 필요할 것이다.

그래, 난
암이다

지금 와서 돌이켜보면 불확실했던 처음 그 며칠이 최악이었던 것 같다. 암이라는 최종 진단이 내려지기 전까지는 앞으로 정확히 어떤 일들이 일어날지 전혀 감을 잡지 못한다. 그저 불확실한 앞날에 대한 불안과 이 모든 일이 얼른 끝나지 않을 것이라는 쓰디쓴 깨달음만 있을 뿐이다.

일요일 아침 나는 정신없이 샤워기 물줄기를 맞으며 카를 녀석을 만져보았다. 슬픔과 분노, 쓰디쓴 깨달음이 뒤섞인 기분이었다. 난 암에 걸렸어. 빌어먹을 놈의 암에.

내 인생이랑 절대로 어울리지 않는 녀석이었다. 나는 얼마 전 창업을 했고 순발력 강의를 시작했다. 아직 하고 싶은 일들이 너무나 많았다. 하지만 카를 자식은 전혀 그런 내 사정을 봐주지 않을 것이라는 예감이 들었다.

물이 쉬지 않고 쏟아지는 동안 나는 녀석을 발견하지 않았더라면 얼마나 좋았을까 생각했다. 그랬다면 내 세상은 지금도 아무 일 없었을 것이다. 암 따위 없는 작지만 완벽하고 신성한 세상이었을 것이다.

정말 그랬을까? 그저 아무것도 모르고 있었을 것이다. 얼마나 모르고 살았을까? 카를 자식은 언제 내 몸에서 자라기 시작했을까? 첫 강의를 성공적으로 마친 그날도 녀석은 내 몸에 있었다. 달리 말하면 당시 나는 이미 중병이 든 몸으로 청중 앞에 섰던 것이다. 그리고 통계적으로만 본다면 그날 그 자리에는 암에 걸린 여자가 최소 다섯 명은 더 있었을 것이다.

언제부터일까? 그래, 어떤 순간이 있었다. 정확히 이틀 동안 몸이 너무 안 좋았다. 넉 달 전쯤이었을 것이다. 한밤중에 자다가 일어나 남편을 깨웠다. 비행기가 우리 집으로 추락한 것 같았기 때문이다. 굉음이 울렸고 세상이 빙빙 돌았으며 귀가 멍했다. 남편은 무슨 소리냐는 듯 나를 쳐다보았다. 비행기 소리를 못 들었다는 것이다. 이틀 내내 귀에서 굉음이 들렸기에 나는 돌발성 난청이라고 생각했다. 하지만 의사는 아무 이상이 없다고 했고 스트레스 때문이라고 진단했다. 스트레스 안 받았는데……. 그때였을까? 모든 사람의 몸에서 매일 생겨나지만 대부분의 사람들은 무사히 막아낸다는 암세포와의 싸움에서 내 몸이 지고 말았던 순간이? 알 길이 없다.

얼마나 물을 맞으며 서 있었는지 모른다. 하지만 어느 순간 이런 깨달음이 들었다. 이 자식을 받아들이지 않으면 안 된다. 이 녀석도 어딘가 쓸모가 있겠지. 싸워봤자 아무 소용이 없다. 이유를 물어봤자 나올 답이 없다. 솔직히 묻고 또 묻다 보면 결국 이런 대답이 나오지 않겠는가? 왜 안 되는데? 매일 수많은 사람이 암에 걸린다. 심지어 애들도 많이 걸린다. 그러니 왜 나만 걸리지 말아야 한단 말인가? 여기 샤워기 밑에서, 모든 것이 시작된 이곳에서 나는 굳게 마음먹었다. 이 운명을 받아들이고 최선을 다해 싸우자. 도망쳐봤자 소용없다. 포기도 안 된다. 그래, 난 암이다. 하지만 오래가진 않을 거야!

암을 그대로
두자고?

내 인생에서 가장 길었던 주말도 결국 끝이 났고, 나는 월요일 아침 엄마와 함께 뒤셀도르프 유방센터로 향했다. 베르트람 박사님께 지난번 조직검사 결과를 듣고 앞으로의 일정을 의논할 예정이었다.

감시 림프절 생검은 최대한 빨리 받기로 했다. 감시 림프절은 다른 림프절을 "방어하는" 림프절이다. 그곳에 전이되지 않았다면 림프에도 전이되지 않았을 확률이 매우 높다. 그렇지 않다면 건강한 조직이 나올 때까지 계속 채취를 해야 한다.

"수요일은 어떠세요?" 베르트람 박사님이 물었다.

"아, 그날은 곤란합니다. 아들 생일이거든요."

"그럼 안 되겠네요. 당연히 안 되죠." 그가 사람 좋은 미소를 머금고 나를 쳐다보았다. 우리는 정확히 일주일 후로 수술을 연기했다.

아직 거기까지는 안 된다. 카를 녀석이 예고도 없이 내 인생으로 들어왔다. 미리 전화를 걸지도 않았고 예약을 한 것도 아니면서 막스한테까지 치근대려 한다. 이봐 친구, 그건 안 돼. 명심해! 규칙 넘버원, 네 몫의 관심은 기울여줄 거야. 하지만 그 이상은 절대 안 봐줘.

암의 종류는 가장 공격성이 강한 형태 중 하나였다. 삼중음성 G3로서, 크기는 2.8센티미터(하긴 덩치가 웬만해야 나하고 붙어보지!)였다. 의사는 화학요법부터 시작하자고 제안했다.

"그럼 암을 몸에 계속 두자는 말씀이세요?" 내가 겁에 질려 물었다. "꼭 가슴이 있어야 한다고 생각하지 않거든요. 그냥 선생님도 아셔야 할 것 같아서요. 양쪽 다 편안하게 절제하셔도 된다는 말이에요. 대신 팔이 있잖아요. 전 무슨 일이 있어도 꼭 살아야 해요."

"그거랑은 별개 문제고요. 그저 암이 화학요법에 어떻게 반응하는지 보려는 겁니다. 운이 좋으면 화학요법으로도 완전히 사라지니까요."

그런 치료 방법을 "수술 전 보조요법Neoadjuvant therapy"이라고 부르며, 얼마나 효과가 있는지는 치료를 받은 후에야 알 수 있다고 했다.

의사는 유방자궁가족센터에도 가보라고 권했다. "유전적 소인이 얼마나 되는지 알아야 합니다. 화학요법 구성에도 필요하고요, 앞으로 장기계획을 세울 때도 필요하니까요." 무슨 말인지 금방 알아들었다. 일전에 안젤리나 졸리의 기사를 읽은 적이 있다. 그녀가 유전적 변이로 인한 고도의 유방암 위험을 줄이기 위해 예방적 유방절제 수술을 받았다고 말이다.

"병기결정은 얼마나 진행이 되었습니까?"

"오늘 아침에 장기 초음파를 했는데 다 이상 없다고 했어요." 내가 활짝 웃으며 대답했다.

"화요일에 뼈섬광조영술을 할 거고요."

그는 아주 흡족해했고 우리는 다음 주 화요일에 다시 만나기로 약속을 잡았다. 화요일에 나는 입원할 예정이었다.

실제로 몇 시간 전에 받은 장기 초음파는 최고였다. 무엇보다 기다릴 필요가 없었다. 또 초음파를 하는 내내 주치의가 계속 "이상 없어요." "정상입니다." "다 좋아 보이네요." 같은 말로 나를 안심시켰다. 그래서 딴생각을 할 틈도 없이 두 번째 병기결정은 이상이 없다는 소견으로 끝났다. 또 하나의 산을 넘었다.

"엄마, 이제부터 뭐 할 건지 알아?" 진단을 받은 이후 한시도 내 곁을 떠난 적 없는 엄마에게 내가 물었다. 엄마는 병원에 휴가를 내고 나를 졸졸 따라다녔다. 남편은 내가 없는 사이 아이들을 봐야 했고 또 일도 해야 했다. 모두가 쉽지 않은 상황이었지만 남편은 씩씩하게 잘 견뎠다. 아마 말은 안 해도 장모님이 옆에 있어 든든할 것이다. 그런 순간이 되면 아무리 나이를 서른둘이나 먹었고 아이를 둘이나 낳아 길렀다 해도 엄마가 필요한 법이다. 머리를 쓰다듬어주며 "다 잘될 거야"라고 속삭여줄 엄마가.

"글쎄, 뭐 하지?"

"이제부터 화요일까지는 휴가야. 병원에 안 가도 되고, 검사도 없고. 재미나게 생일 파티를 한 다음에 푹 쉴 거야." 정말로 쉬고 싶다고 내 마음이 아우성쳤다. 얼른 집에 가서 쉬고 싶었다. 아들에게 멋진 파티를 열어주고 남은 사흘은 지난 주말과 달리 암을 깡그리 잊을 것이다.

멋진 하루

건강할 때는 반복되는 일상이 지겹다. 매일 똑같은 일, 똑같은 걱정. 하지만 암 진단을 받고 나서 그 일상이야말로 내가 진심으로 바라는 것이었음을 알았다. 장을 보고 청소를 하고 빨래를 돌리고 밥을 짓거나 중요한 문제들을 처리할 수만 있다면 모든 걸 다 주어도 아쉽지 않을 것 같았다. 일상은 안정감을 주는 것이자 평범함의 상징이었으며 이제 막 내가 온전히 빼앗겨버린 것이었다.

"걱정을 하지 않도록 노력해야 합니다." 주치의의 충고를 들으며 나는 생각했다. 웃기네……. 어떻게 걱정을 안 해?

그런데 그렇게 되었다. 다가올 사흘 동안 걱정이나 생각이 아예 없을 수야 없겠지만, 내겐 병원과 검사로부터 벗어난 휴식이 시급했다. 앞으로는 어떨지 몰라도 어쨌든 오늘은 죽지 않을 것이다. 그러므로 나는 케이크를 굽고 파티를 열 것이다. 우리는 최대한 평범한 일상으로 되돌리려 노력했다. 장을 보고 막스의 여섯 번째 생일을 거나하게 치러줄 것이다.

"생일 파티 힘들지 않겠어?" 노르딕 워킹을 한 바퀴 돌면서 아스트리트가 물었다. 그사이 나는 조깅에서 워킹으로 갈아탔다. 뛰면 가슴이 너무 흔들릴까 봐 겁이 났기 때문이다. 카를 자식을 필요 이상으로 자극하고 싶지 않았다. 열이 있으면 병균이 퍼지기 때문에 목욕도 그만두었다. 또 〈그레이 아나토미〉에서 얻은 나의 폭넓은 의학지식을 근거로 예전에 그렇게 먹어대던 단것도 딱 끊었다. 카푸치노와 요구르트도 끊었고 마가린도

식탁에서 사라졌으며 올리브 오일에 음식을 굽지도 않았다. 올리브 오일은 샐러드용으로만 사용했다. 그것들 때문에 카를 자식이 생겼다고 생각하진 않았지만 그래도 그런 음식이 녀석을 더 키울 것 같았다. 굳이 녀석을 먹여 키우고 싶지는 않았다.

"그런 기분전환이 필요해. 카를 자식 때문에 사는 재미마저 잃어서는 안 되지. 다만 그날 따라오는 엄마들이 제발 아무 말도 안 했으면 좋겠어."

"그럼 그렇다고 말을 해. 네가 뭘 원하는지 그 사람들이 어떻게 알겠어?"

맞다. 말을 할 필요가 있겠다. 내 마음을 아는 사람은 세상에 나밖에 없다. 거꾸로 아무도 걱정을 해주지 않아도 그것 역시 속상할 것이다. 그렇다고 계속 묻는 것도 괴롭기는 마찬가지이다.

"오늘은 비가 오고 바람이 불고 눈이 와도 괜찮아. 네가 태양처럼 빛나기 때문이지." 우리는 목청껏 노래를 불렀다. 언제 저렇게 자랐는지, 성큼 커버린 우리 장남을 위해. 내 인생에서 가장 우울한 생일이었다. 보통 때 같았으면 연신 카메라가 번쩍거렸을 것이다. 해마다 이날은 모든 장면을 구석구석 찍어두었다. 하지만 올해는 그러지 않았다. 그 시간을 기억하고 싶지 않았다. 우리 식구들이 이듬해 오늘 이렇게 말할지도 모른다는 생각이 들었기 때문이다. "이거 봐, 이때는 엄마가 있었어. 이때까지만 해도 다 잘될 거라고 믿었는데……."

그 순간 내 안에서 미쳐 날뛰는 최대의 적은 바로 이런 나쁜 생각들이었다. 규칙적으로 혈관의 피를 얼어붙게 만드는 것은 카를 개자식이 아니라 잊을 만하면 떠오르는 종말의 시나리오였다.

그럼에도 우리는 막스에게 멋진 하루를 선물해주었다. 오후가 되자 열두 명의 아이가 몰려왔고, 오늘을 위해 특별히 빌려 마당에 설치해둔 트램펄린에서 신나게 뛰어놀았다. 날이 저물 즈음 나는 수많은 깨달음을 얻었다. 첫째, 기분전환은 여전히 유익하다. 둘째, 아이들은 기분전환에 더할 나위 없이 좋다. 셋째, 앞으로 모든 날이 나쁘거나 울적하지는 않을 것이다. 넷째, 사이사이 찾아올 휴식을 적극적으로 활용하여 숨을 가득 들이마셔야만 앞으로의 시간을 버틸 수 있다.

'전이'라는 두려움

진단을 받은 지 8일이 지났고 나는 놀랍게도 그사이 암에 적응했다. 다만 검사 전의 심리적 스트레스는 아무리 시간이 흘러도 적응이 되지 않았다. 오늘은 뼈섬광조영술을 받는 날이었다. 병기결정의 마지막 세 번째 검사였다. 전이 여부를 모른다는 것이 무엇보다 힘들었다. 카를 자식은 익숙해졌다. 교전지역도 가슴으로"만" 한정되었다. 하지만 몸에 적군이 더 많다면 나도 어쩌지 못할 것이다. 우리 할아버지는 오래전 전립선암을 앓았는데 나중에 온몸으로 암이 퍼져나갔다. 통증이 너무너무 심해서 죽음이 벌이라기보다는 구원이었다.

"전이되지 않았을 가능성이 99퍼센트입니다." 베르트람 박사님의 말이 귓전에 울렸다. 왜 그의 말을 믿기가 이렇게 힘든 것일까? 난생처음 팔랑귀가 되고 싶었다. 남의 말이라면 무조건 덥석 믿는 귀 얇은 인간이 되고 싶었다. "의사들이 건강해질 거라고 했어. 그럼 됐지." 왜 나는 그 말을 믿지 못하고 또다시 이렇게 부들부들 떠는 걸까? 왜 목에 덩어리가 걸린 것처럼 숨을 쉴 수가 없는 걸까?

엄마는 아침 일곱 시에 나를 데리러 왔다. 조영제를 맞으려면 여덟 시 전에는 쾰른에 도착해야 한다. 조영제가 온몸으로 퍼져나가기를 기다렸다가 세 시간 반(!) 후에 검사를 시작할 것이고, 그로부터 한 시간 후에 검사가 끝날 예정이었다. 그러니까 의사를 만나 검사 결과를 듣기까지 총 다섯 시간이 걸릴 것이다. 앞으로 추가 검사와 진단을 위해서는 시급히 해야 하는 검사였다. 방사선 비투과성 물질을 주입하여 뼈와 혹시 모를 장애를 살피고 찾아내는 것이 검사의 목적이었다.

"지금부터 물을 많이 마셔야 합니다. 적어도 1.5리터는 마셔야 해요. 그래야 조영제가 몸에 잘 퍼집니다." 금발의 친절한 간호사가 설명했다. "그럼 세 시간쯤 후에 다시 이곳으로 오세요."

와우! 아침 여덟 시의 쾰른이라니. 가게들이 아직 문을 열지 않았으니 쇼핑은 불가능했다. 아쉬웠다. 쇼핑을 하면 그나마 시간이 잘 갈 텐데 말이다. 남은 선택지는 카페뿐이었다.

"별거 없을 거야, 그치?" 엄마가 나를 달랬다.

울컥 눈물이 솟았다. "엄마가 어떻게 알아?"

"림프 초음파도 완전 정상이었잖아. 림프가 정상인데 어떻게 다른 신체 부위로 전이가 돼?"

"인터넷에서 봤는데……."

"약속했지!" 엄마가 내 말을 사정없이 잘랐다.

헉! 맞다. 인터넷은 하지 않기로 엄마와 약속했다. 엄마의 말이 옳았다. 인터넷에 들어가서 "삼중음성"이라고 치면 좋은 말이 없었다. 자동필터링 덕분에 "삼중으"까지만 쳐도 벌써 "삼중음성 생존가능성" 혹은 "삼중음성 사형선고?"라는 연관검색어가 주르르 따라 떴다.

베티나 불프Bettina Wulf(전 독일 대통령 크리스티안 불프의 부인으로 2012년 9월 구글 검색창에 자신의 이름을 입력하면 '매춘'이 연관검색어로 뜬다며 소송을 제기했다. 이듬해 독일

대법원은 구글의 검색어 자동완성 기능이 사생활 침해라고 판결했다.—옮긴이) 사건 이후 구글이 검색어 자동완성 기능을 금지한 줄 알았는데 아닌 모양이었다. 그렇다면 앞으로는 결단코 금지해야 할 것이다. 어쨌든 나는 구글에서 안 그래도 폭넓은 나의 의학 지식을 더욱 넓혔고 "잠자는 세포Sleeper cells" 혹은 "초음파검사에서는 이상 없었는데 전이된 림프"에 대해 많은 "사실"을 발견하였다. 솔직히 말하면 용기를 북돋는 내용은 아니었다.

"알아, 약속했지. 그래도 정보가 필요하단 말이야." 나는 변명을 하기 시작했다.

"물론 그렇겠지. 그래도 의사한테 물어야지 인터넷은 안 돼."

쳇, 하시는 말씀마다 다 맞는 말이지.

영원처럼 느껴진 한참의 시간을 보낸 후 우리는 카페에서 나갔고 여덟 시 30분 무렵 여전히 닫힌 근처 쇼핑가를 어슬렁거렸다. 엄마는 내 관심을 딴 곳으로 돌리려고 무진 애를 썼지만 다 소용없었다. 여덟 시 45분이 되자 목에 걸린 덩어리가 너무 커져서 숨을 쉴 수가 없었다. 아무것도 모르고 유치원에 있을 아이들이 떠올랐다. 막스는 여름방학이 끝나면 초등학교에 입학하기 때문에 친구들하고 같이 지낼 시간이 며칠 남지 않았다. 인생에서 너무 큰 변화가 일어났다. 엄마가 암에 걸렸는데 아이는 학교에 들어가야 한다니.

뼈에 전이가 되면 아플까? 돌아가시기 전에 극심한 통증으로 아파하시던 할아버지가 생각났다. 뼈에 전이가 되면 죽겠지? 그래도 장기는 건강하다잖아. 그것만 해도 어디야. 하지만 뼈는 기초인데…….

"니콜, 이리 와. 여기 들어가자!" 엄마가 문을 연 구둣가게를 찾아냈다. 샌들을 몇 켤레 신어보았다. 오, 정말 예뻤다. 이런 샌들은 처음 봤다. 지난주에 산 치마하고도 딱 어울릴 것 같았다.

"그거 사자." 엄마가 결정했다.

"싫어."

"왜?"

"안 살래."

"이런 샌들은 없잖아."

"그렇지."

"내가 사줄게."

"싫어요."

"너 설마 지금 그런 생각하는 거 아니지?"

"무슨 생각?" 내 속을 훤히 꿰뚫어 보는 엄마에게 모르는 척했다.

"구두가 다 무슨 소용이야? 그런 생각하지?" 말투까지 똑같았다. 나도 모르게 피식 웃음이 새어 나왔다.

"응, 검사하고 나서 사요." 나는 고집을 부렸다.

"진짜 마음에 안 드네."

어영부영 아홉 시 반이 되었다. 그래도 아직 한 시간이나 남았다. 우리는 다시 카페로 들어갔다. 샌들은 결국 사지 않았다. 나는 억지로 물을 들이켰다. 맞은편에 노부부가 앉아 있었다. 그들을 보고 있기가 힘들었다. 샘이 났다. 나는 원래 샘이 많은 사람이 아니다. 각자 다 자기 몫의 행복이 있다고 생각했다. 그런데 나의 행복은 어디로 간 걸까? 저렇게 늙고 싶다. 남편과 매일 카페에 들러 예쁜 크림 케이크를 먹으며 오동통 살이 찌고 싶다. 손주들을 품에 안고 어르고 싶다. 빙고 게임을 하고 음악회에 가고 싶다. 과연 그럴 수 있을까?

나는 여기 앉아 목숨을 잃을까 봐 떨고 있다. 이제 겨우 서른둘의 나이에. "가요." 내가 말했다.

"아직 너무 일러."

"그냥 가요."

그렇게 우리는 30분이나 일찍 병원으로 돌아왔고, 당연히 지난 며칠 동안 증오해 마지않게 된 바로 그 일을 하지 않을 수 없었다. 우리는 앉아 마냥 기다렸다.

"여기 누우시고 움직이지 마세요. 제가 위에서 기계를 움직여서 차례차례 찍을 겁니다." 간호사가 말했다. 우리는 엄청 큰 검사실로 들어갔다. 엄마는 옆에 있어도 좋다는 허락을 받았다. 뭔지 모를 큰 의료기기가 위에 붙어 있었는데 간호사가 내 몸과 일정한 거리를 유지하도록 기계를 설치했다. 간호사 앞쪽의 모니터에 빠르게 내 골격 영상이 떠올랐다. 엄마는 영상을 볼 수 있었지만 나는 곁눈질로 일부밖에 볼 수 없었다.

"어때요?"

"죄송하지만 전 아무 말씀도 드릴 수 없어요. 의사 선생님께서 곧 말씀해주실 겁니다."

오, 저렇게 친절할 수가! 이렇게 말할 수는 없을까? "더 자세한 내용은 의사 선생님께서 말씀해주실 테지만 걱정 안 하셔도 될 것 같아요." 꼭 그런 말은 아니더라도 내 맥박을 정상으로 돌려줄 다정한 말 한마디가 뭐 그렇게 어렵다고.

"엄마, 엄마는 많이 봤잖아요. 어때?"

"내 눈엔 아무것도 안 보여. 근데 나도 의사는 아니잖아."

이럴 수는 없다. 우리 엄마까지 이런 식이라니. 좋아, 그렇다면 내가 직접 보겠어. 나는 최대한 고개를 돌려 눈에 온 힘을 모았다. 눈이 무지 아팠지만 어찌어찌 화면이 눈에 들어왔다. 보랏빛 골격과 갈비뼈가 붙은 흉곽이 보였다. 갈비뼈 위에 온통 점이었다. 불규칙한 점, 전이다!

스위스가 죽기엔 좋은 곳이지. 나는 생각했다. 호스피스에서 죽음을 기다리지는 않을 거야. 내가 직접 결정할 거야. 얼마나 빨리 퍼질까? 할아버지는 숨을 거두시기까지 몇 년이 걸렸다. 뼈로 전이되면 나을 수 없다. 수술도 못 한다.

"수고하셨습니다. 잠깐 대기실에서 기다리시면 의사 선생님이 금방 부르실 거예요. 걱정 마세요, 금방입니다."

간호사의 말이 귀에 들리지 않았다. 엄마가 나를 밖으로 끌고 나갔다.

"니콜, 니콜? 어디 갔니?"

나 없어.

"분명히 다 정상이야."

멍했다. 이제 곧 뇌출혈이나 심근경색이 일어날 것 같았다.

"슈타우딩거 씨, 들어오세요."

엄마가 벌떡 일어섰다. 나는 가만히 앉아 있었다.

"싫어, 안 들어갈래."

조금 전에 처음 만난 친절한 의사가 몸소 걸어 나와 내 앞에
무릎을 꿇고 내 손을 잡으며 아버지같이 근엄한 말투로 이렇
게 말했다. "왜 안 들어와요? 다 정상인데. 100퍼센트가 아니
라 1000퍼센트 정상입니다."

찢어지는 듯한 엄마의 환호성이 들렸고 발밑 바닥이 흔들거
렸으며 온몸에서 힘이 쑥 빠져나갔다.

"물론 저는 뼈에 관해서만 말씀을 드리는 겁니다." 의사가
덧붙였다.

"이게 마지막 검사였어요." 엄마가 대답했다.

"다른 검사는 더 정상이고요?"

"네."

"그렇다면 암은 유방에만 있는 거네요?"

"네." 엄마도 차츰 목이 잠겼다.

"그렇다면 별일 아닙니다." 의사가 말했다. 나는 7일 만에

세 번째로 생판 처음 보는 중년 남성의 목을 끌어안았다. 참 푸근했다.

천당과 지옥을 오가며 진단검사를 받느라 진이 다 빠져버린 그 며칠 동안 독일은 축구 열기로 뜨거웠다. 2014년 월드컵이 한창이었다. 마지막 병기결정 검사를 받던 날 저녁은 온 국민이 독일과 미국의 경기를 기다리고 있었다. TV에선 열심히 선수들이 뛰어다녔지만 우리는 그저 독일이 이겼다는 사실만 알아들었다. 우리는 우리의 승리에만 빠져 "유방암만이래" 파티를 즐겼기 때문이다.

"암 정도야 이겨낼 거야."

"당연하지! 자기는 할 수 있어."

10킬로 무게의 짐을 부린 듯 마음이 가벼웠다. 물론 암 진단은 그대로였다. 하지만 이제는 적어도 적이 누구인지는 알고 있다. 물론 감시 림프절 생검이 남아 있으니 전부 다 아는 건 아니었지만 나는 마음을 굳혔다. 설사 림프 몇 군데에 전이가 되었더라도 장기와 뼈는 무사하다. 이 시점에 이보다 더 좋은 소식은 있을 수 없으니 그것으로 나는 만족했다. 아무도 내게서 암을 떼어버리지는 못한다. 그건 너무나 잘 안다. 하지만 무사히 넘은 몇 개의 산봉우리만으로도 축하해야 마땅할 것이다. 유방암은 있다. 하지만 흉부선 검사 결과는 정상이다. 빙고! 장기도 무사하다. 빙고! 뼈도 무사하다. 다시금 빙고!

다음 주 수술까지는 푹 쉴 것이다.

그래도
웃을 수 있어

"왜 그렇게 서둘러?" 엄마가 마뜩잖다는 듯 물었다.

"알면서 왜 그래, 엄마. 병원에는 항시 일찍일찍이 가야지. 그래야 오래오래 기다릴 거 아냐. 어차피 채혈하고 소변 받고 혈압 재고 하려면 하루 종일일 텐데 뭐."

엄마와 나는 기분이 안 좋았다. 수술은 수요일 오후인데 화요일 아침 여덟 시 반까지 병원으로 오라는 지시를 받았다. 입원이 처음은 아니다 보니 경험 많고 순발력도 뛰어난 환자답게 나는 이제 가면 하루 종일 기다리는 일밖에 없을 거라는 걸 누구보다 잘 알았다. 평소 같으면 우리는 어디를 가나 항상 15분 일찍 출발했다. 하지만 오늘 아침에는 굳이 서둘지 않았다.

"엄마, 이러다간 빨라야 여덟 시 반이겠는데."

실제로 우리는 전혀 우리답지 않게 여덟 시 34분에 병원에 도착했다. 뒤셀도르프의 교통체증이 4분을 잡아먹었다.

여전히 기분은 나아지지 않았다. 이제부터 일어날 일을 정확히 알았기 때문이다. 나의 입원 사실을 통보받지 못한 간호사가 미심쩍다는 표정으로 무슨 일이냐고 물을 것이다. 그리고 어쩔까 하는 표정으로 서로를 쳐다보다가 전화를 걸 것이고 우리더러 기다리라고 한 후에 한 세 시간이나 지나 겨우 입원실을 배정해줄 것이다. 그리고 다시 없는 사람 취급하며 내버려두다가 두 시간은 지나서야 와서 피를 뽑을 것이고 그것으로 오늘 일정은 끝날 것이다. 독일 병원은 그런 곳이다. 아마 다들 경험으로 알 것이다. 그런데 나는 오늘 그런 취급을 참아줄 기분이 아니었다.

우리 아이들한테로 돌아가 아이들을 어린이집에 데려다주고 싶었다. 오늘 아침엔 특히 더 작별이 힘들었다. 나는 워킹맘답게 애들하고 한시도 못 떨어지는 타입이 아니지만 결과가 어떨지 모를 암 수술 때문에 병원에 가야 하는 상황은 처음이었다.

"엄마 빠빠이." 콘스탄틴은 입을 쭉 내밀고 나를 쫓아와 진한 키스를 해주었다. 막스는 제법 컸다고 안 하려는 뽀뽀를 억지로 했다. 이제 곧 학교에 갈 나이니까 뽀뽀는 더 이상 안 하겠다고 우겼다. 차에 오르자 참았던 울음보가 터졌다.

"사흘 후면 볼 텐데 뭘 그래." 엄마가 애써 나를 위로했다. 하지만 엄마도 맘이 몹시 아픈지 울음을 참고 있는 게 보였다. 그날 아침 뒤셀도르프 유방센터에 들어섰을 때 내 기분은 대충 그랬다.

"아, 슈타우딩거 씨? 안 그래도 기다리고 있었습니다." 앳된 간호사가 다정하게 미소를 지으며 우리를 맞이했다. 정말 나를 보고 하는 소리인가 싶어 나는 흠칫 뒤를 돌아보았다. 아무도 없었다.

"밑에서 접수하셨나요?"

저런, 까먹었다. 그러니까 다시 아래층으로 내려가서 공식적으로 "나 왔어. 나 수술 준비 다 됐어"라고 알려야 한다. 접수창구가 너무 붐벼서 우리는…… 뭐 어떡해? 당연히 기다려야지.

똑 부러지는 간호사의 인사 덕분에 그나마 기분이 조금 나아졌다. 시간을 때우기 위해 엄마와 나는 쇼핑 후에 자주 하던 방법을 이번에도 써먹었다. 품평을 시작한 것이다. 누구는 그걸 두고 험담이라고 하지만 결코 옳은 표현이 아니다. 우리는 누가 봐도 뻔한 사실을 굳이 입에 올려 평가를 할 뿐이다.

"아이고, 저 꼴 좀 봐라. 입원을 하러 오면서 머리는 감고 와야 할 거 아냐." 이 정도는 아주 무난한 품평이었다. 우리는 접수창구를 등지고 앉아 있었다. 접수창구와 우리가 기다리는 대기실 사이엔 유리 벽이 쳐져 있었다. 창구의 직원은 차례차례 환자의 이름을 불렀고 일 처리가 빨랐다. 환자 한 사람당 3~4분 정도였다. 그런데 아주머니 한 사람이 들어가더니 인생 다큐멘터리를 찍는지 통 나올 생각을 안 했다. 10분이 지나자 서서히 인내심이 바닥을 드러냈다. "아니, 저 안에서 크루즈선 예약이라도 하는 거야? 통 이해가 안 되네……. 여기가 무슨 여행사도 아니고." 우리는 킥킥거리며 웃었다. 내가 한 말이지만 너무 웃겼다. 아마 신경이 너무 곤두서 있었던 것 같다. 그래서 별것 아닌 말에도 웃음을 터뜨렸을 것이다. 심리학자라면 연구해볼 만한 케이스일 것이다.

마침내 여행사 아주머니가 나오고 우리 차례가 되었다. 책상 건너편에 온갖 장신구를 두른 친절한 여성이 앉아서 우리를 보며 이유 모를 야릇한 웃음을 짓고 있었다. 그녀에게 필요한 인적 사항을 이야기하고 있는데 갑자기 뒤에서 누군가의 목소리가 정말로 또렷하게 들려왔다. 너무 또렷해서 누군가가 우리와 함께 있는 줄 알았다. 놀라서 고개를 돌렸지만 우리가 1분 전에 앉아 있던 대기실밖에 보이지 않았다. 거기 한 여성이 앉아 전화를 하고 있었다. 그 소리가 여기까지 들렸다. 크고 또렷하게, 유리 벽이 있는데도……

엄마와 눈이 마주쳤다. 바깥의 소리가 이렇게 잘 들린다면…… 그 말은……? 웃음이 터졌다. 너무 웃어서 숨을 쉴 수가 없었다. 엄마도 배를 잡고 웃었다. 접수창구의 여성도 웃었다. 말이 필요 없었다. 그녀도 우리의 말을 다 들은 것이다. 웃고 나니 어찌나 속이 후련한지 불과 몇 초 만에 깨달았다. 너 지금도 할 수 있어. 카를 자식을 발견하기 전하고 똑같이 웃을 수 있어. 얼마나 고마운지 몰랐다. 우리는 다시 정신을 차리고 하던 일을 계속했다. 마침내 그녀가 모든 서류를 다 작성해서 한 무더기의 종이를 내게 건넸다. 나는 감사 인사를 하며 받아 들고는 예의상 물었다. "근데 제가 민영의료보험에 가입했는데 그것도 말씀드려야 할까요?"

그녀가 미소를 짓더니 다시 내 손에서 서류를 받아서는 천천히 하나씩 찢었다. "크루즈선을 바꿔 타셔야겠어요. 예약을 다시 잡아드리죠."

다시 병동에 도착하자 이번에도 미소를 머금은 간호사가 우리를 맞이했다. 처음 간호사랑 다른 간호사였다.

"오셨군요. 입원실로 안내해드릴 테니 준비하세요. 바로 시작할 겁니다. 일단 베르트람 박사님 뵙고요. 다른 병동으로 가서서 MRI 찍으시고, 방사선과도 들르시고, 바로 마취에 들어갈 겁니다."

나는 당황했다. 이렇게 바로? 기다리지도 않고? 멍하니 앉아 있지도 않고? 그 후 여덟 시간이 번개처럼 지나갔다. 불안하거나 신경이 곤두설 것이라고 예상했지만 그렇지 않았다. 마침내 시작했다는 것이, 치료의 방향으로 첫걸음을 내디뎠다는 것이 행복했다.

그건 그렇고 MRI는 아직 개발이 더 필요한 검사인 것 같다. 딱딱한 침상에 배를 깔고 30분간 누워 있었다. 양쪽 가슴은 그 용도로 만든 두 개의 구멍으로 쑥 집어넣었다. 머리에 두꺼운 헤드셋을 쓰고 촬영에 들어갔다. 그 안이 너무 좁고 시끄러워 잠깐 공포가 밀려왔다. 참아! 지금 비상 버튼을 누르면 처음부터 다시 해야 해! 나는 마음을 다독이며 테크노 콘서트에 왔다고 상상했다. 소리가 비슷했기 때문이다. 과연 헤드셋이 소음을 차단해주기는 하는지 잠시 궁금증이 일었다.

촬영이 끝나자 방사선과로 가서 가슴에 조영제를 맞았다. 그래, 이보다 좋은 것들은 많고도 많다. 하지만 이보다 더 나쁜 것들도 많다. 그렇게 나는 모든 검사를 무사히 마쳤다. 그러기 위해 온전히 유머에 집중했고, 덕분에 많이 웃었다. 검사가 참을 만한 수준을 넘어 약간 재미있기까지 했다. 주변 모든 사람들이 친절했던 것도 큰 도움이 되었다. 그날 만난 모든 의사와 간호사가 편안한 검사가 되도록 최선을 다했다.

나의 영웅 베르트람 박사님도 만났다. 그는 언제나 그랬듯 정말로 많은 시간을 내어 나를 검사하고 내 몸에 그림을 그렸으며 설명을 하고 카를 자식을 마킹했다.

"화학요법을 받는 동안 암이 사라지는 경우가 많습니다."

금속 클립이 내 가슴을 통과하여 카를 자식 곁으로 들어갔다. 그래, 이보다 좋을 것들은 많고도 많다. 하지만 지난 며칠을 겪고 나니 몸의 통증은 아무것도 아니었다. 상상이 낳은 통증이 훨씬 더 괴로웠다. 몸의 통증은 지나갈 것이고, 그것 때문에 죽은 사람도 아직 없다.

마지막으로 우리는 수술 이후의 치료 일정을 의논하였다.

"내일도 여기 계실 거죠?" 베르트람 박사님이 엄마에게 물었다.

"네, 그럼요."

"그럼 휴대전화 번호를 주시겠어요? 제가 수술하다가 림프 신속검사 결과 나오면 전화로 알려드리겠습니다."

아마 그 순간이었을 것이다. 엄마마저 나의 영웅에게 마음을 빼앗긴 순간이. 그렇게 그날은 아무 문제 없이 지나갔고, 나는 수면제 덕분에 편안하고 깊은 잠에 빠져들었다. 수술이 있을 다음 날까지.

신난다! 해피 알약

"엄마, 무서워. 지금은 딱 한 가지 소원밖에 없어. 깨어나는 거."

"당연히 깨어나지." 역시나 엄마가 내 곁을 지켰다. 남편은 집에서 애들을 보고 있었고 아버지는 일터에 보냈다. 딴 데로 신경을 분산시켜야지, 아버지까지 이 모든 걸 겪게 하고 싶지는 않았다.

"간호사님, 해피 알약은 언제 먹어요?"

나는 온 희망을 해피 알약에 걸었다. 벌써 몇 번 효과를 봤기 때문이다.

"효력이 세 시간밖에 안 가서 아직 너무 이른 것 같아요. 준비가 되면 그때 드릴 거예요." 슈테파니 간호사가 웃으며 대답했다.

"죄송하지만 한 번 더 물어봐주시겠어요? 어찌 되어가고 있나?" 에벨린 이모가 친절하지만 단호한 말투로 끼어들었다. 에벨린 이모는 우리 엄마의 절친이자 우리 아이들의 "정식" 대모다. "이모, 나 유방암이래요." 전화로 진단 결과를 알렸을 때 이모는 잠시 이성을 잃고 울음을 터트렸다. 한 번도 이모의 그런 모습을 본 적이 없었다. 그날 이후 이모는 우리 곁을 지켰고, 오늘은 내가 수술실에 들어가 있는 동안 엄마를 곁에서 살필 예정이었다.

슈테파니 간호사가 고개를 끄덕이더니 수술실 쪽으로 걸어갔다. 다시 한번 기다림의 시간이었다. 한참 후 그녀가 구원의 알약을 들고 돌아왔다. 의학이 낳은 기적의 약. 정식 이름은 모르겠지만 어쨌든 내게는 크나큰 축복이었다. 약이 전혀 안 듣는 환자들도 있고 그냥 잠이 들어버리는 환자들도 있다는데 나는 달랐다. 맥주 몇 잔에 소주 몇 잔을 들이킨 효과가 났다. 그래서 먹자마자 바로 온갖 노래를 흥얼거리기 시작했고 뭘 해도, 정말로 뭘 하더라도 신바람이 났다.

엘리베이터 타고 수술실로 갑니다. 하하하!

마취를 시작합니다. 하하하하하하!

10부터 0까지 세세요. 10, 하하하!…… 꼴깍!

집에서도 이 알약이 있다면 얼마나 좋을까? 하루 한 알이면 온 세상이 신바람일 텐데.

"……딩거…… 말씀대로…… 다…… 잘…… 나중에……."

환했다. 추웠다. "벌벌 떠시는데요." 저 멀리서 목소리가 들리더니 너무나 따스한 손길이 내 뺨을 쓰다듬었다. "걱정하지 마세요." 그 목소리가 속삭이며 내게 담요를 덮어주었다.

흐릿하지만 세상이 조금씩 눈에 들어왔다. 저 사람이 내게 말을 했던 사람인가? 베르트람 박사님이 들르셨나? 그가 다 잘되었다고 말했던가? 꿈을 꾼 건가? 말이 하고 싶었지만 나오지 않았다. 입이 빠짝 말랐고 기운이 없었다. 너무너무 피곤했다. "……호……."

"네." 그 목소리가 대답을 하더니 손이 따뜻한 간호사가 득달같이 내게로 달려왔다.

"베르트람 박사님이 오셨어요?"

"좀 전에 왔다 가셨어요. 근데 전 무슨 말씀을 하셨는지 못 들었어요."

저런! 림프가 어떤지 지금 당장 알고 싶은데.

몇 분 후 나는 회복실을 나가 다시 병동으로 돌아갔다. 여전히 춥고 여전히 정신이 다 돌아온 것은 아니었지만 그래도 주변 사물이 다 보였다. 간호사는 담요 여러 장을 덮고 이동 침대에 누운 나를 밀고서 복도를 지나 엘리베이터로 향했다.

"의사 선생님이 뭐라고 하셨을까요? 림프가 어떤가요?"

"죄송합니다. 제가 못 들어서요. 너무 걱정 마세요. 선생님이 분명히 나중에 다시 병실에 들르실 겁니다."

위로 올라가 엘리베이터 문이 열리는 순간, 거기 엄마가 서 있었다. 우리 엄마! 이보다 더 엄마가 반가웠던 적이 없었고 이보다 더 엄마 목소리가 꾀꼬리 같았던 적이 없었다. 나를 보자마자 엄마가 곧바로 환호성을 질렀기 때문이다.

"니콜! 다 정상이래! 림프는 괜찮대!"

베르트람 박사님이 정말로 수술 도중에 엄마한테 전화를 걸어 신속검사 결과를 알려주었던 것이다. 나중에 알게 된 사실이지만 엄마는 너무 무서워 전화를 받지 못하고 옆에 있던 에벨린 이모가 대신 받았다.

우리는 너무 행복했다. 전이가 안 되었다. 림프는 깨끗하다.

유방암뿐이다. 너무너무 고마웠고, 말로 다 할 수 없는 안도감을 느꼈다.

약 한 시간 후 나의 영웅이 입원실 문을 열고 들어왔다.

"마취과에서 유명인이 되셨던데요." 그가 미소를 지었다.

"전 뭐라고 드릴 말씀…… 전혀 기억이 나지를 않아서요." 내가 그를 보며 활짝 웃었다.

베르트람 박사님도 입이 찢어져라 웃더니 모든 것이 계획대로 진행되었고 앞으로도 그럴 것이라 장담했다.

"암도 그렇게 주먹으로 때려눕혀버리세요."

"박사님?"

"네?"

"사랑합니다. 남편하고 정말 행복하지만 그래도 선생님을 사랑해요."

"저도요." 엄마와 에벨린 이모가 동시에 합창을 했다.

베르트람 박사님은 살짝 당황하더니 남은 하루를 잘 보내라고 인사를 건네고 방을 나갔다. 물론 그 전에 내일이면 집에 갈 수 있을 거라는 말도 잊지 않았다. "환자분 같은 여성이 병원에 있어서는 안 되지요. 얼른 집에 가서서 몸 추스르세요."

지당하신 말씀! 모레는 막스의 유치원 졸업식이다. 카를 자식한테 미리 약속을 받아냈다. 절대로 내 계획을 엉망으로 만들지 않겠다고.

졸업식

민영의료보험 덕분에 나는 2인실을 배정받았다. 하지만 지금까지 혼자 썼다. 내가 워낙 사교적인 사람이긴 하지만 혼자도 나쁘지 않았다.

그런데 퇴원 전날 남은 병상에 환자가 들어왔다. 중년이거나 그보다 조금 더 나이가 든 여성이 남편과 함께 방으로 들어섰다.

"이게 뭐야. 방이 너무 작잖아. 당신 내 쉬슬러 소금(독일 동종요법 전문 의사 빌헬름 하인리히 쉬슬러가 개발한 동종요법 소금으로 약국 전용 의약품이다.—옮긴이) 챙겼어?"

"아니."

"왜 안 챙겼어?"

"이따 갖다 줄게."

"응, 갖다 줘. 여기서 어떻게 견디지?"

"안녕하세요." 내가 먼저 알은체를 했다.

"아, 안녕하세요. 죄송해요, 제가 좀 정신이 없어서."

"괜찮습니다."

그녀는 신경이 곤두서서 불안에 떨었다. 지금 이 순간엔 그 무엇도 그녀의 마음을 달래줄 수 없을 것 같았다. "여기 정말 끔찍하지 않아요?"

"뭐가요?" 내가 물었다.

"그러니까, 전부 다요. 정말 무신경하다니까요. 이 방 꼬락서니하고는. 근데 어떻게 오셨어요?"

"감시 림프절 생검 때문에요." 내가 대답했다. 여긴 유방센터다. 그러니 거의 대부분의 환자가 같은 문제를 겪는 여성들이다.

"아, 좋겠어요. 난 유방암이에요."

오, 이런! 이럴 땐 뭐라고 대답해야 할지 원.

나는 그녀에게 짤막하게 감시 림프절 생검이 무엇인지 설명을 했고, 그녀는 내 사정이 그녀보다 더 낫지 않다는 사실을 깨달았다.

"근데 여기 정말 비인간적이지 않아요? 검사를 한다고 몸에 그림을 그리지 않나."

오, 노! 저 불쌍한 여자도 다 겪고 있구나. 암에 걸리고 몸에 그림도 그리고⋯⋯.

몇 마디 안 나누었지만 더 이상 이야기를 하고 싶은 마음이 사라졌다. 하지만 말을 그만하라고 대놓고 말할 수는 없지 않은가. 그녀는 어디서 어떤 검사를 받았고, 여기 사람들이 얼마나 무신경하게 그녀를 다루었는지 하나도 빼놓지 않고 자세하게 설명했다.

"그냥 대놓고 말을 했다니까요."

"어떻게 했다면 좋았을까요? 꽃에 엽서를 끼워서 꽃 배달 서비스로 알릴까요?"

"그야, 그런 걸 바라는 건 아니지만 그런 식으로 얘길 들으면 내가 어떨까 고민은 했어야죠. 너무 비인간적이에요. 근데 무슨 암이에요?"

"삼중음성이요."

"아이고, 세상에나. 그럼 잘 자요."

저렇게 인간적이고 따듯할 수가!

남편이 날 데리러 병원에 왔다. 수술한 지 24시간이 안 지났지만 퇴원해도 된다고, 간호사에게 몇 번이나 다짐을 받고서야 우리는 오전 일찍이 집으로 출발했다. 아직 상처에 배액통이 꽂힌 상태였다.

오는 내내 통증으로 힘들었다. 도로가 조금만 울퉁불퉁해도, 약간만 팬 곳이 있어도, 남편이 브레이크나 액셀을 밟기만 해도 상처와 배액통으로 인한 고통이 되살아났다. 독일 도로가 이 정도로 열악한 줄은 미처 몰랐다. 하지만 아이들을 다시 볼 수만 있다면 무엇이든 참을 수 있었다. 아니, 아예 잊을 수 있었다. 그렇게 생각했다. 순진하게도.

"엄마!" 내 작은 햇살이 날 부르며 온 힘을 다해 달려왔다.

"조심!" 남편이 소리치며 아이를 붙잡았다. 하마터면 아이가 배액통에 걸려 넘어질 뻔했다. 남편은 조심조심 아이를 내게 건넸고 우리는 잘 피해가며 서로를 부둥켜안았다.

"엄마 아야 해?" 콘스탄틴이 조심스레 물었다. 다시 목이 멨다.

"응, 하지만 많이 아프지는 않아. 조금만 조심하면 돼."

막스는 궁금한 표정으로 내 앞에 서서 피가 얼마나 났는지, 메스가 얼마나 컸는지, 어떻게 절개를 했는지, 내가 비명을 질렀는지 물었다.

"아니, 엄마 비명 안 질렀어. 수술하는 내내 잤거든."

그건 너무 재미가 없는지 아이는 금세 관심을 잃었고 우리는 어쨌거나 다시 일상으로 돌아갔다.

건강할 때는 아침마다 자리에서 일어나 샤워를 하고 옷을 입는다. 그냥 그렇게 한다. 하지만 몸이 한계를 드러내고 원하는 대로 움직여주지 않으면 뭘 해도 금방 짜증이 난다. 적어도 나는 그랬다. 지금까지는 사실 카를 자식을 본 적도 없었고 또 별로 느끼지도 못했다. 새로운 동거인이 나의 일상에 거의 영향을 미치지 않은 것이다. 애당초 눈에 보이는 것이 아닌 데다가 느낌도 거의 없었으니까. 그게 좋은 건지 아닌 건지는 잘 모르겠다. 당연히 암이 생길 때 눈에 보이는 신호가 있으면 훨씬 더 좋을 것이다. 독기 어린 초록색 사마귀 같은 신호 말이다. 그럼 뭔가 정상이 아니라고 생각할 것이고 당장 병원으로 달려갈 것이다. "선생님, 여기 초록색 사마귀가 났어요. 어디 암이 생겼다는 뜻이겠죠?" 하지만 실상은 그렇지가 않다. 암세포는 (한 종양학 전문의가 내게 설명해주었듯) 레이더 밑으로 날아와 아무도 모르게 둥지를 튼다.

하지만 수술은 내 생활을 침해했다. 통증이 심했다. 나는 앉지도, 서지도, 눕지도 못했다. 겨드랑이가 아팠고 배액통도 아팠다. 평소처럼 내 마음대로 안 되니 속이 상했다. 게다가 이건 앞으로 닥칠 화학요법에 비하면 맛보기에 불과할 것이라 예상이 되니 더 속이 상했다.

지금 가장 그리운 건 상쾌한 기분이었다. 그럼에도 검사와 치료가 계획대로 착착 진행되어서 너무나 행복했다. 감사했고 희망에 부풀었다. 얼마 남지 않은 감사와 희망일지라도.

"오늘 졸업식 갈 거야?" 아스트리트가 전화로 물었다.

"당연히 가야지."

"수술하고 이틀밖에 안 지났는데 괜찮겠어?"

"괜찮아. 빠지고 싶지 않아. 컨디션 좋아. 할 수 있어."

나는 아스트리트한테만 거짓말한 게 아니었다. 누구보다 나 자신을 속였다. 컨디션은 좋지 않았다. 몸도 마음도 힘들었다. 그런데도 남편의 도움을 받아 씻고 옷을 입고 단장을 했다.

막스의 졸업식은 우리 마을의 작은 호숫가에서 열렸다. 다른 부모님들이 모두 고생을 많이 해서 음식도 만들고 케이크도 굽고 장식도 해놓았다. 카를 자식과 나만 아무 도움도 주지 못했다.

남편과 나는 콘스탄틴을 데리고 조금 늦게 도착했다. 다른 부모님들은 벌써 와 있었지만 다행히 오늘의 주인공들은 아직 선생님들과 사진을 찍는 중이었다.

이유를 정확히 설명할 수 없었지만 가슴이 심하게 뛰었다. 배액통은 작은 가방에 넣어 감추었다. 주변 사람들 밥맛 떨어지게 하고 싶지 않았다. 나는 남편의 팔짱을 낀 채, 걷는다기보다 거의 기다시피 해서 움직였다. 내가 퇴원한 지 얼마 안 되었다는 사실을 모두가 알았기에 나는 흥분 상태였다. 겁이 났다. 내가 얼마나 아픈지 모두가 알까 봐 겁이 났다. 나를 볼 때마다 암을 떠올리고 불쌍해할까 봐 겁이 났다. 나는 진심에서 우러나온 미소를 지으려 애를 썼고 선글라스를 깊이 내려쓴 채 똑같은 인사를 되풀이했다. "괜찮아요. 네, 그럼요. 괜찮아요."

잠시 후 며칠 동안 연습했던 아이들의 재롱잔치가 시작되었다. 아이들이 함께 신나는 노래를 불렀고, "학교"를 주제로 짧은 연극을 했다. 그런 연극과 노래하는 아이들을 볼 때마다 나는 늘 감동해서 눈물을 흘렸다. 지금이야 더 말할 나위가 있겠는가.

막스가 저렇게 커서 친구들하고 선생님하고 노래를 부르다니. 마음이 뭉클했다. 엄청 큰 선글라스로도 도저히 눈물을 숨길 수가 없었다. 그래서 나는 사람들한테서 조금 떨어져 혼자 조용히 눈물을 흘렸다. 그 눈물에는 유치원 시절이 끝났다는 슬픔만 담긴 게 아니었다. 더 많은 것이 담겨 있었다. 불안과 분노, 서러움과 절망, 그리고 이루 다 헤아릴 수 없는 사랑이 담겨 있었다. 콘스탄틴의 졸업식에는 참석하지 못할지도 모른다는 불안감, 온 가족이 걱정 없이 살던 날들은 영원히 끝나버렸을지 모른다는 불안감이 담겨 있었다. 여기서 나가야겠다. 더는 못 있을 것 같았다. 이날을 너무나 기다렸지만 이제는 이렇게 꾸역꾸역 오는 게 아니었다는 후회가 밀려들었다.

공식 행사가 끝나자 남편이 곧장 나한테로 다가왔다.

"가는 게 좋겠어."

"응, 가자."

물질적인 여자

"포트를 시술할까요?"

"뭔지는 모르지만 좋아요."

"포트는 화학치료 주사를 놓을 지하 출입구 같은 겁니다." 다음 진료 시간에 베르트람 박사님이 설명을 해주셨다.

수술을 한 지 5일째 되는 날이었다. 배액통을 제거하고 림프에 대한 종양학적 최종 소견을 듣기로 되어 있었다.

"신속검사 때와 같습니다. 깨끗합니다." 며칠 만에 다시 기분이 나아졌다. 진단서에 적힌 내용을 읽을 수 있었으니까.

베르트람 박사님이 포트에 대해 자세히 설명하면서 반창고를 떼고 배액관 제거 준비를 했다. 이건 전혀 예상치 못했던 일이었다. 상상조차 할 수 없었다. 그랬다. 내 몸에 관이 들어 있었다. 하지만 나는 눈을 질끈 감아버렸다. 얼마나 오래 박혀 있었는지, 어디서 와서 어디로 갈 것인지, 아예 신경을 꺼버렸다. 평소 같으면 정말로 나답지 않은 행동이었지만 이번 경우에는 그 편이 좋을 것 같았다.

"앉으시겠어요?"

"뭐 굳이, 괜찮아요."

착! 착! 착!

눈앞이 깜깜해졌고 무릎이 꺾였다.

"끝났습니다."

뭐라고 대답을 할 수가 없었다.

"죄송합니다. 미리 말씀을 드린다고 해서 더 나을 것도 아니라서요."

여전히 아무 말도 나오지 않았다. 남편은 저 뒤편에 멀찌감치 앉아 얼굴이 사색이 되어 있었다. 쯧쯧, 남자들이란! 지금 배액관 제거한 사람이 누구더라? 저 기다란 관이 5일 동안 내 몸에 둥지를 틀고서 찰싹 붙어 있었구나. 나는 통증에 예민한 사람이 아니다. 하지만 저런 관을 한 번 더 잡아 빼느니 차라리 아이를 셋 낳겠다 싶었다.

통증은 빠르고 격했지만 올 때처럼 빠르게 가버렸다. 통증이 잦아들자 나는 박사님께 말했다. "지금까지 저한테 어찌나 잘해주셨는지 고맙다는 말씀을 어떻게 드려야 할지 모르겠어요." 그는 씩 웃기만 했다. 기분이 좋아 보였다.

"저희가 해드릴 수 있는 건 여기까지입니다. 이젠 퀼른 친구들이 알아서 잘해주실 겁니다. 예약이 언제죠?"

"내일 바로 있어요."

"유전자검사 일정은 언제죠?"

"주말이요."

"아주 좋습니다. 모레 잠깐 들르세요. 포트 시술을 합시다. 그건 정말 금방 끝납니다."

"박사님, 다 잘되겠죠?"

"당연하죠."

살짝 작별의 아픔을 느꼈다. 그동안 정이 많이 들었다. 하지만 화학요법을 하기에는 거리가 너무 멀었다.

"한 번?" 나의 영웅이 포옹의 제스처를 취했다. 네, 꼭 해주세요! 나는 그렇게 생각하며 대답했다. "물론이죠." 그리고 마침내 다시 행복해졌다.

마돈나와 달리 나는 〈물질적인 여자Material Girl〉가 아니지만 쇼핑은 좋아한다. 그것도 때와 장소를 가리지 않고. 당연히 옷을 살 때가 제일 좋지만 안타깝게도 사고 싶다고 늘 살 수 있는 건 아니다. 대부분은 사이즈가 문제다. 44를 넘길 때가 한두 번이 아니었고, 그럼 옷을 사고 싶은 마음이 싹 사라진다(독일의 여성 옷 사이즈 표시법은 다음과 같다. XS: 32-34, S: 36-38, M: 40-42, L: 44-46, XL: 48-50, 2XL: 52 3XL: 54-56―옮긴이). 마음에 들어서가 아니라 몸에 맞는다는 이유만으로 항아리 같은 옷을 사고 싶지는 않기 때문이다. 그러니까 44를 넘기면 핸드백과 구두로 방향을 바꾼다. 그것들마저 똥자루하고 통 안 어울려서 관심이 시들해지면 인테리어 소품이나 가구로 눈길을 돌린다. 물론 애들 입힐 옷도 샀고, 어쩔 수 없는 긴급 상황일 때는 남편 물건도 샀다. 나는 돈 쓰는 게 좋다. 특히 그게 공돈이면 더 말할 나위가 없다. 그러니 어쩌면 나도 물질적인 여자일까? 그래도 꽤 괜찮은 여자일 거야!

카를 녀석을 발견하기 직전 나는 조깅을 열심히 해서 살을 확 뺐다. 그래봤자 모델 같은 몸과는 거리가 멀었지만 거울을 보고 화들짝 놀라 고개를 돌리지 않을 정도는 되었다. 건강한 42 사이즈와 함께 내게도 패션의 하늘이 활짝 열린 것이다. 그러니 암에 걸렸다는 이유로 패션을 포기해야 할 이유는 없었다. 오히려 진단을 받은 이후 나 자신에게 뭔가 좋은 일을 해야 할 것 같은 기분이 들었다. 맛난 음식을 먹건, 뜨거운 물에서 반신욕을 하건, 매니큐어를 새로 바르건(그동안 모은 매니큐어만 해도 색깔이 50가지는 넘는다), 옷을 새로 사건, 뭐든 좋았다. 그러니까 쇼핑은 기분전환이기도 했지만 나에겐 일종의 치료였다. 엄청 비싼 치료이기는 했지만 말이다.

앞으로 내가 화학치료를 받을 쾰른 유방센터는 쾰른 시내 한복판 명품 매장이 즐비한 거리에 있었다. 이 동네라면 남편과 내가 처음으로 같이 살았던 곳이어서 아주 훤했다. 게다가 그곳엔 정말로 멋진 쇼핑가가 있었다. 그러니 유방센터 주변을 한번 샅샅이 훑지 않고서야 어찌 발길을 돌릴 수 있단 말인가?

"니콜, 저 부츠 한번 신어봐." 엄마가 명령을 내렸다. 자고로 어머님 말씀이라면 무조건 복종해야 마땅한 법. 하지만 수술한 자리가 아직 아물지 않아서 자세가 엉거주춤한 바람에 엄마가 무릎을 꿇고서 신발을 신겨주었다.

판매원이 약간 당황한 표정으로 우리를 빤히 쳐다보았다. "제가 수술을 받아서요. 보통 때는 혼자서도 잘 신어요." 내가 웃으며 말했다.

"아, 네. 무슨 수술을 받으셨어요?" 아마 그녀는 예의상 물었을 것이다. 그리고 "인대가 끊어졌다"거나 아무리 최악의 경우라도 "맹장이요" 같은 대답을 들으리라 확신했을 것이다.

"유방암이요." 나는 정직하게 대답했다. 솔직히 말하면 사람들이 놀라는 것이 살짝 재미있기도 했다. 반응은 거의 동일했다. 처음에는 당황하고 불안해하지만 대부분 이런 대답이 돌아왔다. "아, 우리 엄마/동생/할머니/이모/조카/이웃집 아줌마/친구/동료도 유방암이었어요."

이 판매원은 짧은 비명을 지르며 자신도 모르게 자기 가슴을 움켜쥐었다. 덧붙이자면 그런 반응 역시 평범한 현상이다.

"어머나, 세상에! 아…… 음?"

"놀라셨죠. 그렇게 되었답니다."

"네, 아니요. 제 말은…… 죄송합니다."

"네, 저도 죄송해요. 하지만 분명히 다시 건강해질 거예요."

그 말은 되풀이할수록 나 스스로도 점점 더 믿게 되었다.

"이 부츠, 사이즈 40도 있어요?"

"아, 네! 잠깐만요."

그녀는 창고에서 미처 몸을 다 빼지도 않은 채로 크게 소리 질렀다. "우리 이모도 아주 젊어서 유방암을 앓았는데 아주 오래전 일이고 지금은 건강하세요."

나도 안다. 여성 열 명에 한 명꼴로 유방암에 걸린다니 통계적으로만 본다면 모든 사람이, 유방암을 앓고 있거나 과거에 앓았던 여성을 아는 게 당연하다.

나는 그 부츠를 샀다. 엄청나게 비싸지만 엄청나게 멋진 가

죽재킷하고 딱 어울렸다.

"자, 이제 제가 유방암에 걸린 불쌍한 환자라는 건 아실 테고. 얼마나 깎아주실 거예요?"

엄마는 바닥에 쓰러졌고 나는 10퍼센트 할인을 받고 아주 신이 났다.

개미집을 없애는
방법

"외래 화학요법" 문패에 크고 검은 글씨로 그렇게 적혀 있었다. 속이 울렁거렸다. 모든 시나리오가 무서우리만치 현실적으로 다가온 순간이었다. 화학요법. 지금까지 소문으로만 들었던 말이다. 주변에서 직접 본 적이 없으니 기껏해야 실비 메이스Sylvie Meis (네덜란드 모델이자 방송인), 카일리 미노그 Kylie Minogue (오스트레일리아의 가수, 작곡가이자 배우), 미리암 필하우Miriam Pielhau (독일 방송인이자 배우) 같은 유명인들 소식을 통해서나 들었을 뿐이다. 그런데 이상하게도 나는 그런 뉴스에 관심이 많았다. 유방암 이야기가 들릴 때마다 항상 귀를 쫑긋 세웠다. 내게도 유방이 있으니 철이 든 이후엔 늘 나도 걸릴지 모른다는 불안에 떨었다. 그게 전조였을까? 아니면 입이 보살이라고, 내가 방정을 떨어서 이렇게 된 걸까? 그건 모르겠지만 어쨌든 화학요법이 어떨지는 정확히 상상이 되지 않았다. "전보다는 참을 만하지만 여전히 세네요." 뭐 그런 유의 말들이 귓가를 맴돌았다. 유명인들은 몇 달간 두문불출하다가 쇼트커트를 하고서 다시 돌아왔다. 그사이 무슨 일이 일어났을까? 그 칵테일을 어떻게 참는 것이며, 대체 어떻게 작용하는 걸까?

쾰른 유방센터에서 나를 진료할 의사는 마이어 박사님이었다. 첫 만남부터 아주 편안했다. 나는 천성이 변화를 싫어하는 인간이어서 바뀐 병원이 불편했다. 그동안 뒤셀도르프에 너무 정이 들었던 것이다. 하지만 키가 껑충한 곱슬머리 남자가 내

116

이름을 부르는 순간 마음이 싹 바뀌었다. 마이어 박사님은 어릴 때도 얼굴이 지금과 별반 다르지 않았을 것 같았다. 여전히 소년 같은 얼굴에 개구쟁이 표정이 남아 있었지만 놀랍도록 침착하고 평온했다.

"슈타우딩거 씨, 다른 병원에서 오셨네요. 어디서 오셨습니까?" 그가 다정하게 물었다. 단박에 그가 좋아졌다.

"근데 왜 바로 수술을 하지 않는지 알고 싶어요. 수술을 안 하면 암이 자꾸 자랄 수도 있잖아요." 내가 불쑥 딴 이야기를 꺼냈다. 여전히 수술 전 보조요법을 완전히 납득할 수 없었기 때문이다. 주변에서도 다 한마디씩 거들었다. "뭐? 내버려둔다고?" "어머, 웬일이니. 왜 수술을 안 해?"

"좋은 질문입니다. 환자분의 암 종류는 지난 몇 년간 연구가 많이 진행되었습니다. 그래서 그것이 최선의 치료법입니다. 개미집에 비유를 하면 될 겁니다. 발코니에서 내려다보니 마당에 개미가 산더미처럼 집을 지었습니다. 마당으로 내려가서 손수레로 개미집을 부수어버릴 수도 있습니다. 하지만 부수고 나서도 마당에 살충제를 뿌려야겠지요. 그러느니 처음부터 살충제를 뿌려버리면 자연스럽게 개미집도 작아질 겁니다."

아! 그 말을 들으니 이해가 되었다. 그러니까 암이 화학약품에 반응을 하는지, 한다면 어떤 반응을 보일지 지켜보자는 것이다. "암이 줄어들면 느낌이 올까요?"

"네, 저는 그럴 거라고 생각합니다."

"효과가 없을 수도 있나요?"

"니콜!" 엄마가 내 말을 막았다. 하지만 난 알아야겠다고 마음먹었다. 화학약품에 저항력이 있는 암도 있다고 들어서 그 생각만 하면 너무 불안했다.

"네, 이론적으로만 보면 그럴 수 있습니다. 하지만 아주 드물죠." 마이어 박사님이 설명을 이어갔다. 들을수록 기분이 자꾸만 곤두박질쳤다.

"슈타우딩거 씨, 환자분은 완전히 회복될 수 있는 최고의 조건입니다. 하지만……." 그의 목소리가 살짝 심각해졌다.

"치료는 받아야 합니다."

우리의 대화의 주제는 자연스럽게 화학요법으로 넘어갔다. 총 16회로 치료 횟수가 정해졌다. 그리고 칵테일의 내용물이 도중에 한 번 바뀔 예정이었다. 처음 4회는 투여할 작용물질의 이름이 에피루비신과 시클로포스파미드인 관계로 EC라고 부르며, 2주에 한 번씩 받을 것이고 상당히 "세다." 그 이후 3주를 쉰 다음 일주일 간격으로 12회에 걸쳐 파클리탁셀─탁솔로 더 많이 알려져 있다─을 투여할 것이다. 3주 후 유전자검사를 해서 그 결과에 따라 카보플라틴을 주사할지 말지를 결정한다. 카보플라틴은 대부분 유전적 소인이 있는 여성들에게 투여하는 약물이다.

하지만 아무리 들어도 실감이 나지 않았다. 그저 까마득히 머나먼 길이 보였을 뿐이다. 내가 그 시간을 견뎌낼 수 있을까? 어떻게 견딜 수 있을까? 더럭 겁이 났다.

"일단 4회의 EC에 집중합시다. 포트 시술을 받았나요?"

"내일 뒤셀도르프에서 하기로 했어요."

"잘하셨네요. 그럼 금요일에 시작할 수 있겠어요."

헉, 금요일이라고? 오늘이 목요일이다. 그렇게나 빨리…….

치료 계획은 이렇게 확정되었다. 이제 그 악명 높은 위험과 부작용 얘기를 들을 차례였다. 의사의 입장에선 당연히 일어날 수 있는 모든, 정말로 모든 문제를 설명해야 마땅할 것이다. 하지만 다른 선택지라고는 없는 환자의 입장이다 보니 정말 단 하나도 듣고 싶지 않았다. 의사들이 이 마음을 이해할까? 갱년기 증상과 백혈병 그 중간 어디선가부터 나는 귀를 닫아버렸다. 거의 한 시간 반에 가까운 부작용 필리버스터가 끝나자 나는 과연 화학요법으로 일어날 수 없는 부작용이 무엇일까 궁금했다. 감기는 언급하지 않은 것 같았다. 하지만 감기도 걸리겠지. 적어도 간접적으로는.

"가장 조심하셔야 할 게 감염병입니다. 특히 어린아이가 둘이라니 조심하셔야 합니다. 물론 그렇다고 공간을 분리할 필요까지는 없습니다."

네? 뭐라고요? 애들하고 공간을 분리한다고요? 오, 노!

"하지만 조심하셔야 합니다. 학교나 유치원에 감기가 유행하거든 절대 가시면 안 됩니다."

"네, 잘 알았습니다. 하지만 지금 말씀하신 그 병이 전부 다

걸릴 수는 있어도 반드시 걸리는 건 아니겠지요?"

"당연합니다."

"그럼 됐습니다. 전 안 걸릴 거니까요." 나는 단단히 결심했고 마이어 박사님은 미소를 지었다.

"그렇게 하시면 됩니다. 치료를 친구라고 생각하세요. 그게 중요합니다. 하지만 머리가 빠지는 건 피할 수 없을 겁니다. 2회차 치료 직전에 빠질 겁니다."

나는 무서웠다. 정말로 겁이 났다. 빠진 머리는 본격적으로 암 클럽에 초대받았다는 증거이기 때문이다. "우리 클럽에 오신 걸 환영합니다!" 솔직히 나는 그런 클럽 타입이 아니다.

마이어 박사님은 외래 화학요법 주사실 ACT 까지 직접 나를 데리고 가서 그곳의 간호사에게 인계했다. 그러니까 여기가 앞으로 6개월 동안 내 인생에서 독점적인 지위를 갖게 될 장소였다. 박사님이 가시자 귀엽게 생긴 자그마한 스페인 여성 간호사가 대기실에서 조금만 더 기다려달라고 부탁했다. ACT는 마치 자체적으로 운영되는 병원 같았다. 냄새도 아주 묘했다. 대기실은 상당히 넓었고 사방에 가발과 두건, 광고 팸플릿이 놓여 있었다. 벽에는 환자를 위한 메이크업 강좌 포스터가 붙어 있었다. 참 괜찮네, 불쌍한 환자를 위해 온갖 서비스를 제공하다니. 그런 생각이 들었을 뿐 그것이 내 일이라는 생각은 추호도 들지 않았다. 하루가 너무 길었다. 솔직히 말하면 상담이 너무 길었던 탓에 얼른 쉬고 싶었다. 이런 곳에 더 있고 싶지 않았다. 내가 왜 이런 곳에 있어야 한단 말인가?

"들어오세요." 스페인 간호사가 큰 소리로 나를 불러 치료실로 안내했다. 그리고 그곳에서 내가 알아야 할 사항들을 차근차근 설명했다. 하지만 머리가 터질 것 같아서 아무 소리도 들리지 않았다. 그나마 엄마가 옆에 있어서 다행이었다. 간호사는 일주일에 한 번 채혈을 해야 한다고 설명하면서 엄청나게 복잡한 약 처방전을 내밀었다. 내가 어떤 약을 먹어야 하고, 그 약이 어떤 약인지 적혀 있었다.

"메이크업 강좌 등록해드릴까요?"

"네?"

"메이크업 강좌 등록해드릴까 물었습니다."

"저요?"

"네." 간호사가 살짝 당황하며 대답했다.

"왜요?"

"아, 필요하실 것 같아서요."

노! 전혀 필요하지 않다. 암 환자 메이크업 강좌에 내가 왜? 난 아프지 않다. 여기 있는 건 전부 다 하고 싶지 않다. 내가 아이섀도를 파랑으로 칠할지 회색으로 칠할지가 암하고 무슨 상관이 있단 말인가.

"아니요, 전 괜찮습니다." 나는 단호한 어투로 대답했다.

"알겠습니다. 그리고 이건 환자 수첩입니다." 그녀가 작은 수첩을 건넸다. 거기에 적혀 있었다. "화학요법 환자 수첩. 이

름: 니콜 슈타우딩거. 생년월일: 1982년 6월 15일."

그 순간이었다. 그제야 나는 이곳 사람들이 나에게 무엇을 원하는지 깨달았다. 나는 여기 외래 화학요법 주사실에 있다. 거기에 적혀 있었다. 흰 종이에 검은 글씨로. 수첩을 받을 수가 없었다. 제발 꿈에서 깨게 해주세요. 그만큼 놀렸으면 됐지 않습니까? 눈에 눈물이 고였다. 숨을 쉴 수가 없었다.

"엄마, 나 안 할래. 집에 가고 싶어!" 소리치고 싶었지만 목이 메어 말이 되어 나오지 않았다. 엄마와 귀여운 간호사의 눈에도 눈물이 고였다.

"죄송해요. 제가 여기 온 지 얼마 안 되어서. 너무 힘들어하시니까 저도 모르게 그만." 그녀가 우물쭈물 변명을 했다. 그 순간 그녀가 좋아졌다.

소중한 말들

날이 바뀌었고 일정은 계속되었다. 아침 일찍 뒤셀도르프에 들러야 했다. 포트 시술은 국부마취만 했다. 나는 차라리 전신마취를 하는 게 낫지 않을까 싶었다. 해피 알약만 봐도 효과가 기가 막히니 말이다. 아쉽게도 오늘은 해피 알약이 없어서 심히 유감이었다. 한편으로는 빨리빨리 진행되어 좋기도 했지만 다른 한편으로는 이 모든 일을 마음으로 삭일 시간이 있다면 좋겠다 싶었다.

엄마는 오늘도 나를 쫓아와서 나를 비롯한 몇 명의 여성 환자들과 함께 병원 대기실에 앉아 기다렸다. 그랬다. 우리는 숫자가 많았다. 시간이 갈수록 절감했다. 오늘 오전에만 이 병원에서 여섯 명의 여성이 포트 시술을 받았다. 지난 며칠 동안에도 그랬듯 오늘도 나는 곧바로 이 여성들에게 말을 걸었다. 이런 곳에서 만나면 금방 친해진다. 우린 평생 처음 본 사이였지만 금방 친해졌다. 몇몇 예외만 빼면 이런 만남은 풍요롭고 감동적이며 무척 소중하다. 오늘 아침에도 그랬다.

대기실에 들어간 지 얼마 안 되어 내 이름이 불렸다. 엄마는 수술한 지 얼마 안 된 낯선 여성 두 명과 대기실에 남았다. 수술대에 누워 준비를 하는 동안 해피 알약이 너무 그리웠다. 하지만 의사들도, 간호사들도 최대한 나를 편안하게 해주려고 최선을 다했기 때문에 두려움은 사라졌고 나는 다시 이곳에 오게 되어 다행이란 생각이 들었다.

"니콜 슈타우딩거 씨 맞습니까?" 인턴으로 보이는 아주 젊은 남자가 물었다.

"네."

"암이 오른쪽이니까 포트는 왼쪽?"

"네, 맞아요."

"아, 이건 실수했네요." 그가 진심 당황해서 나를 쳐다보더니 다시 차트를 쳐다보았다.

"왜요? 무슨 일인데요?"

"여기 적힌 몸무게가 맞을 리가 없어요."

이 젊은이는 "칭찬은 고래도 춤추게 한다" 강좌를 1등으로 마친 게 분명하다는 생각이 들었다.

"아니에요, 맞아요. 제가 통뼈거든요." 나는 진지한 표정으로 대답했다. 우리는 서로를 보며 웃음을 터트렸다.

"설마, 키가 얼마인데요? 2미터 11센티가 맞아요?"

"네, 거의."

수술은 정말 금방 끝났지만 유쾌하지는 않았다. 수술을 한 의사 슐뢰머 박사님은 수술 내내 나와 수다를 떨었다.

"아프거든 말씀하세요. 마취 한 번 더 할게요."

"아파요."

"그럼 한 번 더 놓겠습니다."

우리는 아이들, 일, 내 강의, 카를 자식에 대해 이야기를 나누었다.

"슈타우딩거 씨, 동정을 바라지 마세요. 동정은 아무 도움도 안 됩니다. 앞으로 몇 달 동안 정말로 힘들 거예요. 하지만 꼭 이겨내실 겁니다."

그녀의 그 말이 얼마나 큰 힘이 되었는지 모른다. 나 같은 사람에겐 더할 나위 없는 안성맞춤 조언이었다. 지당하신 말씀이다. 동정은 아무 도움이 안 된다. 하지만 확신은 큰 도움이 된다.

"주사를 한 대 더 주시면 좋을 것 같은데요." 30분 후 내가 다시 부탁을 했다.

"지금은 안 됩니다. 지금 지방층을 통과하는 중이라서요." 뭐? 뭘 지나? 나는 수술복 너머로 그녀를 째려보았다.

"박사님, 제가 잘못 들은 것 같은데요."

"네, 죄송해요. 당연히 근육층이죠."

이렇게 말이 잘 통한다니까.

45분 후 수술이 끝났고 나는 다시 카트에 누워 위층으로 올라갔다. 엄마는 여전히 그 여성들과 그곳에 앉아 있었다. 다만 아까와 달리 분위기가 어색하지 않았고 그들 앞에 커피와 빵이 놓여 있었다. 보기 좋았다. "여기 따님 돌아오셨습니다." 간호사가 엄마에게 인사를 건넸고, 나도 마침내 커피 한 잔을 얻어 마실 수 있었다.

캄파리처럼
붉은 칵테일

화학요법을 받으러 갈 때는 무슨 옷을 입어야 할까? 예약해
둔 콜택시가 도착하기 두 시간 전부터 나는 이 중차대한 문제
로 인해 고민에 빠졌지만 통 답이 나오지 않았다. 남편한테는
물어봤자 소용이 없다. 이런 문제라면 오히려 내 자문이 필요
한 사람이니까. 어쨌거나 왼쪽 쇄골이 드러나야 할 것이다. 이
틀 전부터 여기에 새 액세서리가 달렸기 때문이다. 바로 항암
포트다. 아직은 적응이 안 되어서 이물감이 들고 무거웠다. 반
대편 수술한 자리도 완전히 나은 것은 아니라서 요즘은 내 행
동이 많이 굼떴다.

다행히 가히 여성적이라 부를 수 있을 만한 나의 몸매가 톡
톡히 제 몫을 해주었다. 그 부위가 (내 몸의 모든 부위가 그렇
듯) 상당히 두툼했기 때문에 포트가 부자연스럽게 바깥으로
돌출되지 않았다. 쇄골 아래쪽만 자세히 보지 않으면 모를 정
도로 살짝 볼록한 상태였다.

오늘은 포트가 잘 작동하는지, 어떻게 작동하는지 처음으로
점검하는 날이다. 사람들은 화학요법을 "독"이라 부르지만 나
는 그런 호칭을 단호히 거부하였다. 화학요법과 내가 손을 잡
고 함께 가지 않는다면 길이 더 험난할 것이라고 굳게 믿었기
때문이다. 그러니 이제부터 맞게 될 의학의 칵테일에게 나는
최대한 열린 마음으로 다가가려 노력했다.

아무리 그래도 흥분되고 신경이 곤두섰다. 무슨 일이 일어
날까? 금방 느껴질까? 어떤 느낌일까?

"슈타우딩거 씨!" 마이어 박사님이 나를 불렀다. 나와 함께 여성 세 명이 같이 호명되어 복도에서 각자의 링거대를 하나씩 받았다. 벌써 처음 맞을 링거가 각자의 이름이 적힌 채로 걸려 있었다. 우리는 잠시 복도에서 대기하다가 차례차례 불려가 주삿바늘을 꽂았다.

"포트는 소중하게 다루어야 합니다. 늘 조심하세요." 장갑을 끼며 마이어 박사님이 경고를 했고 그 자리를 지나치다 싶을 정도로 깨끗이 소독했다.

"숨을 크게 들이쉬세요!" 푹, 주삿바늘이 들어갔다. 전혀 아프지 않았다. 채혈보다 덜 아팠다. 이제 나는 링거와 하나가 되었고 일차적으로 생리식염수가 내 몸으로 흘러 들어왔다.

"이리 오세요. 안내해드리겠습니다." 많이 듣던 목소리가 들렸다. 이틀 전 나와 같이 울었던 귀여운 스페인 간호사였다. 그녀는 의자가 네 개씩 놓인 총 세 개의 방 중에서 한 곳을 내게 보여주었다. 안이 환하고 쾌적했으며, 소파 비슷하게 생긴 의자는 정말로 물건이었다. 진짜 편안하게 생긴 데다 발 받침대와 등 받침대는 조절이 가능했다. 배부르게 먹고 여기에 푹 엎어지면 얼마나 좋을까. 절로 그런 생각이 들었다. 아쉽게도 나는 맛난 밥을 먹으러 여기 온 게 아니라 화학요법을 받으러 왔다. 하지만 그렇다고 해서 편히 쉬지 못하란 법은 또 어디 있을까?

"겁나?" 당연히 오늘도 곁을 지킨 엄마가 물었다. 남편은 따라오고 싶다고 했지만 어쩐지 남자는 올 곳이 아닌 것 같아서 내가 말렸다. 말도 안 된다고 생각할지 모르겠으나 극소수의 남성 환자(그렇다. 남자도 유방암에 걸린다)를 제외하면 이곳엔 남자가 거의 없었다.

"드디어 시작이라 기뻐요." 실제로도 나는 그렇게 생각했다. 마침내 시작하는구나! 기나긴 사전검사의 여정을 마치고 이제 카를 자식의 숨통을 조일 것이다. 그래서 화학요법을 설레는 마음으로 기다렸지만 아무리 그래도 초조한 마음은 어쩔 수가 없었다.

ACT에선 모든 것이 엄격하게 정해져 있었다. 간호사라 할지라도 함부로 포트에 손을 댈 수 없었으며 아무나 주삿바늘을 꽂을 수도 없었고 심지어 링거 조절 밸브도 함부로 돌릴 수 없었다. 모두가 각자의 권한이 있었고 모두가 친절했으며 환자의 편의를 위해 최선을 다해 노력했다.

간호사가 링거액 주머니를 개인별로 분리해서 상자에 넣어왔고 "니콜 슈타우딩거, 82년 6월 15일생, 맞습니까?"라고 다시 한번 확인을 했다. "네, 맞습니다." 나는 얌전히 대답했다. 첫 번째 링거액 주머니가 링거대에 걸렸다.

우리는 의자에 앉았다. 이 순간 엄마가 얼마나 끔찍할까 생각하니 속이 상했다. 만약 내가 내 아이와 이런 곳에 앉아 있어야 한다면…… 상상만 해도 속이 뒤집혔다. 차라리 내가 아프고 말지! 엄마도 아마 같은 생각일 테고…….

첫 번째 링거액은 붉었다. 캄파리(허브와 과일을 알코올과 물에 우려내어 만드는 이탈리아 술로 검붉은 빛이며 쓴맛이 난다.―옮긴이)처럼 보이는 액체가 천천히 내 몸으로 흘러들었다. 어쩐 일인지 나는 꼼짝도 할 수가 없었다. 이제 무슨 일이 일어날까? 그런데 우려와 달리 아무 일도 일어나지 않았다. 배가 고팠고 추운 것만 빼면. 그거야 삼척동자도 예상할 수 있을 일이다. 밥 안 먹고 찬 링거를 맞는데 어떻게 배가 안 고프고 춥지 않을까? 화학요법이라고 왜 다르겠는가? 그리고 그런 불편쯤이야 당장 해결이 가능했다. 담요야 달라고 하면 되고 먹을 것이야 엄마가 싸 왔으니까. 나와 같은 방에 과묵한 여성이 앉아 있었는데, 그녀는 링거를 맞는 내내 책을 읽으며 나를 아예 없는 사람 취급했다. 이곳에선 그런 평정이 정상이 아니라는 사실을 이제 곧 나는 절감하게 될 터였다.

"무슨 느낌이 와?"

"잘 모르겠는데. 머리가 살짝 아파." 엄마에게 대답했다. 얼마나 기묘한 장면인가? 가만히 앉아서 무언가를 기다린다. 불꽃놀이? 부작용? 뭔가를……. 하지만 실제론 아무 일도 일어나지 않았다. 규칙적으로 간호사와 의사가 와서 나를 살폈고 링거액 주머니를 갈았으며 상태가 어떤지 물었다. 족히 세 시간은 지나고서야 1회차 화학요법이 다 끝났다. 일어서다가 살짝 비틀거렸다. 방금 내 몸으로 들어간 붉은 액체가 신속하게 붉은 오줌이 되어 몸 밖으로 나오려고 했다.

"이제 끝났나요? 아니면 더 할 일이 있을까요?" 간호사에게 물었다.

"끝났습니다. 가서도 됩니다. 다음 주에 주치의한테 들러서 채혈하시고요, 다음번 항암 치료 하루 전에 여기 오셔서 혈액검사 받으셔야 합니다. 내일은 영양주사 맞으시고요. 혈구 생산을 도와줍니다. 열이 38도를 넘으면 당장 병원으로 오셔야 합니다. 궁금하신 점이나 문제가 생기면 언제라도 전화 주시고요."

오케이. 나는 뭔가 전혀 다른 상상을 했다. 훨씬 더 떠들썩하거나 훨씬 더 나쁠 것이라고. 하지만 전 과정이 담담했다. 적어도 ACT의 간호사들에겐 이 역시 평범한 일상, 매일 되풀이되는 일에 불과할 것이다.

우리 마당에서 들려오는 "벌써 끝났어? 어때?"와 "엄마!"가 나를 맞이하였다. 방학을 맞은 아이들이 마당에 만들어놓은 풀장에서 남편과 신나게 놀고 있었다.

"배고파." 정말이지 배가 고팠다. 엄마는 그 후 몇 시간 동안 눈에 불을 켜고서 나를 지켜보았고 나의 행동 하나하나, 정말로 모든 행동을 치밀하게 관찰하였다. 그러고 나면 확인하고 싶은 마음에 묻고 또 물었다. "괜찮아?"

"네." 화학요법을 받고 돌아온 후 두 시간 동안은 한결같은 대답이 나왔다. 하지만 갑자기 달라졌다.

"답답해. 나가야겠어."

"나도 같이 가자."

"괜찮아요. 밖에 나가 좀 걷다 올게요." 나는 내 상태를 설명하려 노력했다. 아이들은 도로에서 놀고 있었다. 나는 아이들이 있는 곳으로 가서 도로를 천천히 오르락내리락했다. 당연히 소식을 들어 사정을 아는 이웃들이 옆에 서 있거나 앉아 있거나 같이 걸어주었다. 걷고 있으면 괜찮았다. 걸음을 멈추지만 않으면. 하지만 멈춰 서기만 하면 세상이 빙빙 돌았고 속이 울렁거렸다. 하는 수 없어 나는 계속 걸었다. 얼마나 오래 걸었는지 모르겠지만 결국 힘이 바닥나서 대문 앞 계단에 털썩 주저앉았다. 그 순간 혈액순환이 내게 작별 인사를 던졌다. 아무도 모르게 조용히 내 몸을 떠나버렸다. 내 얼굴색에 비하면 등 뒤편의 흰 벽이 오히려 더 붉어 보일 정도였다. 나는 의식을 잃었고, 놀란 남편이 얼른 나를 데리고 집 안으로 들어갔다. 괜찮을 것 같아서 엄마를 30분 전쯤에 돌려보냈는데 실수였다. 불쌍한 남편은 정말이지 어떻게 해야 좋을지 몰라 안절부절못했다. 이웃집 아줌마에게 잠깐 아이들을 맡기고 남편이 나를 거실 소파로 데려가 뉘었다.

"장모님, 어떻게 해요?" 남편이 엄마한테 전화로 물었다.

"다리를 올려."

그래서 남편은 내 다리를 잡고 올렸다 내렸다를 반복했다. 현재 내가 거식증에 걸린 탑모델이 아니라 화학요법 모델인

데다 몸에 힘을 빼고 다리를 축 늘어트린 상태였기 때문에 아마 무진장 무거웠을 것이다.

"양동이……." 내 입에서 기운 없는 이 말이 새어 나오기 바쁘게 남편은 지하실로 달려 내려가 청소 양동이를 가져왔다. 구역질은 순환장애와 마찬가지로 갑자기 찾아왔지만 훨씬 오래갔다. 나는 토하고 또 토했다. 몸에서 힘이 다 빠져나가서 질문에 대답할 기운도 없었다. 그런 느낌은 처음이었다. 카니발에 가서 밤새워 미친 듯이 놀고 왔을 때도, 두 번의 임신 때도 이렇게 기운이 없지는 않았다. 그날 내내 나는 부축을 받지 않으면 화장실도 갈 수가 없었다. 말을 하는 것은 물론이고 먹지도 마시지도 못했다. 그냥 누워만 있었다.

아이들은 엄마가 어떤지 몰랐다. 밖에서 실컷 놀다가 저녁밥 먹을 때가 되어서야 집에 들어왔기 때문이다.

"엄마가 약 때문에 너무 피곤해." 남편이 아이들에게 말했다. 우리는 며칠 전 막스에게 앞으로 일어날 일들을 설명했다. 사실은 우리도 정확히 모르면서 아이에게 준비를 시켰다. 그래서인지 아이는 늠름했고, 사실 나한테는 별 관심도 없었다.

해가 지고 애들은 잠이 들었고, 나는 여전히 기력이 없어 꼼짝도 못 하고 소파에 누워 있는데 가슴 안에서 뭔가가 꿈틀거렸다. 녀석이 화학요법을 파티의 신호탄으로 생각했는지 삼바와 메렝게를 짬뽕한 춤을 추기 시작했다. 아니면 저항을 한 것일까? 내 입장에선 이래도, 저래도 좋았다. 남편이 한참 동안 나를 쳐다보다가 가슴으로 눈길을 돌렸다.

"왜?"

"발로 차."

"뭐? 발로 차? 그렇게 빨리?"

"그런 것 같아. 벌써 몇 시간째 저러고 있어."

남편은 눈으로 보고도 믿지 못했다. 블라우스를 입고 있어도 펄떡임이 눈으로 보였기 때문이다. 예전에 임신했을 때 아이들이 발길질을 하던 것과 같았다. 이번에는 배가 아니라 가슴에서 그런다는 것만 다를 뿐. 카를 자식이 반응을 한 것이다. 녀석이 내 가슴에서 펄떡이며 발길질을 하고 춤을 추었다. 너무 격렬해서 밖에서도 다 보일 정도로. 이게 좋은 건지 아닌지 몰라 갈팡질팡했다. 그러다가 좋은 신호로 받아들이자고 결심했고, 내일 영양주사를 맞으러 병원에 가서 물어보기로 마음먹었다.

샴페인을
너무 일찍
터트렸다

나는 천천히 눈을 깜빡였다. 눈을 번쩍 뜰 용기가 나지 않았다. 어제 멈추었던 증상들이 다시 시작될까 봐 겁이 났다. 제일 겁나는 것은 구역질이었다. 지난밤에 또 심한 구역질이 찾아와서 여러 번 토했기 때문이다. 하지만 눈을 깜박인다고 해결될 일이 아니었다. 일어나서 얼른 내 몸의 상태를 살펴야 한다. 나는 조심조심 한쪽 눈부터 먼저 뜬 다음 남은 눈도 마저 떴고 정신을 차려 몸의 상태를 천천히 살피기 시작했다.

좋았다. 다 괜찮았다.

나는 조심스레 침대 끝에 엉덩이를 걸쳤다.

괜찮은데? 좋아!

아무 느낌도 없었다. 아니, 누군가 "어때?"라고 물으면 자신 있게 "최고야"라고 대답할 것 같았다.

나는 일어나 욕실로 들어갔다. 아직 확실하지는 않았다.

괜찮아. 아주 좋은데? 아주 좋아!

"자기, 괜찮아졌어!" 욕실에서 내가 소리쳤다.

"진짜?"

"응, 지나갔나 봐!" 앞으로 닥칠 일은 추호도 예상치 못한 채 나는 신바람이 나서 소리쳤다.

오전은 아무 문제 없이 지나갔다. 열 시 직전에 병원에 가서 영양주사를 맞았다. 병원에서 마이어 박사님을 잠깐 만났는데 보자마자 어제 카를 자식이 삼바 춤을 추었다는 이야기를 털어놓았다.

"좋은 신호입니다. 암 부위에서 가벼운 통증도 느껴질 수 있는데 암이 반응한다는 뜻이니까 너무 걱정하지 마세요." 그가 설명했다.

"영양주사 부작용에 대한 설명을 들으셨나요?" 담당 간호사가 이렇게 물으며 주사기를 뺐다.

"아마 들었는데 까먹었거나 흘려들었을 거예요."

"감기 증상이 나타날 수도 있고 삭신이 쑤실 수도 있습니다." 그녀가 설명했다.

"또요?"

"그게 전부입니다."

와우, 신난다. 어서 여기서 나가자! 나가서 평범한 일상으로 돌아가자! 나는 그렇게 생각했다.

집으로 가는 길에 지난 며칠 동안 받은 모든 문자를 확인했고 전부에게 답장을 보냈다.

"인생에서 가장 중요한 전투를 시작하는구나! 넌 잘 해낼 거야. 파이팅!"

"카를 자식한테 굿나잇이라고 전해줘."

"니콜, 온 마음으로 널 응원해."

"오늘부터 암은 안녕이야."

"오늘 항암 시작이구나. 고생해."

"연락해, 궁금하니까."

며칠 동안 나는 이 많은 문자에 반응할 기력이 없었다. 그래서 오늘 날을 잡아 모두에게 답장을 썼다. 상태가 좋다고, 항암도 생각만큼 나쁘지 않다고, 카를 자식이 벌써 최후의 춤을 추었다고. 나는 미화의 달인이다. 특히 상태가 (다시) 좋을 때는. 어제의 고통은 어제의 일일 뿐, 오늘의 나하고 무슨 상관이란 말인가?

"콘스탄틴, 초록하고 파랑 중에 뭐가 더 좋아?"
"노랑."
"어머, 그래? 나는 보라색인데."
우리 집에선 주로 이런 대화가 오간다. 때로 나는 우리 세 아들—이제 나는 남편도 그냥 아들로 생각한다—한테 살짝 미안하다. 너무나도 의미 있는 이런 대화를 나누다 보면 건강한 지성을 갖춘다는 것이 정말로 좋은 것인지 의문이 들기 때문이다. 특히 건강한 이성을 갖춘 이가 나 혼자인 것 같을 때는 더욱 그런 의문이 든다. 남편은 그런 대화를 너무 잘 알아듣기 때문에 나는 (여자인) 내가 문제라고 느낀다. 아들 셋과 살다 보면 기준을 낮출 수밖에 없다. 거의 모든 기준을 대폭 하락시켜야 한다. 위생, 소통, 건강한 식습관, 예의범절, 가사, 방귀. 특히 마지막 방귀는 우리 아들들이 너무나 좋아하고 잘했다고 서로 박수까지 쳐준다. 아마 내가 없을 땐 남편도 같이 맞장구를 칠 것이다.
그런데 오늘 그런 허튼 짓거리들이 치료에 얼마나 도움이 되는지 새삼 느꼈다. 아이들이 있으면 서둘러 일상으로 복귀한다. 아이들은 너무나 이기적으로 일상의 권리를 요구한다. 먹여달라고, 물을 달라고, 놀아달라고, 엉덩이를 닦아달라고 한다. 엄마가 암이건 아니건 아이들은 관심이 없다. 나는 오늘 그래서 너무 좋았다. 온 세상에 나와 카를 자식만 있는 게 아니라는 사실을 실감했기 때문이다. 내 곁엔 내 아이들, 세상 무엇보다 소중한 내 아이들이 존재한다는 사실을 새삼 깨달을 수 있었다.

삶은 계속된다. 화학요법을 마친 이튿날에도. 그렇게 오전이 지나갔고 나는 잠깐 눈을 붙였다. 아침처럼 아무 일 없이 일어날 수 있을 것이라 굳게 믿었기 때문이다. 하지만 눈을 뜬 순간 놀라고 절망했다. 도저히 몸을 일으킬 수가 없었다. 온몸의 뼈란 뼈는 다 쑤시고 아팠고 다시 속이 울렁거렸다. 거기에 도저히 참을 수 없이 어지러웠다. 어두운 곳에서 쉬고 싶었다. 빛이 눈을 찔렀고 척추가 욱신거렸다. 이럴 수는 없어. 아침까지만 해도 멀쩡했는데.

"자기, 아스트리트 전화야." 남편이 전화기를 들고 위층으로 올라왔다가 내 꼴을 보고 화들짝 놀랐다. "아스트리트, 못 받겠네. 이따 전화할게." 그가 전화를 끊고 내 곁에 앉았다.

"온몸이 아파." 절로 신음이 났다. 그게 그날 내 입에서 나온 마지막 말이었다. 순발력의 여왕에게도 항암은 항암이었다.

나는 모든 이에게 저마다의 자기 회복력이 있다고 굳게 믿는다. 어떤 이는 조금 더하고 어떤 이는 조금 덜할 뿐인데, 그 중에서 나는 아주 많은 사람 축에 속한다고. 아마 해묵은 마음의 짐이 없기 때문일 것이다. 맞다. 나는 정말로 행복한 몇 안 되는 사람 중 하나이다. 나는 아름다운 어린 시절, 아니 꿈 같은 어린 시절을 보냈다. 상처를 받은 적도, 집안에 내가 모르는 비밀이 있다고 느낀 적도 없는 그런 어린 시절을 보냈다. 물론 우리 가족이 그림책에나 나올 법한 완벽한 가족이라는 말은 아니다. 언니는 열한 살의 어린 나이에 교통사고로 세상을 떠났다. 당시 엄마는 나를 배고 있었다. 만삭이었다. 우리 할머니 할아버지는 암과 치매로 고생이란 고생은 다 하시다가 남들보다 이른 나이에 돌아가셨다.

그럼에도 나는 이 세상에서 가장 행복하고 가장 충만하게 자란 아이였다고 생각한다. 무조건적인 사랑을 받았기 때문이다. 방점은 "무조건"에 찍힌다. 조건 없는 사랑. 나는 존재 그 자체만으로 사랑을 받았다. 우리 집에도 문제는 있었지만 숨김없이 터놓고 이야기하고 의논했다. 덕분에 나는 자신감을 키울 수 있었고, 만사가 다 잘될 것이라는 굳건한 믿음을 얻었다. 자신감만 있으면 아무리 어려운 문제가 생겨도 묵묵히 지켜보고 당당히 대처할 수 있다. 해묵은 마음의 짐이 없으면 아무리 어려운 일이 생겨도 빠르게 힘을 길러낼 수 있다. 나의 이런 능력은 다 부모님 덕분이다. 부모님이 그 힘을 내게 전해 주셨다.

"나쁜 일에도 다 이유가 있는 거야." 엄마와 할머니는 자주 이 말을 하셨다. 하지만 카를 녀석은 나의 이런 원초적 믿음을 완전히 흔들어놓았다. 정말 다시 좋아질까? 왜 하필이면 나인가? 무엇보다 나는 왜 이런 고민을 하는 것일까? 자기 회복력을 총동원하려 한다면, 아니 동원해야 한다면 애당초 왜라고 묻지를 말아야 한다.

생각해보니 내게도 해묵은 짐이 하나 있었다. 어딘가 내 마음 저 깊은 곳에 숨어 있던 마음의 짐. 그것의 이름은 P 선생님이다. 그녀는 고등학교 체육 선생님이었다. 선생님의 칭찬에는 늘 조건이 따라붙었고, 그 조건을 나는 충족시킬 수 없었다. 지금까지도 나는 물구나무서기도, 옆 구르기도, 등 넘기도 할 줄 모른다. 공을 잘 던지지도 못하고 뛰어넘기도 못하고 달리기도 못한다. 축구도, 피구도, 배구도 못한다. 밧줄 타기는 내 능력을 벗어나는 일일 뿐 아니라 나는 그 의미를 통 이해하지 못하겠다. 왜 저렇게 기를 쓰고 위로 올라가려는 걸까? 그랬기에 선생님은 나를 좋아하지 않았고 나를 괴롭혔다. "5단 쌓아. 아, 잠깐! 니콜이 있지. 그럼 4단만 쌓아." "누구 물구나무서기 시범할 사람? 니콜?" 나는 하고 싶지 않아도 해야 했다. "그럼 옆에서 도와줘야 하니까 남학생 일곱 명은 필요하겠네." 그래, 그랬다. P 선생님은 나의 해묵은 짐이었다. 9학년 때 완전 실수로 배구공이 그녀의 코를 향해 날아갔고 안경과 함께 그 코를 박살 내버렸다. 그 멋진 투구 이후로 나는 이런 해묵은 짐을 아주 잘 처리하게 되었다. 그런 상황에선 누구에게나 나름의 트릭이 있고, 그것이 엄청난 힘을 가동시키는 법이다. 그래서 나는 카를 녀석을 향해서도 역시나 멋지게 한 방 날리려 노력하고 있는 것이다.

유전자검사

"또 병원이야. 오늘은 정말 병원 가기 싫은데." 나는 살짝 애교를 섞어 엄마에게 떼를 썼다.

"나도 알지. 하지만 오늘은 힘든 거 아니잖아."

"그래도 가기 싫어요." 나는 고집을 부렸다. 치카치카하라는 말을 들었을 때의 우리 아들처럼. 맞다. 우린 혈연관계니까 유전자가 같다. 그러니 내 고집불통 유전자를 물려받은 우리 아들도 어쩔 수가 없는 것이다.

유전자 얘기가 나왔으니 말인데, 오늘이 바로 그 유전자검사를 하는 날이다. 유방자궁가족센터에 예약을 잡아두었다.

"이름부터 가족센터잖아. 이름처럼 가족적이고 편안한 분위기일 거야."

하지만 오늘 나는 전혀 고분고분하지 않았다. 괜히 심통을 부리며 가지 않겠다고 뻗댔다. 항암을 받고 나흘이 지났다. 오늘 겨우 몸이 견딜 만해졌다. 지난 사흘 동안은 정말로 힘들었다. 그런데 하필 오늘 이 귀한 시간을 또 병원에서 허비해야 한다니. 오늘 같은 날은 온 세상 짐을 다 나 혼자 짊어진 기분이다. 더구나 불안한 생각이 스멀스멀 고개를 들기 시작했다. 병기결정 때 내장과 흉부, 뼈는 검사를 했지만 자궁은 하지 않았다. 오늘 검사할 이 유전자는 유방암과 자궁암의 위험을 높인다. 그런데도 왜 자궁을 뺐을까? 게다가 웃기게도 며칠 전부터 아랫배가 당기는 것 같았다. 그러니 거의 대부분의 시간을 누워서 보낸 지난 사흘 동안 우리 순발력 여사님께서는 자신의 자궁암을 진단하시고도 남을 수밖에 없었다. 이 진단을 확인하고자 나는 오늘 유전자검사가 끝나자마자 다니던 산부인과로 서둘러 달려갈 작정이었다.

하지만 일단은 센터에서 BRCA1, BRCA2 유전자에 대한 주요 정보를 얻어야 한다. 이 유전자는 최근 들어 언론에서 엄청 많이 보도되었다. 이것이 바로 그 유명한 안젤리나 졸리 유전자이기 때문이다. 이 유전자 변이가 있으면 유방암에 걸릴 확률이 80퍼센트가 넘는다. 물론 우리 가족 중에는 아직 유방암이 없었기 때문에 나는 검사를 하지 않아도 이 변이가 없을 확률이 상당히 높다.

"슈타우딩거 씨, 이 말씀부터 먼저 드리고 싶어요. 꼭 이겨 내실 겁니다. 물론 지금 여행을 떠난다면 더 좋겠지요. 하지만 여행은 치료받고 나서도 갈 수 있어요." 담당 의사가 단호하지만 따뜻한 마음이 느껴지는 말투로 조곤조곤 설명했다.

하루에 한 번씩 이런 말을 해주는 의사를 만날 수 있다면 얼마나 좋을까. "꼭 이겨내실 겁니다." 이 말이 내 귀엔 음악보다 아름다웠기에 기분이 금방 좋아졌다. 자가진단을 마친 자궁암도 잠시 까먹을 정도로.

의사가 유전자의 방향을 찾기 위해 우리 가족의 계보를 작성했다. 또 양성반응이 나오는 경우 어떻게 대처해야 하는지도 아주 상세하게 설명했다.

"이 유전자가 사형선고인 건 절대 아닙니다. 반대로 생각해야 합니다. 건강의 문을 여는 열쇠를 얻은 거지요." 그녀는 나의 불안을 달래주며 양쪽 유방 절제에서 자궁 적출에 이르기까지 다양한 방법을 알려주었다.

"현재 시급한 문제는 카르보플라틴입니다."

유전자 변이가 있을 경우 이 약품을 나중에 화학요법에 추가해야 한다.

"카르보플라틴은 부작용이 많기 때문에 효과가 입증된 경우에만 사용해야 합니다. 다행히 우리는 아직 시간이 많아요. 유전자검사는 시간과 돈이 많이 들거든요."

우리는 오랫동안 이야기를 나누었고 의사는 내 질문에 일일이 대답을 해주었다.

"선생님 덕분에 마음이 한결 가벼워졌습니다." "꼭 이겨내실 겁니다"라는 말을 들은 후 내 기분이 눈에 띄게 좋아진 걸 느낀 엄마가 환하게 웃으며 인사를 건넸다. "그런데 한 말씀만 더 부탁드려요. 지금 우리 딸이 자궁암에도 걸렸다고 생각해서 병원 나가자마자 바로 산부인과로 달려갈 작정이거든요."

헉! 엄마, 지금 배신 때리는 거야?

"왜 그런 생각을 하셨어요?" 그녀가 물었고, 나는 나의 의학적 진단 과정을 털어놓았다.

"물론 저도 아니라고 확답은 못 드립니다. 하지만 지금 예약도 안 하고 바로 산부인과로 달려가시면 문진하고 초음파만 찍고 가라고 할 겁니다. 찍으면서 의사가 한마디 할 테죠. '다 좋아요. 근데 낭종이 하나 있군요.' 그럼 환자분은 물을 겁니다. '낭종? 왜 낭종이 생겨요?' 하지만 예약을 안 하고 가셨으니 정확한 검사 결과를 못 들을 것이고, 충분한 대답을 못 들으니 불안하겠지요. 집으로 와서 인터넷에 들어가서 검색을 할 것이고 예약 날까지 온갖 상상을 해댈 겁니다. 그리고 일주일 후 예약한 날짜에 가서 결과를 보면 의사가 말할 겁니다. '다 정상입니다.' 지금은 그냥 나가서 어머님이랑 맛난 것 드시고 이따 산부인과에 전화해서 다음 주에 예약을 잡으세요."

그래서 나는 엄마랑 피자를 먹었고 산부인과에 전화를 걸어 예약을 잡았다. 일주일 후 초음파검사를 받았고, 세상 편안한 마음으로 자궁은 아무 이상 없다는 의사의 소견을 들었다.

건배!

"그렇게 조몰락대면 좋을 것 같니?" 엄마가 야단을 쳤다.

"조몰락대는 게 아니라 크기를 재는 거야." 나는 전문가다운 대답으로 계속 오른쪽 가슴을 만지작대는 나의 습관을 정당화했다. 나는 카를 자식의 변화를 감지하려고 크기를 쟀다. 손가락 걸음으로 녀석의 둘레를 재니 어제만 해도 열두 걸음이었던 게 열한 걸음밖에 안 되었다. 하지만 1회차 항암을 받은 지 이제 겨우 열흘이었다. 사실이라기에는 변화가 너무 긍정적인 데다 또 너무 미미했기에 나는 아무에게도 말하지 않았다. 내가 착각했을 것이다. 항암 한 번 받았다고 작아지다니, 그럴 리는 없다고 생각했다.

2회차 화학치료를 나흘 앞둔 날이었다. 부작용이 완전히 사라졌다. 처음 나흘은 외부 세상과 거의 담을 쌓고 살았다. 잠깐의 산책조차 힘에 부쳤다. 구역질과 순환장애가 계속 잇따랐다. 게다가 손가락 하나 까딱할 기운조차 없을 정도로 피로감이 심해 소파와 거의 한 몸이 되다시피 누워만 있었다. 5일째 되는 날부터 서서히 상태가 나아지더니 일주일이 지나자 다시 몸이 정상으로 돌아왔다. 적어도 나머지 일주일은 아무 이상 없이 살 수 있으니, 그것만 해도 얼마나 고마운지 몰랐다.

일상으로 돌아왔다. 운전도 다시 할 수 있었고 혼자서 애들을 볼 수도 있었다. 심지어 오늘은 처음으로 워킹 약속을 잡았다. 첫 데이트 약속처럼 가슴이 뛰었다. 오후 느지막이 아스트리트가 나를 데리러 왔고, 우리는 후끈한 여름 공기를 마시며 화학요법 이후 첫 라운드를 뛰었다.

"속도는 네가 정해." 아스트리트가 웃었다. 나는 아직도 다리가 후들거렸다. 울창한 숲이 드리운 그늘, 상쾌한 공기, 철썩이는 호수의 물소리가 예상치 못했던 효과를 불러왔다. 온몸에 기운이 돌아온 것 같았다. 걸음을 옮길 때마다 기운이 치솟았다. 여전히 흥분되고 신경이 곤두섰지만 기분이 너무 좋았다. 할 수 있구나. 너무 좋아! 나의 걸음이 전혀 느리지 않아서 아스트리트도 한마디 했다.

"예상 밖인데."

"그러게 말이야."

우리는 족히 5킬로미터를 걸으며 이런저런 이야기를 나누었다. 물론 카를 녀석 이야기도 빠지지 않았지만 대부분은 그냥 사소한 이야기들이었다.

"너무 빠른 것 같지 않아?"

"절대 아니야." 나는 맹세했다.

"그렇다면 칭찬을 듬뿍 해줘야겠어. 그늘에 들어가도 29도인데 항암을 받는 와중에 호숫가를 걷고 있다니." 아스트리트가 말했다. 그녀의 말이 옳았다. 칭찬받아 마땅했다. 약간의 자부심과 엄청난 땀을 동반한 채 우리는 근처 맥줏집으로 들어가 무알콜 맥주를 한 잔씩 마셨다. 맛이 아주 기가 막혔다. 저녁 내내 꿈을 꾸는 것 같았다. 다시 삶에 동참할 수 있어 행복했다. 우리 두 사람이 힘차게 "건배!"를 외치며 웃던 순간 정말로 내 눈에 눈물이 고였다. 이것이야말로 이 모든 일이 그리 나쁘지는 않을 것이라는 증거가 아닐까? 어쩌면 워킹도 일종의 추가 치료가 아닐까? 치료를 받는 사이사이 인생을 실컷 즐겨도 되지 않을까? 요 며칠 자주 던졌던 질문들이었다. 앞으로 몇 달을 그저 이 악물고 견뎌야만 하는 것인가? 힘든 와중에도 그 시간을 활용하고 나아가 가끔 즐길 수도 있지 않을까? 누가 내게 명령한단 말인가? 이런 많은 생각이 머릿속을 오갔고 나는 마침내 결단을 내렸다. 눈 똑바로 뜨고 이 시간을 지나가자. 좋은 날들을 흠뻑 즐기자. 예전보다 더! 근데 정말 즐겨도 되는 걸까? 당근! 아니, 반드시 즐겨야 한다. 웃을 일 없는 녀석은 카를 자식 하나로 족하다.

열두 걸음이었다. 나는 수백만 번도 더 카를 자식의 크기를 쟀고 녀석의 크기는 열두 걸음이었다. 어제는 열한 걸음으로 줄어 있었지만 내 착각이라고 생각했다. 그런데 오늘은 아홉 걸음이었다.

"자기야!" 아침 다섯 시 40분. 남편은 내 바람만큼 빠르게 반응하지 않았다.

"자기!"

"으으으음."

"일어나봐."

"왜?"

"작아졌어."

그제야 남편이 벌떡 일어났다. 봐, 역시 바로 본론으로 들어가야 한다니까.

"확실해?"

"아니, 나는 확실하지 않으니까 자기가 만져봐."

며칠 전에도 혹시 몰라 남편에게 크기를 재보라고 시켰다. 바로 이런 일이 일어날 것 같았기 때문이다. 다른 사람의 확인이 필요했다. 그래서 우리는 아침 다섯 시 41분에 침대에 똑바로 앉았고, 남편이 내 오른쪽 가슴을 만지기 시작했다. 비슷한 시각에 비슷한 짓을 했던 때가 있었다. 하지만 이유는 달랐다. 당시 우리는 사랑에 흠뻑 빠져 서로에게 달려들었고 출근 전까지 단 1분도 허비할 수 없었다. 그런데 오늘은 전희도 없다. 오늘은 암이 작아졌는지 알기 위해 남편이 내 가슴을 더듬는다. 정말이지 낭만적이게도.

"잘 모르겠어."

"모르겠어?"

"확실치가 않아."

"아냐, 완전 확실해."

"당신이 그렇다고 하면 그렇겠지."

와우! 이렇게 기쁜 일이. 다시 원점으로 돌아왔다.

나는 이 모든 일이 시작되었던 그 장소에서 나 자신과 만나기로 약속을 잡았다. 바로 그 욕실 샤워기 아래에서 말이다.

그곳에서 카를 자식을 처음으로 느꼈으니 이제 그곳에서 다시
한번 녀석을 좀 더 정밀하게 살펴볼 것이다. 눈을 감으면 감각
이 더 선명해진다. 그래서 요즘엔 장님 여성들을 고용해서 전
문적으로 촉진을 맡기는 산부인과도 있다. 이 여성들이 이 병
원 저 병원을 다니면서 타고난 손가락 끝 감각을 활용해 환자
의 가슴을 철저하게 촉진한다. 방사선을 쪼이지 않아도 되니
괜찮은 방법이라고 나는 생각했다. 그러나 굳이 그런 방법까
지 동원하지 않더라도 모든 여성이 자가진단을 할 수 있고, 눈
을 감으면 정확도가 높아진다. 그럼 자신의 가슴과 친해질 수
있다. 악성 종양과 양성 종양을 구분할 수 있게 된다. 월경으
로 인한 호르몬 변화인지 아니면 급히 병원으로 가봐야 할 일
인지를 구분할 수 있다.

　떨어지는 물을 맞고 있다 보니 이게 뭐 하는 짓인가 싶어 잠
시 심란해졌다. 총 16회차 치료 중 이제 겨우 한 번을 마쳤을
뿐이다. 그 한 번으로 벌써 무슨 변화가 있을 것이라고 이 야
단일까? 하지만 아무리 봐도 상당한 변화가 나타난 것 같았
다. 나의 전문가적 소견으로는 확실했다. 하지만 나의 손가락
끝을 스스로도 믿을 수가 없어서 나는 재고 또 쟀다. 물이 차
가워질 때까지. 의심의 여지가 없었다. 녀석이 줄어들었다. 그
동안은 손을 그 위에 얹기만 해도 느껴졌는데 이젠 확실치가
않았다. 녀석이 줄어들었다. 분명했다. 그리고 뭔가 더 흐물흐
물해졌다. 이건 화학요법이 통했다는 뜻일 것이다. 그리고 내

가 다시 건강해질 것이라는 의미일 것이다. 나는 웃었다. 그리고 울었다. 행운이 실감 나지 않았다. 화학요법이 먹혔다! 다른 이유는 찾을 수 없었다. 그 고통스럽던 부작용은 잊혔다. 부작용쯤은 아무래도 좋았다. 나한테 무슨 짓을 해도 괜찮다. 건강해지기만 한다면.

천천히 몸을 닦고 옷을 입고 큰 소리로 남편을 불렀다. 하지만 남편이 이미 욕실 문 앞에 서 있는 바람에 화들짝 놀랐다. 아래층에서 아이들하고 있는 줄 알았지 바로 앞에서 기다리고 있는 줄 전혀 몰랐다.

"작아졌어. 녀석이 손들었어."

단호한 내 말투는 남편의 의심도 날려버렸다. 남편이 아무 말 없이 나를 꼭 안았다. 그게 무슨 의미인지 그도 잘 알 것이다. 나는 암이 줄어들지 않는 희귀한 케이스가 아니다. 물론 내가 그런 희귀한 케이스일 거라고는 아무도 예상치 않았지만, 따지고 보면 서른둘에 유방암, 그것도 삼중음성 유방암에 걸린 것만 해도 아무도 예상치 못했던 희귀한 케이스였다.

"거봐, 내가 뭐랬어. 잘될 거라고 했잖아."

남편의 음성에서 확신이 느껴졌다. 하지만 나는 그 목소리에서 한량없는 걱정과 불안을 느꼈다. 남편의 눈에 눈물이 고였다. 그래, 강한 척했지만 사실 남편도 강한 사람이 아니다. 남편도 무서웠던 것이다. 어린 두 아들과 혼자 남을까 봐, 아내의 무덤을 찾아가야 할까 봐 겁났을 것이다. 우리 둘 다 너무나 겁이 났기에 지금껏 한 번도 그 마음을 털어놓지 못했다. 나는 양손으로 그의 얼굴을 잡고 그를 빤히 바라보았다.

"약속할게. 당신 혼자 두고 가지 않을 거야."

더 이상 말이 필요 없었다. 우리는 오래오래 서로를 꼭 끌어안았고, 수천 마디 말보다 더 많은 말을 마음으로 나누었다.

"한 번 만에 결과가 이렇게 좋다니 믿을 수가 없어." 나는 여전히 욕실에서 나오지 않은 채로 행복에 겨워 그에게 말했다.

"그러니까. 근데 당신이 나한테 설명하지 않았어? 항암은 빠르게 움직이는 것은 모조리 공격한다고 말이야."

"맞아, 마이어 박사님이 그렇게 설명하셨어. 항암은 빠르게 자라는 모든 세포를 파괴한다고. 암세포는 정말 빠르게 성장하거든. 머리카락 세포도 마찬가지고."

"음……." 남편이 정말로 야릇한 신음을 내뱉었다.

"왜?"

"그래서 말이야." 그가 천천히 말했다. 그의 말투에 마음이 불안해졌다. 나는 고개를 돌려 그의 시선을 좇았고 이내 무슨 일이 일어났는지 깨달았다. 그럴 것이라고 예상은 했지만 굳이 심각하게 생각하지는 않았다. 더구나 그 일이 바로 오늘, 이 순간에 일어나리라고는 정말이지 예상치 못했다. 우리의 시선은 같은 방향을 향했다. 하수구가 막혀 샤워부스 바닥에 물이 고여 있었고, 그 물에 수많은 금발 머리카락이 둥둥 떠다녔다.

머리카락이
왜 필요해?

그렇다고 해서 내가 탈모 대비를 하지 않은 것은 절대 아니다. 자주적인 현대 여성은 자고 일어나니 시너드 오코너_{Sinead O'connor}(아일랜드 출신의 여성 뮤지션으로, 전통적인 여성상에 저항하기 위해 머리를 밀었다.—옮긴이)가 될 때까지 손 놓고 기다리지 않는 법이기에, 나는 이미 전문가를 찾아가 손을 써둔 상태였다. 1회차 항암을 시작하기 며칠 전에 시내에 있는 유서 깊은 가발 전문 가게에 가 상담을 받고 가발을 제작해둔 것이다. 나의 뜻은 확고했다. 대머리를 누구에게도 보여주지 않으리라! 긴 금발 진모로 멋진 가발을 맞추리라!

"엄마, 엉덩이까지 오는 걸로 해." 쇼트커트 엄마가 못마땅했던 막스가 별도로 주문을 했다. 나쁘지 않은 생각이었다. 가발이 아니면 언제 긴 머리를 해보겠는가. 인형 머리를 빗겨 예쁘게 땋아주던 25년 전의 기억이 떠올랐다. 그것하고 비슷할 것 같았다. 가발 거치대에 머리를 올려놓으면 팔을 뒤틀지 않아도 마음껏 땋은 머리나 올림머리를 만들 수 있을 테니 말이다. 예쁘게 다 만들어서 그냥 뒤집어쓰기만 하면 될 것 아닌가. 와우! 진짜 괜찮다! 실비 메이스 같은 유명인들이 미리 시범을 보여주지 않았던가. 좋은 가발 하나만 있으면 아무한테도 비밀을 들키지 않고 아무 일 없는 듯 살 수 있을 것이다.

가게 안에 들어가니 시간 여행을 온 기분이었다. 인테리어를 일부러 레트로 스타일로 택한 것인지 아니면 그냥 촌스러운 것인지 종잡을 수가 없었다. 60년대로 돌아간 것 같았다.

다만 내가 〈케세라세라〉를 부른 도리스 데이 Doris Day 가 아니라 엉덩이까지 내려오는 금발을 원하는 유방암 환자라는 것이 다를 뿐. 가게 사장님의 안내로 우리는 가게의 별실로 들어갔다. 별실은 올드한 분위기는 기본이었고, 그에 더해 따뜻하고 정감이 넘쳤다. 나처럼 금발인 데다 아직 나이가 젊어 보이는 가게 사장님은 이런 상담이 처음이 아닌 것 같았다. 스스로도 유방암 환자를 상대한 경험이 무척 많고 나 같은 젊은 고객도 많이 만났다고 했다. 그녀가 가발과 관련된 온갖 필수 정보를 알려주면서 내게 어울릴 적당한 색깔을 골라 추천해주었다.

"여기 이게 고객님 피부색에 제일 가깝네요. 솜털은 다 손봐드리니 올림머리 해서도 가발인 줄 모를 겁니다. 가르마는 살짝 색깔을 넣어드려요."

"왜요? 전 일부러 탈색을 하는데요." 내가 고백했다.

"네, 하지만 너무 금발이면 가짜 같아 보이거든요."

그녀는 내가 원하는 중간 정도의 긴 머리에는 진모가 적당하다고 설명했다(엉덩이까지 내려오는 길이는 경제적인 이유로 포기했다).

"인조모는 짧은 머리만 만들어요. 최대 어깨까지 가능하죠."

그렇게 나의 가발 프로젝트는 원활하게 진행되었다. 내가 미처 마음을 정하기도 전에 그녀가 나를 말도 못 할 정도로 예쁘게 만들어줄 비닐을 내 머리통에 씌우더니 나더러 비닐이 딱 붙을 때까지 양손으로 꽉 쥐고 잡아당기라고 했다. 그러고 나서 머리통 본을 떴다. 안 봐도 내 꼴은 영락없는 샤페이(얼굴과 몸통에 주름이 많은 중국 개—옮긴이)였을 것이다. 엄마도 폭소를 터트리고 말았다. 사진을 찍겠다는 엄마를 갖은 협박을 날려 겨우 말렸다.

"2회차 시작하기 전에 빠질 가능성이 높아요. 그러니까 적응할 시간을 두고 일정을 진행하도록 합시다."

그런데 오늘 아침 내 머리카락이 샤워부스 하수구를 막아버렸으니 참으로 기가 막힌 타이밍이 아닐 수 없었다.

다행히 탈모는 카를 녀석의 항복과 함께 찾아왔다. 그래서 나는 오히려 힘이 불끈 솟는 기분이었다. 항암이 잘 듣는다는 증거를 내 눈으로 확인했으니 말이다. 카를 자식만 보낼 수 있다면야 까짓 탈모 정도야 얼마든지 참아줄 수 있었다.

"엄마, 좋은 뉴스와 나쁜 뉴스가 있어요." 나는 전화기에 대고 소리쳤다.

요즘 엄마는 내가 농담을 해도 잘 웃지 않았다. 이해는 가지만 그런 엄마를 보면 속이 상했다.

"그럼 좋은 뉴스부터." 엄마가 조심스레 대답했다.

"카를 자식이 작아졌어요."

조용.

"엄마?"

조용.

나는 전화기를 들여다보았다. "여보세요?"

"정말……?"

엄마의 목소리에선 조금 전 남편에게서 느꼈던 그 불안과 확신의 짬뽕이 똑같이 느껴졌다.

"응, 진짜로. 확실하지 않으면 아예 말을 안 했지."

"아, 니콜, 전화 온다. 조금 있다 다시 할게."

그건 거짓말이었다. 나는 안다. 나도 엄마이기에 자식에게 거짓말을 하고 있다는 걸 금방 알 수 있었다. 엄마는 지금 울고 계실 것이다. 나 때문에 엄마가 이런 시간을 보내야 한다는 것이 너무나 가슴 아팠다. 오히려 나는 투지를 불태웠다. 주변 사람들이 모두 맥 놓고 앉아 있는 와중에 나 혼자 적극적으로 암과 맞서 싸웠다. 나는 가만히 앉아 당하지 않을 것이다. 맞서 싸울 것이다. 하긴 내 주변 사람들도 다 그렇게 하고 싶을 것이다. 내 자식이 이런 중병에 걸렸는데 내가 아무것도 못 하고 가만히 앉아 있어야 한다고 생각하면 속이 홀러덩 뒤집혔다. 엄마도 마찬가지일 것이다. 엄마도 가능하다면 지금 당장 내 몸에서 암을 떼어낼 것이다. 나 역시 엄마를 위해서라면 그렇게 할 것이다. 사랑하는 사람이 고통받는 꼴을 누가 그냥 지켜보고만 싶겠는가? 누구라도 도와주고 싶을 것이다.

하지만 그럴 수가 없다. 난 암을 다른 누군가에게 떼어줄 수 없다. 다른 누군가를 나 대신 항암 치료실로 보낼 수도 없다. 물론 그럴 수 있다고 해도 그러지 않을 테지만. 누구에게 그런 짓을 시키겠는가.

전화가 다시 울렸다. "니콜, 미안. 근데 정말이야?"

엄마는 울면서도 마음을 추스르려고 애를 썼다. 내 눈에도 눈물이 고였다. "응, 진짜로 확실해. 다 잘될 거예요."

둑이 터지듯 지난 며칠, 지난 몇 주의 긴장이 한꺼번에 터진 것 같았다. 엄마는 울고 또 울었다. 안도와 기쁨, 불안과 분노, 무엇보다 지극한 모성애가 그 울음에서 소용돌이쳤다. 나도 울었다. 남편도 울었다. 좋아서 울었다. 우는 사이사이 엄마가 중얼거렸다. "미안." "괜찮아." "그럴 줄 알았어." 나는 엄마를 울게 두었다. 나한테는 화학요법이 잘 먹힐 것이라 큰소리쳤 지만 엄마 역시 마음 한편에선 불안을 지울 수 없었을 것이다.

"이제 괜찮아졌어?" 한참 후 내가 물었다.

"그래, 근데 나쁜 소식은 뭐야?" 다시 마음을 추스른 엄마가 물었다.

"머리가 빠져."

정말 순식간이었다. 1분도 채 안 되어 머리카락이 싹둑 잘 려나갔고, 어깨와 바닥으로 우수수 흩어졌다. 면도기의 규칙 적이고도 나지막한 소음이 함께 했다. "천천히 자를까요? 확 잘라버릴까요?" 레트로 가발 가게의 미용사가 물었다.

"확 잘라주세요." 그렇게 대답하는 내가 너무 여유가 넘쳐 서 나 스스로도 깜짝 놀랐다. 하긴, 달리 무슨 도리가 있겠는 가? 오후에 가게에 다시 들러 주문한 가발을 써보았다. 그런 딸의 모습을 지켜봐야 하는 엄마가 나보다 훨씬 더 힘들었을 것이다.

"머리카락이 없으니까 다시 아기가 된 것 같네." 엄마는 일부러 더 쾌활하게 말했지만 말에 섞여드는 약간의 우수까지 다 감출 수는 없었다. 나는 걸음아 나 살려라 도망치는 카를 녀석 때문에 신이 나서 이런 일쯤은 대수롭지 않게 넘길 수 있었다. 피할 수 없다는 것을, 참고 지나가야 할 과정이란 것을 너무나 잘 알았기 때문이다.

그럼에도 상황은 슬프고도 특이했다. 그러니까 나는 여기에 앉아 있다. 화학요법을 받는 두 아이의 젊은 엄마. 이제 곧 내게도 환자들이 모두 겪는 신호가 찾아올 것이다. 대머리 말이다. 벗어날 길은 없었다. 암이 덮친 현실은 겉모습만 보아도 확연해졌다. 이젠 모두가 볼 수 있었다. 나는 더 이상 머리카락 뒤로 숨을 수가 없었다. 적어도 진짜 내 머리 뒤로는. 그런데 바로 이때 구원의 손길이 찾아왔다. 나의 새로운 모자가 내게로 온 것이다. 미용사는 테이프를 어떻게 붙이는지, 어떻게 해야 잘 쓸 수 있는지 시범으로 보여주었다.

"처음엔 좀 연습이 필요해요. 그렇지만 금방 손에 익을 겁니다." 그녀가 자세히 설명했고, 불과 3초 후 나는 대머리 암 환자에서 금발의 팜파탈로 변신하였다.

"우아!" 엄마가 감동했다. "감쪽같네. 진짜 모르겠다. 예전하고 똑같아."

엄마 말이 맞았다. 거의 한 시간을 잡아먹고 완성된 어깨까지 오는 레이어드커트 가발은 고생한 보람이 있었다. 정말로 마음에 쏙 들었기 때문이다. 나는 엄마에게 찍고 싶은 만큼 사진을 찍어도 된다고 통 크게 허락했다.

"엄마, 진짜 괜찮은 것 같아! 이거면 문제없겠어요. 절대 안 벗을 거야." 나는 너무 기뻐 환호성을 질렀다.

하지만 그것이 내가 가발을 머리에 쓴 처음이자 거의 마지막 순간이 될 것이라는 사실을 그때는 미처 몰랐다. 솔직히 내가 내 몸에서 지극히 정상이라고 여긴 곳은 머리카락 하나뿐이었다. 나머지 부위는 몽땅 다 고민의 여지가 많았다. 굳이 "많았다"라고 과거형 표현을 쓴 이유는 머리카락이 사라지면서 자신의 매력을 바라보는 시선이 달라졌기 때문이다. 황당하게 들릴 수도 있겠지만 (페이스북 친구의 말대로) "짜증 나는 털 뭉텅이"가 없어지고 나니 내가 훨씬 예뻐 보였다. 처음으로 내 눈과 광대뼈가 참 예쁘다는 생각을 했다. 이도 참 예쁘고 피부도 참 고왔다. 난생처음으로 그 사실을 깨달았다. 투실투실한 엉덩이와 탱탱한 허벅지, 미용 기업들이 연신 떠들어대는 다른 온갖 흠결은 싹 잊어버렸다. 뭐 까맣게 잊었다고 하면 거짓말일 테지만 어쨌든 내 시야에서 밀려난 건 맞았다. 그것들은 다 겉모습에 불과하니까.

한 가지는 분명히 배웠다. 나는 머리카락"만"인 것도 아니고 젖무덤"만"인 것도 아니다. 나는 그보다 훨씬 더 많은 것이다.

2회전

주문했던 가발을 받은 날은 2회차 항암을 앞둔 날이었다. 내일이면 다시 시작이었다. 금어기는 끝났으니 이제부터는 다시 예고된 고통의 나날이었다. 저녁에 아스트리트와 또 한 번 워킹을 했고 돌아와 온 식구가 맛난 피자를 먹었다. 사형수의 마지막 만찬이었다.

이튿날 나는 평소보다 훨씬 일찍 일어났다. 새 모자를 멋지게 다듬고 빗질하고 장식할 생각이었다. 가발까지 장만했으니 아주 예뻐 보이고 싶었다.

"자기, 이리 와봐." 나는 손질을 마치고 자랑스럽게 남편을 불렀다.

"음……." 남편의 반응은 이게 전부였다.

"왜 '음'이야?"

"분장한 것 같구만."

"미쳤어? 진짜 머리하고 똑같잖아."

"그렇기는 한데, 가짜라는 걸 난 알잖아."

역시나 우리 남편답다. 립스틱도 싫다는 남자이니 가발을 달가워할까. 자연 그대로 내버려두는 게 제일 좋다고 생각하는 사람이다. 물론 근본적으로는 반박할 이유가 없다고 생각했지만 이 경우는 좀 지나치다 싶었다. 나는 평소처럼 살짝 메이크업을 곁들인 후 남편에게 인사를 하고 대기 중인 택시 쪽으로 걸어갔다. 하지만 밖으로 나오자마자 머리를 한 대 세게 얻어맞은 것 같았다. 오전 열 시밖에 안 되었는데 족히 34도는 되는 것 같았다. 처음으로 가발이 예쁘기는 하지만 실용적인 물건은 아니라는 깨달음이 밀려왔다.

"예쁘다." 병원 앞에서 기다리던 엄마가 인사를 건넸다. 당연히 엄마는 오늘 치료에도 동행했다.

"엄마, 오늘 저녁이면 첫 치료의 절반은 마쳤다고 말할 수 있을 거야."

"그러네, 그런 생각은 미처 못 했어." 엄마도 딸이 긍정적 사고의 달인임을 인정했다. 염세주의자라면 총 16회 중에서 이제 겨우 2회를 마쳤을 뿐이라고 생각할 것이다. 하지만, 그럼 너무 많이 남은 것 같잖아! 그래서 나는 일단 네 번의 EC를 따로 떼어냈다. 그렇게 보면 오늘이 끝나면 벌써 절반을 마친 셈이 된다.

"가발은 잘 되디?"

"진짜 가벼워요. 거치대에 얹어 놓고 손질하면 되니까 엄청 편하고요. 그래서 좋긴 한데 좀 덥네요." 내가 말했다.

인간은 습관의 동물이지만 또 한편으로는 놀랄 정도로 빠르게 새로운 상황에 적응한다. 암도, 외래 화학치료 주사실로 들어가는 복도도 이젠 낯설지 않았다. 이미 완전 전문가가 된 기분이었다. 앞으로 무슨 일이 일어날지 훤히 알고 있으니까 말이다. 하지만 예상 밖의 일이 일어났다. 냄새가 확 끼쳐오더니 순식간에 속이 뒤집어졌다. 냄새를 맡는 순간 바로 첫 치료 때 느꼈던 기분이 되살아난 것이다. 순전히 머리가 만들어낸 장난이었다. 갑작스럽게 구역질을 느낄 만한 유기적 원인이 전혀 없었으니까.

모든 것이 1회차 때와 동일했다. 다만 불안이 덜했고 너무나 사랑스러운 동지가 같은 방에서 함께 치료를 받는다는 것이 달랐다. 병원에 올 때도 이 새로운 동지와 같은 택시를 타고 왔다. 나보다 서른 살이나 더 많은 같은 마을에 사는 이웃이었다. 에너지가 넘치고 유머 감각도 뛰어난 그분의 딸이 따라왔는데 우리는 단박에 서로에게 호감을 느꼈다. 여태껏 거쳐온 병원 대기실과 마찬가지로 이곳에서의 만남 또한 차원이 달랐다. 이곳에 온 모든 여성이 같은 운명을 겪고 있기 때문이다. 평소 다른 장소에선 새로운 사람을 만나면 대화의 수준이 대부분 수다를 넘지 못한다. "뭐 하시는 분이세요?" 비슷한 나이 또래면 "애들이 있어요?" 혹은 "결혼하셨어요?"로 대화의 물꼬를 트지만 크게 앞으로 나아가지 못하고 제자리를 맴돈다. 운이 좋으면 그나마 이런저런 공통점을 찾아내서 겨우겨우 대화를 이어나갈 것이다.

하지만 여기 ACT에선 항상 암이 출발점이었다. 그리고 잠시 후 암을 바라보는 태도가 나와 비슷하다는 사실이 밝혀지면('그래, 나 암이야. 하지만 오래가진 않을 거야!') 순식간에 다른 대화의 주제들이 우르르 쏟아져 나왔다. 그날 오전 우리도 그랬다. 그 아주머니와 나는 정확히 같은 종류의 암이었다. 삼중음성. 하지만 그녀는 임상 연구에 참여했기 때문에 치료

법이 나와 약간 달랐다. 가령 내 경우 유전자 변이가 확인될 경우에만 맞을 예정인 카르보플라틴을 그녀는 당장 맞았다. 그렇게 우리 넷은 신나게 수다를 떨며 멋진 오전 시간을 보냈다. 하지만 세 시간쯤 지나자 우리 몸으로 흘러드는 액체가 그냥 설탕물은 아니었다는 사실을 절감할 수 있었다. 아주머니도 나도 얼굴이 백지장처럼 하얘졌고 더 이상 말을 할 수가 없었다. 힝! 저번에는 주사 맞을 동안에는 괜찮았는데……. 이번에는 주사가 다 끝나지도 않았는데 속이 울렁거렸고 눈앞이 흐려졌다. 게다가 이마에서 땀이 비 오듯 흘러내렸다. 가발이 무지 괴로웠다.

"니콜, 괜찮니?"

"피곤해요." 나는 겨우 이 한마디를 하고는 그만 나도 모르게 깊은 잠에 빠져들었다.

"이런, 오늘은 상태가 영 안 좋으시네요." 바늘을 빼주러 온 스페인 간호사의 익숙한 목소리가 들렸다.

"음……." 나는 희미하게 대답했고 그제야 치료가 다 끝났다는 사실을 깨달았다. 4회의 EC 중 2회차가 끝났다. 아주머니는 아직도 주사를 맞고 계셨다.

"부작용이 없기를."

"그래요, 2주 후에 봅시다."

"네, 그때도 택시에서 봬요. 전화번호도 교환했으니 자주 연락할게요." 작별 인사를 건넨 후 나는 소파에서 벌떡 몸을 일으켰다. 일어서기는 했는데 걸음을 뗄 수 없었다. 순환계가 또 말을 듣지 않았다. 나는 다시 소파에 털썩 주저앉아서 물을 들이켰다. 물을 아주 많이 마셨다.

"갈 수 있겠어?"

"응, 갈 수 있을 것 같아요." 우리는 주차장으로 걸어갔다. 나 정도의 야심에 불타는 아마추어 조깅선수에게 그 정도 거리는 그냥 껌이었다. 주차장은 병원 건물에서 약 300미터 떨어져 있었고 신선한 공기는 항상 몸에 좋은 법이다. 물론 오늘처럼 그늘에 들어가도 40도가 아닌 날이라는 조건이 붙겠지만. 나는 더운 게 정말 싫다. 더울 때는 어떻게 할 방도가 없다. 추우면 옷을 잔뜩 껴입고 불을 때면 된다. 하지만 더울 땐 대책이 없다. 더위에다 화학요법까지 더해지니 참으로 할 말이 없었다. 머리에 쓴 가발도 이쯤 되면 마침내 최후의 시간이 왔다는 것을 직감했을 것이다. 얼굴이 땀으로 범벅이었다. 나는 그 빌어먹을 놈의 물건을 확 벗어버렸다. 세상에나, 이렇게 시원한 것을! 그래도 자동차까지 걸어가는 길은 마라톤 못지않았고 나는 죽을힘을 다해 겨우겨우 걸었다.

그래, 괜찮아. 이렇게 맞다 보면 금방 끝날 거야. 집까지 가는 그 기나긴 여정 내내 나는 이 생각만 붙들고 있었다.

엎친 데 덮친

모두가 오래전부터 걱정하던 바로 그날이 결국 오고야 말았다. 2년 전쯤 아버지는 우연히 배에서 대동맥류를 발견했다. 녀석이 언제부터 거기 있었는지, 얼마나 빨리 자랄지 몰랐고 당시로선 수술을 할지 말지 결정을 내릴 수 없었다. 그런데 몇 달 전 정기검사에서 녀석이 계속 자라고 있어서 수술로 제거할 수밖에 없다는 진단 결과가 나왔다. 대동맥류가 터지면 순식간에 치명적인 내출혈이 발생할 수 있기 때문이다. 수술 전 사전 면담에 따라 들어간 덕에 수술이 어떻게 진행되는지, 어떤 위험이 있는지는 나도 잘 알고 있었다. 하지만 안다고 해서 더 나을 건 없었다. 우리는 아버지의 수술이 2014년 우리 집의 최대 난제라고 생각했다. 그런데 난데없이 카를 자식이 등장하는 바람에 아버지의 수술이 뒤로 밀리고 말았다. 아버지가 덜 중요해서가 절대 아니었다. 갑자기 아버지가 그 문제에 초연해지셨기 때문이다.

　"내 병이 아무리 중해도 네 병보다야 중하겠냐." 그게 아버지의 논리였고 사실 아주 틀린 말은 아니었다. 적어도 한 가지는 확실했다. 아버지는 나보다 빨리 치료가 끝날 것이다. 하지만 그러자면 먼저 여섯 시간에 걸친 대수술을 받아야 한다. 의사 말을 제대로 알아들었다면 동맥류 주변에 스텐트를 삽입할 예정이었다. 그러기 위해 주요 장기를 일시적이나마 묶어야 하는데, 그것이 심장과 신장에 큰 부담을 줄 수 있다. 또 수술이 끝나도 하루 이틀 중환자실에 있어야 하고 다시 한 열흘 정도 일반 병실에 입원해서 회복해야 한다.

　예정된 수술을 하루 앞두고 온 식구가 병원에 모였다. 정말로 힘든 일을 한꺼번에 겪고 있지만 어려움이 있을수록 더욱 똘똘 뭉치는 우리 가족이었다. 당연히 아버지는 한숨 푹 자고 나면 끝나 있을 거라며 몇 번이고 병원이 정말 편하다고 강조했다. 우리 가족을 위해서라면 뭐든 할 우리 남편은 아버지가 건강하시므로 수술도 거뜬하게 견디실 것이라는 말을 지치지도 않고 되풀이했다. 지난 몇 주 동안 "엄마는 강하다"는 진리를 몸으로 입증해 보인 우리 엄마는 "죽는 건 선택지가 아니다"라는 한 마디로 백 마디를 대신하셨다. 그리고 나는 화학요법이 생각처럼 힘들지 않으니까 내 걱정일랑 아예 하지 말라고 부탁했고, 아버지의 회복이 내 회복의 밑거름이라는 사실을 연신 강조했다. 달리 말하면 연기력이 한창 물오른 어른 넷이서 오스카 뺨치는 연기를 선보이며 우리가 지금 겪고 있는 이 일이 세상 별일 아닌 척을 했다는 말이다.

　연기를 하지 않은 유일한 참석자들은 우리 아이들뿐이었다. 그날 오후에도 우리 아이들은 어른들의 긴장을 풀어준 분위기 메이커였다. 나중에 우리 아이들에게 오늘 이 시간이 기억나느냐고 물어보면 아마 이렇게 대답할 것이다. "응, 엄마가 대머리였을 때 할아버지랑 할머니한테 놀러 가서 재미있게 놀았어." 아이들은 병원 주차장에서든, "보통" 공원에서든 장소를 가리지 않고 신나게 뛰어논다.

온 식구가 지금 여기에 다 모이기만 하면 그걸로 족하다. 이런 상황에도 "현재"는 소중하다. 오지 못할 수도 있는 미래에 붙들려 "지금 여기"를 잊어서는 안 될 것이다. 오늘이 존재한다! 내일이 어떨지는 누구도 모를 일이다. 그건 아무도 모른다. 내일이면 다 끝났을 수도 있다. 암에 걸리지 않았다고 해도 마찬가지다. 하지만 오늘, 오늘이 괜찮다면 우리 모두 우리에게 주어진 오늘을 흠뻑 누려야 한다.

"아빠, 내일 수술 끝나면 우리가 바로 중환자실로 갈게요."

"뭐 하러 와. 오지 마. 집에서 쉬어."

"왜 이러실까요? 당연히 우리가 와야지. 엄마는 내일 아침에 우리 집으로 오실 거예요. 수술 끝나는 시간 맞춰서 엄마랑 올게요."

아빠가 고개를 돌렸다. 그게 무슨 뜻인지 난 알았다. 아빠의 눈에 불안이 서렸다. 목이 꽉 멨다. 작별의 시간이었다. 아빠를 병원에 혼자 두고 가야 한다. 숨이 안 쉬어지는 것 같았다. 내일 일이 잘못되기라도 하면 어쩌지? 생각만 해도 숨을 쉴 수가 없었다. 나보다 아빠가 더 걱정이었다. 사랑하는 사람이 걱정될 때는 아마 다 지금 나와 같은 기분일 것이다.

"엄마, 할아버지는 안 가?"

"응, 할아버지는 내일 수술 받으셔야 해서 며칠 있다가 집으로 가실 거야."

"엄마, 할아버지랑 엄마랑 누가 더 많이 아파요?"

"음, 아주 좋은 질문이구나, 막스. 솔직히 말하면 엄마랑 할아버지 둘 다 개······."

"엄마 지금 '개똥'이라고 하려고 했죠?"

"그래."

"진짜 진짜 화나면 그 말 해도 된다고 엄마가 그랬잖아요?"

"맞아, 엄마 병도 할아버지 병도 진짜 진짜 개똥이야."

수술 날은 시간이 참 안 갔다. 엄마는 이른 아침부터 우리 집으로 달려왔다. 혼자 기다리기 힘드셨을 것이다. 엄마는 나의 암 소식을 듣고 일을 그만두었다. 다행히 별문제 없이 퇴사가 가능했다.

오늘의 할 일은 함께 모여 딴짓을 하는 것이었다. 정말로 더운 날이었다. 아이들은 방학이어서 이른 아침부터 마당에 만들어둔 풀장에 들어가 신나게 놀았다. 안타깝게도 엄마와 나는 그럴 마음이 나지 않았다. 우리는 꼼짝도 하지 않고 가만히 있었다. 여섯 시간가량을 한자리에 앉아서 아무 말도 하지 않은 채 생각에 잠겼다. 유일하게 한 짓이라고는 3분에 한 번꼴로 시계를 보고 한숨을 내쉬는 것이었다. 우리 인생에서 가장 느리게 흐른 시간이었을 것이다. 가끔 핸드폰이 울릴 때마다 엄마는 놀라서 금방이라도 까무러칠 것 같았다. 병원에서 온 전화일까 걱정이 되어서였다.

"지금 가요." 다섯 시간이 지나자 나는 결심을 굳히고 일어섰다.

"너무 일러. 어차피 가봤자 또 기다릴 텐데."

"그래도 가요. 이러고 있는 것보다는 낫겠지."

2회차 항암을 받고 나서 운전대에 처음 앉았다. 그동안은 어지럽고 구역질이 나서 운전을 할 엄두가 나지 않았다. 그래도 오늘은 부작용이고 뭐고 따질 문제가 아니었다.

"엄마, 여태 병원에서 전화가 안 왔잖아요. 그건 수술이 잘 되었다는 소리지. 수술 무사히 끝났을 거야. 그럼 됐지." 나의 연기력에 다시 물이 오르기 시작했다.

"그냥 얼굴이라도 보면 좋겠는데." 엄마가 중얼거렸다.

손을 맞잡고 서로에게 기대다시피 해서 우리는 병원으로 들어섰고 머뭇거리며 중환자실 쪽으로 걸어갔다. 중환자실은 당연히 철저한 관리를 받는 구역이라서 아무나 들어갈 수가 없다. 벨을 누르고 간호사에게 용건을 이야기했다. "잠깐만 기다리세요. 아버님이 오셨는지 살펴볼게요." 간호사가 대답했고 우리는 중환자실 앞 의자에 앉았다. 엄마는 얼굴에 수심이 가득했고 하루 사이에 몇 년은 늙어버린 것 같았다. 나는 그저 멍하고 정신이 없었다. 그 순간 다시 문이 열렸다.

"타이밍이 좋았네요. 아버님이 방금 올라오셨습니다. 지금 정리 중이니 몇 분 후에 면회하시도록 조처할게요."

하, 아버지가 살았다! "엄마, 아빠가 살았어! 아빠가 여기 계시대. 다 잘될 거야." 나는 울음을 터뜨렸다. 엄마도 울었다. 세상에, 대체 인간은 얼마나 많은 눈물을 만들 수 있는 걸까?

중환자실은 생각보다 시끄러웠다. 분주하게 사람들이 오갔고 무척 소란스러웠다. 보통 병동보다 훨씬 넓었고 당연히 기계도 많고 간호사들도 많았다. 아버지는 큰 방에 혼자 누워 계셨다. 나는 마음을 다잡고 아버지한테 다가갔다. 살면서 이런 광경을 보게 될 것이라고는 단 한 번도 예상치 못했다. 그리고 아마 나는 이 장면을 평생 잊지 못할 것이다. 거기에 아버지가 누워 계셨다. 몸에 온갖 줄이 매달려 있었고 의식도 아직 다 돌아오지 않은 상태였다. 아버지가 온몸을 벌벌 떨었고 말을 하려고 했지만 할 수가 없었다.

"아빠, 우리 왔어요." 나는 아버지를 달래었다. 아버지가 내 손을 잡았다.

"니콜……."

아직 뜨지도 못한 아버지의 눈에서 눈물이 흘렀다. 잠깐이지만 나는 여기서 달아날까 고민했다. 이곳의 모든 것이 싫었다. 이런 모습의 아버지를 보고 싶지 않았다. 아버지는 어릴 적 내 영웅이었다. 언제나 든든한 뒷배였던 남자, 누가 날 괴롭히면 언제라도 부를 수 있는 남자, 수영장에서 나랑 "더티 댄싱"을 추며 척추가 부서져라 나를 번쩍 들어 올렸던 남자, 친구들이 다 부러워했던 아버지, 그 남자가 이제 여기에 누워 있었다. 늙고 병들어 한없이 약해진 모습으로. 여기서 도망치고 싶었다. 도망칠 수밖에 없었다. 엄마는 아예 들어오지도 않았다. 엄두가 나지 않는지 여전히 중환자실 앞에 앉아 벌벌 떨고 있었다. 그런 엄마를 탓할 수 없었다. 나는 잠시 엄마 옆에 앉아 깊게 숨을 들이마셨다.

잠시 후 수술을 집도한 의사가 우리한테도 와서 다 잘되었다고 안심을 시켰다. 앞으로 며칠이 중요하다는 말도 잊지 않았다.

"아버님은 쉬셔야 합니다. 무슨 일이 생기면 즉각 연락드리겠습니다." 의사가 약속을 하며 정중하게 집에 가라고 부탁했다. 간호사가 중환자실 번호를 알려주며 할 말이 있을 땐 언제든지 연락해도 된다고 말했다. 무거운 마음을 안고 우리는 병원을 나왔고, 문을 나서자마자 둘이서 폭포수 같은 눈물을 쏟으며 엉엉 울었다.

착각이
아니었어?

아버지와 내가 병으로 죽었다면 아마 우리의 병은 발견되지 않았을 것이다. 하지만 둘 다 발견이 되었고, 더욱이 너무 늦지 않게 알아차렸다. 그러니 그나마 불행 중 다행이었다. 물론 우리는 정말로 혹독한 시간을 지나고 있었다. 그리고 다른 모든 사람이 그렇듯 이런 일을 당할 만큼 나쁜 짓을 한 적도 없다. 그럼에도 우리는 현실적으로 생각하고 사실을 받아들여야 했다. 그럼 적어도 모든 일이 계획대로 진행되고 있다는 사실은 깨달을 수가 있었으니까. 아버지는 회복도 빨랐고 수술 후유증도 전혀 없었으며 통증도 거의 느끼지 않았다. 적어도 아버지 말로는 그랬다. 의사들도 대만족이었다. 다만 한 가지, 소화 이후가 문제였다. 그런 수술의 잦은 부작용 중 하나가 장협착이었기 때문이다. 평소 나는 아버지의 소화기관에 특별한 관심을 기울이지 않았다. 아니 아예 관심이 없었다. 게다가 묻기도 곤란한 문제이니 될 수 있는 대로 언급을 피했다. 하지만 요 며칠 동안엔 계속 같은 질문으로 아버지를 괴롭혔고 그때마다 돌아오는 대답은 같았다. "아직 못 갔어."

"뭐, 언젠가는 나오겠지. 아빠, 너무 걱정 마요."

"근데 너 오늘 초음파 찍는 날 아니야?" 갑자기 아버지가 불쑥 물었다. 기억력도 좋으시네. 안 그래도 다녀와서 말씀드리려던 참이었다.

"네, 지금 갈 거예요. 엄마가 이리 오고 있어요. 오시면 바로 출발하려고요."

2회차 항암이 끝나면 초음파를 받기로 되어 있었는데 그날이 오늘이었다. 카를 자식을 촘촘히 살펴서 어떤 약품에 어떻게 반응하는지를 보겠다는 목적이었다. 신경이 너무 곤두서서 말도 나오지 않았다. 이유는 여러 가지였다. 우선 크기가 줄었다는 것이 내 착각인지 실제인지 확실치 않았다. 지금은 만져도 거의 느껴지지 않지만 여전히 불안이 가시지 않았다. 너무 커져서 가슴이 전부 암 덩어리가 되었을 수도 있지 않은가. 가슴 전체로 흩어졌거나 터졌을 수도 있다. 정말 불안하면 수만 가지 이유가 떠오르는 법이다. 검사 자체도 무서웠다. 검사대와 초음파 기기가 놓인 컴컴한 방. 의사한테 무슨 말을 들을지도 모를 일이다. 진단받던 날도 그랬다. 그날의 기억이 다시 떠올랐다. 게다가 여태 날 담당하던 마이어 박사님이 휴가 중이라 생판 처음 보는 의사한테 진료를 받아야 했다. 어떤 사람인지 어찌 알까? 실력이 있을까? 나는 의심하고 불안해했고 초조해했다. "슈타우딩거 씨, 들어오세요." 내 이름이 불리는 순간 이런 생각이 들었다. 저 말을 들을 때마다 1유로씩 받으면 금방 부자가 될 거야!

"어서 오세요. 우리는 처음 보죠?" 젊은 의사가 환하게 웃으며 나를 맞이했다. 대체 이렇게 친절한 의사들을 다 어디서 데려오는 거야? 회펠 박사님은 대학생처럼 보였지만 눈동자엔 다년간의 경험이 서려 있었다. 보자마자 꼭 껴안고 싶은 테디베어가 떠올랐다. 걱정이 눈 녹듯 사라지면서 이곳에 올

때면 늘 그랬듯 갑자기 마음이 푸근해졌다. 회펠 박사님은 의사 한 사람을 더 소개해주었다. 초음파검사기가 새것이어서 그녀가 그에게 사용법을 알려줄 예정이었다. 검사하는 내내 그녀는 검사실에 서서 안심하라는 듯 내 다리를 쓰다듬어주었다.

"2회차 항암 하시고 어떠셨어요?"

"1회차 때랑 비슷했습니다. 혈액순환이 잘 안 됐고 구역질도 났어요. 금요일부터 수요일까지 꼼짝도 못 하다가 조금씩 나아졌습니다. 화요일에는 다시 워킹 한 바퀴 돌았고요." 나는 사실대로 보고하였다.

"EC는 쉽지 않아요. 근데 잘 이겨내시니 좋습니다. 운동까지 하셨다니 대단하시네요. 운동을 하시면 피로증후군을 예방하실 수 있어요." 의사한테 칭찬을 들으니 어깨가 으쓱했다.

"자, 그럼 암이 어떻게 반응을 했는지 한번 볼까요?" 그가 명랑한 말투로 탐촉자를 내 가슴에 얹었다. 엄마까지 포함해서 우리 네 사람의 눈이 모두 모니터를 향했다. 탐촉자가 자리를 제대로 찾아냈다. 박사님은 비교를 위해 "이전" 촬영 필름을 살펴보았다.

"3센티미터가 채 안 되었네요, 그쵸?"

"네." 나는 여전히 모니터를 노려보며 낮게 대답했다.

"지금은, 여기 보세요. 정말 작아졌죠."

초집중을 해야 겨우 뭔가가 보였다.

회펠 박사님이 크기를 재더니 말했다. "1.1센티미터네요. 겨우 두 번 받은 것치고는 정말정말 결과가 좋습니다."

엄마가 벌떡 일어섰다. "니콜, 봤어? 니콜, 다 잘될 거야!"

지난 몇 주 동안 쌓였던 둑이 다시 터졌다. 내가 착각한 게 아니었다는 사실이 가장 안심되었다. 녀석이 줄어들었어! 내가 뭐랬어? 내가 미친 게 아냐.

"저 이제 안 죽나요?" 나는 흐느끼며 물었다. 이제는 공식적인 사실이었으니까, 치료의 효과가 공식적으로 입증되었으니까.

"아니요. 백 년 후에 노환으로 돌아가실 겁니다." 회펠 박사님이 말했다.

내 다리를 쓸어주던 의사도 촉촉해진 눈으로 함께 기뻐해주었다.

"오늘 저녁에 한잔하셔야겠네요?"

"아, 그건 아빠가 변을 보셔야……." 나는 결연한 말투로 대답했다. 두 의사가 살짝 당황했고 나는 짧게 그간의 사정을 들려주었다.

"아하, 이래저래 분주하시군요."

"네, 그렇긴 하지만 다 잘될 거예요."

우리는 작별 인사를 나누었고 엄마와 나는 날아갈 듯 가벼운 걸음으로 병원을 나섰다.

제일 먼저 남편에게 전화를 했고, 아버지께도 소식을 알렸

다. 아버지는 너무너무 기뻐하셨고 "나 화장실 갔다"는 말로
오늘의 기쁨을 완성시켰다. 봐, 된다니까!

때로는

여전히 모든 일이 계획대로 착착 돌아갔다. 완벽했다. 이번 주는 항암이 없었고 부작용도 거의 사라졌다. 아버지는 잘 회복되고 있었고 카를 자식은 공식적으로 날 떠날 준비를 하고 있었다. 이보다 더 좋을 수가 없었다. 그런데도 나는 침대에 드러누워 엉엉 울었다. 너무나도 깊은 구덩이에 빠져서 약을 먹지 않으면 도저히 다시 기어 나올 수가 없을 것 같았다. 이건 정상이 아니었다. 지금 나는 훨훨 날아야 한다. 그동안의 결과가 지어준 날개옷을 입고 높이 날아야 마땅하다. 상태가 좋은 이 하루하루를 흠뻑 즐겨야 마땅했다. 그러기로 작정도 했었다.

그런데 나는 침대에 누워 울었고, 그런 내 모습에 화가 나 어쩔 줄 몰랐다. 기뻐하지 않는 내가 고마움을 모르는 인간 같았다.

나는 울었다. 어떨 땐 소리 죽여, 어떨 땐 소리 높여. 나는 절망에 빠져 있었다.

아직 여름방학이 끝나지 않아 다들 휴가를 떠났다. 휴가를 못 갈 처지이면 수영장에라도 갔다. 그런데 난 항암을 하러 간다. 암에 걸렸기 때문이다. 빌어먹을 놈의 암에! 때로 이 사실에 너무 화가 나서 어떻게 분노를 삭여야 할지 알 수가 없었다. 화가 났다. 모든 것에 화가 났다. 무엇보다 이 운명에 분노했다. 왜 하필 나인가? 왜 하필 지금인가? 항암 설명을 하면서 마이어 박사님이 우울증 어쩌고 하신 적이 있는데 아무래도 그 우울증이 내게도 찾아온 모양이었다. 이렇게 고마울 데

가. 암으로도 모자라 우울증까지 찾아오시다니. 나는 온 세상을 향해 날을 세웠다. 남편마저 힘겨워했다. 그에게 내 기분을 설명하려다가 대판 싸웠다. 이러다가는 내 정신 건강뿐 아니라 우리 결혼 생활마저 위태롭게 생겼다.

"내가 꺼져주면 될 거 아냐!" 나는 남편에게 악을 쓰고는 엄마가 기다리고 있는 차에 올라탔다. 엄마가 나를 데리러 온 참이었다. 오늘은 채혈하는 날이었다. 항암이 없는 주엔 주치의한테 가서 검사를 받아야 한다. 엄마는 병원에 갔다가 기분전환 겸 나랑 즐거운 시간을 보낼 생각이었다. 그것도 다 귀찮았다. 나는 불퉁한 얼굴로 차에 앉아 울었다.

"항우울제 받을래요. 자꾸 눈물이 나."

"엄마 병원으로 가자. 거기 선생님이 잘해주실 거야."

병원에 가서 채혈을 하고 나니 오래전부터 나를 잘 아는 엄마 동료 간호사가 인사를 건넸다. 그런데 대답도 하기 싫었다. 오늘은 그마저도 귀찮았다. 오늘은 울고만 싶었고 누구 말도 듣고 싶지 않았다. 모두가 그런 날 이해해주었다. 뵈르거 선생님이 진료실로 나를 부르더니 앉으라고 자리를 권했다. 아마 오늘 같은 내 모습을 처음 보았을 것이다.

"상태가 어때요?" 이 한마디로 족했다. 찰랑이던 양동이의 물이 왈칵 넘치고 말았다.

"제 꼴을 좀 보세요. 대머리에 암을 달고 여기 앉아 있잖아요. 애가 둘인데 수영장을 가자고 해도 데리고 갈 수가 없어요. 제가 암 환자니까요. 힘들어서 죽을 것 같아요. 예전으로 돌아가고 싶어요. 기뻐야 하는데, 계획대로 잘 되어가고 있는데 제가 왜 이럴까요? 눈물을 주체할 수가 없어요. 벌써 몇 시간째 이러고 있어요. 엿 같은 암 때문에 제가……."

가슴에 담아두었던 말들이 나도 모르게 쏟아져 나왔다. 절망이, 불안이, 무엇보다 분노가 쏟아져 나왔다. 억제할 수 없는 분노가. 뵈르거 선생님은 아무 말도 없었다. 표정만 봐서는 무슨 생각을 하는지 알 수가 없었다. 아마 날 정신병원 폐쇄병동에 입원시킬 생각을 하고 있었을지 모른다. "항암 때문이라고 둘러댔지만 아냐. 완전히 돌았어. 주변 사람들이 위험하니까 강제로 입원시켜야 해."

한 3분 정도 그렇게 쉬지 않고 징징댔을 것이다. 나는 입을 다물고 기대에 찬 표정으로 그를 바라보았다. 그는 아무 말 없이 가만히 있다가 씩 웃었다.

"잘했어요." 마침내 그가 말했다. 미쳤군. 적어도 우리 둘 중 하나는 미쳤어.

"잘했어요. 드디어 밖으로 내보냈으니 잘한 겁니다. 화내도 됩니다. 왜냐고요? 실제로 엿 같으니까요. 환자분이 겪고 있는 이 모든 일이 진짜 엿 같은 일이니까요. 아무 잘못도 안 했는데 말입니다. 그러니 화내도 됩니다. 지금 그 마음은 지극히 정상입니다. 항우울제는 필요 없어요."

헉! 어떻게 아셨지? 항울울제의 'ㅎ'자도 안 꺼냈는데. 내

속을 다 들여다보신 거야?

"이제야 실감이 나는 것이고 그걸 납득할 시간이 필요한 겁니다. 이런 깊은 나락을 허용해야 합니다. 안타깝지만 그것도 거쳐야 할 과정이니까요. 이것이 마지막 나락이라고 생각하시면 큰 오산입니다."

"그러니까 화를 내도 된다는 말씀이세요? 이렇게 다 잘되어가고 있는데도요?"

"네."

"감사할 줄 모르는 게 아니고요?"

"네."

그는 귀를 열고 내 말을 들어주었을 뿐 아니라 지친 내 영혼을 어루만져줄 몇 가지 조언도 잊지 않았다.

"항우울제는 안 먹어도 된다네." 차에 타서 엄마한테 면담 내용을 들려주었다.

"응, 나한테 설명 안 해도 돼." 엄마가 미소를 지으며 라디오를 켰다. 라디오에서 쾰른 밴드 BAP(싱어송라이터 볼프강 니데켄Wolfgang Niedecken을 주축으로 결성된 유명한 독일 록 그룹으로, 쾰른 출신답게 가사를 주로 쾰른 사투리로 쓴다.─옮긴이)가 부르는 〈때로는〉이 흘러나왔다. 이 노래는 수백 번도 더 들었고 들을 때마다 좋았지만 오늘에야 그 뜻을 제대로 이해했다. 지금, 여기, 엄마와 함께 차 안에서. 때로는 일이 술술 풀리고 때로는 인생의 패배자가 되기도 하지……. 때로는 자신이 참 안쓰러워. 맞다, 진짜로 그렇다. 때로는 자신의 운명과 불화하고 때로는 깊은 구덩이에 빠진다. 중요한 것은 거기 죽치고 앉아 있지 않고 밖으로 기어 나오는 것이다. 정말로 오랜만에 운명이 나를 또 한 번 격하게 흔들었다. 이제 그만 눈물을 닦고 햇살이 비쳐들 자리를 마련해야 한다.

일상과 항암

"넌 정말 용감해." 워킹을 하며 아스트리트가 말했다. 우리는 이틀에 한 번꼴로 6킬로미터 정도의 가까운 거리를 걸었다. 물론 항암을 받은 후 5~6일은 불가능했다. 그땐 혼자 일어서기만 해도 다행이었다. "용감한 게 아니라 다른 선택지가 없는 거지." 내가 대답했다.

"왜 선택지가 없어? 구석에 처박혀 울고 있을 수도 있잖아. 근데 넌 벌떡 일어서서 암을 받아들이고 어떻게든 일상으로 만들었어. 그러니까 우리도 널 편하게 대할 수 있는 거고."

그녀의 말이 듣기 좋았고 또 생각할 거리를 던져주었다. 그렇게 생각해본 적은 없었다. 나는 천성이 징징거리는 스타일이 아니다. 그렇지만 그런 성격이 득이 될 줄은 몰랐다. 맞다, 아스트리트의 말이 옳다. 나는 놀랄 정도로 빨리 암을 일상의 일부로 받아들였다. 완치의 길로 접어들기 위해서는 어쩔 도리가 없었다. 전부 합치면 치료 기간은 적어도 아홉 달은 된다. 그러니 치료를 일상으로 받아들지 않는다면 아마 돌아버릴 것이다.

아홉 달이라니 임신 기간하고 비슷했다. 그것 말고도 둘의 닮은 점은 또 있었다. 술을 마시거나 땅을 파서는 안 되는 임신 기간처럼 하지 말아야 할 것들이 많았다. 가령 항암을 받을 때는 자몽주스를 마시면 안 된다. 특정 병원균을 조심해야 하기 때문에 아픈 사람들하고는 거리를 두어야 한다. 또 임신 기간처럼 정기적으로 초음파검사를 받는다. 물론 임신과는 반대로 자라지 않기를, 줄어들기를 바라지만 말이다. 또한 임신 기간과 마찬가지로 내 몸이 내 몸 같지 않을 때가 많다. 실제로 나는 아픈 가슴에게 양가감정을 느꼈다. 어떨 때는 정말로 가엾다가도 또 어떨 땐 미칠 듯 혐오스러웠다. 그럴 때는 나한테도 졸리의 유전자가 있어서 양쪽 가슴을 다 절제할 수 있었으면 했다.

다시 회복하기까지 필요한 아홉 달, 나는 그 아홉 달을 하나로 뭉뚱그려 보지 않고 잘게 나누어 생각했다. 제일 큰 덩어리는 항암일 것이다. 그것이 정확히 다섯 달 걸린다. 그중 한 단계는 이미 무사히 마쳤다. 적어도 한 번은 수술을 받을 것이고, 유전자검사 결과에 따라 수술 횟수가 더 늘어날 수도 있다. 그리고 나면 방사선 치료를 받을 것이다. 한 걸음 한 걸음, 나는 삶을 살아갈 것이다. 내게 아주 소중한 시간을.

"다음 주에 신랑 생일 파티 할 거야?" 아스트리트가 물었다.

"항암 다음 날이라서 못 할 거야. 나중에 하려고. 어쨌든 같이 있다는 게 중요한 거니까. 그래도 모레 막스의 입학식에는 갈 수 있을 것 같아. 항암 없는 주라서 얼마나 다행인지 몰라."

"잘됐다. 입학식은 평생 한 번뿐이잖아. 거기 못 가면 정말 슬플 거야."

이번에도 아스트리트의 말이 옳았다. 입학식에 못 간다면 나도, 카를 자식도 평생 용서하지 못할 것이다. 다행히 상태가 제일 좋은 항암 바로 전날이어서 잘 버틸 수 있을 것 같았다.

문제는 그날 우리 집에 여섯 명의 손님이 온다는 것이다. 물론 코스 요리를 기대하지도, 파리가 낙상할 번쩍이는 집을 기대하지도 않을 사람들이었다. 워낙 우리 식구와 친한 사이여서 재미나게 노는 아이들과 멋진 하루를 보내기만 하면 충분하다고 생각할 사람들이었다.

그런 모임에 낄 수 있다는 것이 좋았고 감사했다. 준비는 최대한 간단히 마쳤다. 나보다 훨씬 요리를 잘해서 그것으로 돈을 버는 사람들이 세상에는 쌔고 쌨다. 그래서 나는 막스에게 줄 멋진 케이크와 손님들이 먹을 맛난 뷔페를 주문했다. 청소는 도우미 아주머니께 맡겼다. 건강한 엄마라면 누릴 수 없는 사치였다. 건강했다면 아마 혼자서 이 모든 일을 해치워야 했을 것이다. 그리고 그 스트레스 때문에 정작 진짜 중요한 것을 놓쳤을지 모른다. 한마디로 무의미한 스트레스에 에너지와 시간을 몽땅 빼앗겼을 것이다. 지금 이 상태로는 도저히 그런 스트레스를 감당할 수 없을 것이므로 나는 억지로 속도를 줄였다. 그런데 솔직히 말하면 너무너무 좋았다. 왜 진작 이렇게 하지 않았을까 싶었다. 물론 완벽하지는 않을 것이다. 그래서 뭐? 누가 관심이나 가지나? 적어도 내가 집으로 부른 사람들은 그딴 것으로 트집을 잡을 사람들이 아니었다. 혹시 그런 것으로 트집을 잡는 사람이 있다고 해도 다음번 손님 명단에서 싹 지워버리면 그뿐이다. 무엇 때문에 완벽해야 하는가? 내게 필요한 건 건강이다. 아이들과 보내는 시간이다. 그 시간을 방

닦고 밥하고 설거지하고 다림질하면서 쓰고 싶지는 않았다.

진단을 받기 직전 창업했던 회사는 암 진단을 받은 후 잠시 문을 닫을 수밖에 없었다. 여성들을 위한 순발력 강의도 진행할 수가 없었다. 모든 일정을 취소하거나 연기해, 참담한 기분이 들었다. 어쩔 수 없이 원점으로 돌아오게 된 것이다. 평생 한 번도 경험한 적 없는 감속이었다. 갑자기 시간이 엄청 많아졌지만 문제도 따라 늘어났다. 창업을 하면서 당장 고정 수입이 나올 것이라 기대했던 것은 아니지만 그것을 목표로 삼고 일에 매진했다. 게다가 그동안 모은 돈을 전부 창업에 쏟아부었고, 우리 집안의 계획에는 암이란 것이 아예 없었다.

그나마 강사 교육이 끝날 무렵에 가입했던 직업 불능 보험이 큰 효자 노릇을 했다. 지금껏 한 번도 보험금을 타먹은 적이 없기 때문에 신청을 하려면 절차가 얼마나 골치 아플지, 언제부터 보험금이 나올지 알 수가 없었다. 보험사와 긴 싸움을 할 기력은 없었지만 혹시 모르니 신청이라도 한번 해보자 싶은 마음에 신청서를 넣었다. 그런데 의외로 일주일도 안 되어 심사가 끝났고 보험 지급이 결정되는 바람에 경제적인 걱정은 많이 덜게 되었다. 카를 자식도 버거운데 경제 TV에 출연해 걱정스러운 얼굴로 상담까지 받아야 한다고 생각하면 머리가 지끈거렸다. 다행히 최악의 사태는 면했고, 결국 아들 입학식 날 집으로 손님들을 불러 배달 음식을 시켜 먹을 만큼의 호사는 누릴 수 있게 되었다.

오늘은
괜찮으니까

"아들, 엄마가 가발 썼으면 좋겠어?" 입학식 날 아침에 막스에게 물었다. 나의 민머리에 예쁜 비니를 쓸지, 아니면 가발을 쓸지 아들에게 결정을 맡겼다. 물어보기는 했지만 당연히 속으로는 모자를 택했으면 했다.

"가발." 아들이 대답했다. 보아하니 내가 물어줘서 안도한 모양이었다. 헉, 대박! 그늘에 들어가도 37도는 거뜬할 것 같은 오늘, 사람으로 미어터지는 학교 강당에 가야 하는 이 시점에 참으로 탁월한 선택이 아닐 수 없었다. 내가 가발을 집어 들고 접착테이프를 붙이는 모습을 본 남편은 대번에 얼굴을 찌푸렸다. 머리에서 이 괴물을 치워버린 지가 벌써 3주였지만, 그래도 한 번쯤 더 기회를 줘보자고 마음먹었다. 하지만 가발을 쓰고 거울을 보는 순간 바로 카니발이 떠올랐다. 인간은 참으로 빠르게 적응하는 동물인지라, 머리카락 없이 살다가 갑자기 금발을 뒤집어쓴 내 모습을 보니 절로 웃음이 터져 나왔다. 나는 속으로 욕을 퍼부으면서 가발을 이리 당기고 저리 당긴 후 자랑스러운 표정으로 막스를 향해 돌아섰다.

"엄마, 쓰지 마. 가발 쓰지 마. 아무것도 쓰지 마." 막스는 내 모습을 보고 엄청난 충격을 받았는지 손사래를 치며 말렸다.

콘스탄틴이 불안한 표정으로 나를 쳐다보며 물었다. "엄마 어디 갔어?"

내가 가발을 벗자 아이의 얼굴이 밝아졌다.

"아, 엄마다!" 아이가 환하게 웃었다.

남편과 막스와 나는 배를 잡고 웃었고 가발은 원래 있던 장롱 속으로 다시 들어갔다.

나는 옷 색깔에 맞춰 크림색 비니를 택했다. 자고로 현대 여성이라면 다채로운 품목을 구비해야 하는 법. 우리 집에는 벌써 색이 다른 스무 개의 비니가 있었다. 하지만 비니를 쓴 내 모습 역시 썩 마음에 들지는 않았다. 코르티손의 효력이 서서히 나타나서 얼굴은 달덩이가 되었고 몸도 뭔가 펑퍼짐하고 둔한 느낌이었다.

"니콜, 오늘도 역시 예쁜데." 아버지가 거짓말을 했다. 아버지는 지금 6주 예정으로 재활병원에 입원 중이었지만 오늘 특별히 휴가를 받아 나왔다. 예상대로 아버지는 쓸데없는 데 돈 쓴다며 재활병원을 마다했지만, 의사들도 우리도 꼭 필요하다며 아버지를 설득했다.

우리는 함께 학교로 출발했다. 막스는 완전히 들떴고, 특별히 주문해서 마련한 공룡 가방을 등에 멘 모습이 말할 수 없이 귀여웠다.

온 식구가 함께 강당으로 들어선 순간 갑자기 속이 매스꺼웠다. 기시감이 들었다. 모두의 눈이 나를 향하자 어린이집 졸업식 때와 비슷한 기분이 들었다. 나는 사람들의 관심을 즐기는 사람이다. 순발력 여사답게 사람들 앞에 나서는 것도 좋아한다. 하지만 오늘, 이런 상황에선 아니었다. 모두가 나를 쳐다보는 것 같았다. 나를 보고는 옆에 앉은 친척을 툭툭 치며 말한다. "저기 저 여자야……. 내가 말했지, 암 걸렸다고."

물론 사실이 그런지는 모를 일이다. 내가 아는 건 그저 그런 느낌이 들었다는 것뿐. 모두가 내게 가볍게 목례를 했고 많은 사람이 와서 안부를 물었다. 수백 번도 더 같은 대답을 했다. 사실 그건 아무 문제가 안 된다. 안부를 물을 수도 있다. 하지만 오늘은 내가 아니라 막스가 주인공이다. 오늘 나는 암을 잊고 졸업식을 즐기고 싶었다. 내 이야기는 입에 올리고 싶지 않았다.

강당에 들어가 자리를 잡았다. 여기서도 많은 얼굴들이 인사를 건넸다.

"다들 쑥덕거려." 내가 엄마에게 속삭였다.

"누가?"

"전부 다."

"누가? 내 눈에는 너한테 인사하고 안부 묻는 사람들밖에 안 보여. 쑥덕대는 사람은 한 사람도 없어." 엄마가 말했다.

나는 주변을 돌아보았다. 사실이었다. 엄마 말이 맞았다. 내가 피해망상에 걸렸나 보다. 쑥덕대는 사람은 없었다. 모두가 오늘의 주인공인 자기 아이들한테 온 관심을 쏟았다. 아무도 날 보지 않았다. 아무도 나한테 관심이 없네. 굿! 내 꼴이 한심해 나도 모르게 웃음이 나왔다. 이리하여 편집증일지 모른다는 의심은 날로 짙어져갔으니…….

그날은 기대와 달랐다. 기대보다 백배 천배 더 좋았다. 온 가족이 행복했다. 아이들은 언제 보아도 마음이 정화되는 순수한 행복 그 자체다. 주문한 음식도 예상보다 좋아서 다들 맛나게 먹었다. 우리는 즐겁게 웃고 떠들며 이런저런 이야기를 나누었다. 일상적인 이야기도 나누었고, 당연히 카를 자식 이야기도 나누었다. 그날 초대한 손님 중에는 엄마 병원에서 진료를 보시던 의사 선생님도 계셨다. 이미 은퇴를 하셨지만 우리 가족과는 여전히 친구로 지내는 분이셨다. 지난 몇 주 동안 우리는 자주 통화했고, 그분은 우리의 온갖 질문에 정성껏 대답을 해주시며 성심껏 우리를 도왔다. 오늘 그 의사 선생님께서 대놓고 나한테 EC를 받으니 몸 상태가 어떠냐고 물었다.

나는 좌중을 향해 대답했다. "아, 생각만큼 힘들지는 않아요. 처음 며칠은 힘들지만 뭐 참을 만해요. 4~5일 지나면 다시 괜찮아지거든요."

나는 솔직하게 말했다고 생각했다. 그게 사실이었으니까. 그런데 남편과 엄마가 황당하다는 눈빛을 주고받았다.

"왜? 왜 그렇게 처다봐?" 내가 물었다.

"대답이 생각하고 달라서." 엄마가 말했고 남편 역시 그 말에 동의하는 것 같았다.

"왜? 뭐가?" 나는 진심 당황해서 물었다.

"니콜, 너 정말 힘들어해."

"아냐."

"맞아! 진짜라니까? 양동이 옆에서 잠들었던 거 기억 안
나? 화장실에도 혼자 못 갔잖아. 순환장애로 몇 번이나 기절
할 뻔했고. 그런데도 넌 지금 '힘들지 않다'고 대답하고 있는
거야. 사실이 아냐. 너 엄청 힘들어."

나는 곰곰이 생각했다. 내가 그랬나? 뭐 생각해보니 그랬던
것도 같다. 하지만 처음 며칠만 그렇지 지나고 나면 금방 까먹
어버린다.

"엄청은 아니고 좀 힘든 정도지." 내가 말했다.

"아냐!" 남편과 엄마가 동시에 소리쳤다.

"알았어, 맞아. 나 엄청 힘들어. 그래도 오늘은 괜찮잖아. 그
게 중요하지." 나는 얼른 다른 이야기로 넘어가려고 했다. 아
버지가 방으로 들어오셨기 때문이다. 내가 통증에 시달린다는
사실은 절대 아버지의 귀에 들어가서는 안 된다.

밤에 막스의 침대에 나란히 누워 오늘 일을 되새겨보았다.

"아들, 초등학생이 되다니, 정말 자랑스러운걸. 내일부터는
새 친구들과 같이 공부하는 거야. 좋지?"

"아니, 오늘 입학식 했으니까 내일부터 다시 유치원에 갈 거
야. 거기가 더 재밌어." 막스가 전문가처럼 단호하게 말했다.
이런, 내일 아침에 다시 한번 토론을 해야 할 것 같다.

그렇게 막스의 입학식 날이 저물었다. 카를 자식을 잊은 멋
진 날이었다. 항암 중에도 그런 날이 있다는 것이 고맙고 놀라

왔다. 그런 깨달음이 3회차 EC를 앞둔 내게 얼마나 큰 힘이 되었는지 모른다.

자가격리

6주 전만 해도 소름이 돋았던 ACT의 복도가 익숙한 현실이 되었다. 그래도 냄새는 여전히 역했다. 종소리만 듣고도 침을 흘리는 파블로프의 개가 된 기분이었다. 냄새를 맡자마자 자동적으로 속이 울렁거리니 말이다.

어제 입학식에 가느라 평소와 달리 미리 채혈을 하지 못했다. 항암 중에는 항상 혈액 수치를 주시해야 한다. 특히 백혈구와 특정 하위 그룹을 잘 살펴야 한다. 지금까지는 전혀 문제가 없었다. 아마 다음 날 맞는 영양 주사가 백혈구 수치를 높여주기 때문인 것 같았다. 그래도 "문제없다"는 검사 결과가 나올 때까지 한 시간을 기다렸다. 그리고 3회차 EC를 시작했다.

"어제는 정말 좋더라." 엄마가 웃으며 말했다.

"맞아, 진짜 좋았어. 덕분에 오늘은 부쩍 기운이 나요. 어쩜 그렇게 시간을 잘 맞췄는지 상태가 좋아서 흠뻑 즐겼더니 오늘까지 힘이 넘치네." 나도 엄마의 말에 맞장구를 쳤다. 그리고 문득 생각이 나서 이렇게 덧붙였다. "어제 막내가 소파에서 잠이 들어버렸어요. 한 번도 그런 적이 없었는데."

"아이고 진짜 피곤했구나."

둘째 이야기가 미처 끝나기도 전에 휴대전화가 울렸다. 남편이었다.

"자기, 왜?" 주삿바늘을 꽂고 있을 때는 절대 전화를 하지 않을 사람이므로 나는 인사도 없이 바로 물었다.

"둘째가 많이 아파. 열이 40도까지 올라가고 토해." 목소리에 걱정이 가득했다. 어제 아이가 왜 소파에서 잠이 들었는지 이제야 알 것 같았다.

"뭐? 큰일이네. 병원 다녀왔어?"

"지금 가는 중이야."

"알겠어. 다시 전화 줘."

"알았어."

"어제 안 그런 게 얼마나 다행이야." 나는 엄마한테 사정을 설명한 후 이런 말을 덧붙였다.

"그건 그런데, 이제부터 어째야 하는지 알지?"

알아? 뭘? 나는 눈을 동그랗게 뜨고 엄마를 바라보았다.

"너 집에 못 가. 우리 집으로 가야 해."

헉! 그건 미처 생각하지 못했다. 마이어 박사님이 몇 주 전에 설명해주셨다. "가장 조심하셔야 할 게 감염병입니다. 특히 어린아이가 둘이라니 각별히 조심하셔야 합니다." 그러니까 다시 말하면 아픈 아들을 혼자 내버려둬야 한다는 뜻이었다. 순간 눈물이 솟구쳤다. 아이가 아파 엄마를 찾는데 엄마는 곁에 있어줄 수가 없다니.

"애들 아빠가 잘할 거야."

"알아, 어련히 잘하겠어? 하지만 내가 엄마잖아요. 의사 말을 들어보고 결정할래요."

나는 쉽게 포기하지 않았다. 게다가 내일은 남편 생일이다. 파티는 못 하더라도 함께 있기는 해야 할 것 같았다.

"의사가 뭐래?" 다시 걸려온 남편의 전화에 내가 물었다.

"고열을 동반한 급성 장염이래. 열을 내려주는 것 말고는 해줄 게 없다는데. 내가 우리 상황을 설명했더니 공간 분리가 필수래. 오늘 장모님 댁으로 가."

마른하늘에 날벼락이었다. 그러니까 나는 아픈 아들을 보살필 수도, 남편의 생일에 곁에 있을 수도 없었다. 이건 계획에 없는 일이었다. 너무 가혹하다는 생각에 나는 고집을 부렸다.

우리 가족과 같이 있고 싶었다. 정상적인 생활을 최대한 유지하고 싶었다. 내가 없으면 아이들한테도 안 좋을 것이다. 남편은 두말할 것도 없다. 출근도 해야 하는데 애 둘을 혼자 보살펴야 하다니. 혹시 몰라 나는 이곳 의사들에게 또 물었다. 마스크를 쓰면 안 되겠냐고. 모두 슬픈 표정으로 고개를 저었다.

"안 됩니다. 그런 감염병은 정말 위험해요."

"니콜, 괜찮아." 엄마가 집으로 가는 길에 내 마음을 다독였다. 약과 옷가지를 가지러 잠깐 우리 집으로 가는 중이었다. 달리 길이 없다고 느꼈기에 나도 결국 항복했다. 오래 병원 신세를 지는 것보다는 하루 이틀 떨어져 지내는 것이 나을 것이다. 아까 링거를 꽂은 채로 친구 몇 명에게 전화를 돌렸다. 다들 내가 부르면 언제라도 달려와 남편을 도와줄 친구들이었다. 한 친구는 막스를 방과 후 체육 수업에 데려다주기로 했고 또 한 친구는 장을 봐주기로 했다. 그 말만 들어도 마음이 훨씬 가벼워졌다.

집에 도착해서 보니 콘스탄틴의 상태가 정말로 안 좋았다. 그런데도 나는 아이를 안아주지도 달래주지도 못했다. 가슴이 찢어졌다. 아이는 엄마를 찾으며 우는데 나는 매달리는 아이를 뿌리쳐야 한다니. 더구나 아픈 아이를……

"니콜, 옆에 가지 마. 정신 차려. 넌 들어오지 말고 여기 서 있어."

세상에나! 항암보다 이게 훨씬 괴로웠다. 내가 안 아프겠다고 열이 펄펄 끓는 아이를 혼자 버려두다니. 죄책감에 목이 멨다. 아이가 우는데 나는 도망을 쳐야 한다. 이 무슨 공포영화의 한 장면이란 말인가!

차에 올라 엉엉 울었다. 엄마도 같이 울었다. 굳이 말 안 해도 엄마는 내 심정을 누구보다 잘 알았을 것이다. 남편이 벼랑 끝 바위처럼 꿋꿋하게 자동차 옆에 서서 나를 안심시켰다. 걱정하지 말라고, 혼자서도 잘할 수 있다고.

나도 안다. 남편은 정말 좋은 아빠다. 내가 여태 직장 생활을 했기 때문에 다른 아빠들보다 더 아이들을 잘 보살핀다. 내가 출장을 가는 바람에 여러 날 혼자 아이들을 본 적도 많다. 그리고 늘 모든 일을 척척 잘 해냈다. 나와 방식은 달랐지만 그게 무슨 상관이겠는가. 아이들은 아빠의 방식을 더 반겼다. 내가 못하는 주제에 이래라저래라 간섭하는 건 도리가 아니다. 엄마가 없으니 더 좋다고, 엄마보다 더 잘할 수 있다고 남편이 자부할 수 있게 돼야 한다. 실제로 남편은 나보다 훨씬 아이들을 잘 보살핀다. 그건 너무나 잘 알지만 그래도 아픈 아이를 두고 가야 하는 심정은 무겁기 짝이 없었다. 하지만 어쩔 수 없었다. 다른 도리가 없었다.

"니콜, 이제 그만 울어." 부모님 댁에 도착하자 엄마가 나를 위로했다.

"엄마도 알잖아. 너무 끔찍해! 아이들이 유일한 힘인데 아이들을 볼 수가 없다니……."

"며칠이야. 그리고 덕분에 여기서 푹 쉬면 좋지. 어차피 항암 받고 나면 애들 간수도 못 하잖아."

맞는 말이었다. 그래, 이제 그만 징징대고 고개를 들자. 어찌할 수 없는 일이야. 문득 항암을 받고 왔는데 상태가 너무 좋다는 생각이 들었다. 다른 환자들한테 듣기로는 3회차가 제일 힘들다던데……. 그래서 각오도 단단히 했다. 저번 항암 때는 주삿바늘을 뽑기도 전에 기절하다시피 했다. 그런데 오늘은 아직 괜찮았다. 토하지도 않았고 혼자 잘 걸어 다녔다. 그것만 해도 기대 이상이었다.

아이들하고 떨어져 너무 슬펐지만 오랜만에 부모님하고 있으니 좋았다. 주말마다 집에 오시는 아빠는 이유가 어찌 되었든 나를 보고 너무너무 좋아하셨다. 그래서 우리는 오랜만에 셋이서 즐거운 저녁 시간을 보내려고 노력했다. 온갖 어리광을 부리다 보니 갑자기 20년 전으로 돌아간 기분이었다.

"해열제 먹였어도 계속 열 재야 해." 남편하고 통화하면서 당부를 했다.

"알아, 30분 있다가 다시 올라가서 재볼 거야."

어느덧 밤이 깊었고 그사이 콘스탄틴의 상태는 많이 호전되었지만 열이 여전히 잡히지 않고 있었다.

30분 후 남편이 살짝 겁먹은 목소리로 전화를 했다.

"41.1도야."

"아이고……."

진짜로 겁이 났다. 해열제를 먹였는데도 그 정도면 열이 정말로 높은 것이다. 엄마가 전화기를 넘겨받아서 남편에게 수건을 물에 적셔 몸을 닦으라고 지시했다. 남편 혼자 저걸 다해야 한다니 너무 미안했다. 남편은 시키는 대로 하겠고, 이따다시 걸겠다고 약속하고 전화를 끊었다.

"니콜, 같은 40도라도 애들은 어른하고 달라. 내일 아침이면 괜찮아질 거야. 토하지는 않는다니 그것만 해도 안심이야."

"열 내렸어?" 30분 후 남편한테 전화가 오자 나는 다짜고짜 물었다.

"응, 38.8도." 남편의 목소리에 안도감이 실렸다. "얼마나 착한지 몰라. 안방으로 내려와서 우리 침대에 누웠어. 말도 잘 듣고. 오늘 밤엔 여기서 재우려고."

"나하고도 같이 자주지……."

콘스탄틴은 늘 자기 방에서 혼자 자겠다고 고집을 부렸다.

그래서 나는 아쉬울 때가 많았다. 남편이 집을 비울 때면 아이와 같이 자고 싶었지만 아이는 단호하게 거부했다. 막스는 전혀 달랐다. 기회가 있을 때마다 우리 침대로 들어오려고 했고 나는 그때마다 흔쾌히 들어주었다. 이것 역시 얼마나 갈지 모를 즐거움이다. 열네 살만 되어도 절대 엄마 옆에 안 오려고 할 테고, 애들은 너무 빨리 자라니까.

"당신 정말 대단해. 고생했어. 물수건으로 몸 닦는 거 장난 아닌데."

"당신이라도 똑같이 했을 거야."

"그야 난 엄마잖아." 내가 심각한 음성으로 대답했다. "아, 참! 자기?"

"응?"

"생일 축하해."

벌써 자정이었고 오늘은 남편의 서른일곱 번째 생일이었다.

"나중에 파티하자." 나는 그에게 진심으로 약속했다.

그렇게 두 집의 밤은 별 탈 없이 지나갔다. 오늘 간호사가 "금방 효과가 날 겁니다"라는 말과 함께 혀 밑에 넣어준 구토 방지 약이 여전히 효과가 있는 건지 끔찍할 정도의 구역질은 하지 않았다. 남편과는 밤새 문자로 연락을 주고받았고 아이의 열은 두 시간 후 완전히 내렸다.

"오늘도 아이가 열이 없으면 내일 집에 갈 거야." 이튿날 나는 토를 달지 못하게 단호한 말투로 부모님께 통보했다.

"너무 서둘지 마." 아버지가 달래는 듯한 음성으로 말했다. 나도 안다, 아버지의 심정을. 당연히 아버지는 내가 감염될 수도 있으니 걱정이 되실 것이다. 하지만 내가 얼른 집으로 가고 싶은 마음도 충분히 이해하실 것이다.

"저도 여기 있고 싶어요. 하지만 상황이 너무 안 좋아요." 나는 아버지에게 군이 할 필요 없는 설명을 덧붙였다. 나는 넓고 폭신한 손님방 침대에 누웠고 엄마는 옛날처럼 침대 모서리에 엉덩이를 걸치고 앉았다. 우리는 늘 그랬듯 이따금 눈물을 흘려가며 이런저런 수다를 떨었다.

"니콜, 몇 달만 있으면 다 좋아질 거야."

우리의 다정한 대화는 모기 한 마리 때문에 중단되고 말았다. 8월 말이었고, 열어둔 창문으로 모기가 들어온 모양이었다. 어찌나 시끄럽게 앵앵거리던지 우리는 그만 웃음을 터트리고 말았다.

"저것이 지금 저 죽을 줄 모르고 울어대는군." 엄마가 살짝 〈다이하드〉 버전으로 으름장을 놓았다.

"엄마가 한 방에 잡으면 진짜 엄마 말대로 다 잘되는 거야." 내가 내기를 걸었다. 다들 어릴 때 해봤던 내기일 것이다. 다음에 오는 차가 빨간색이면 옆 반 남학생도 널 좋아하는 거야……. 그렇게 미래를 일러줄 신호를 찾던 그 게임 말이다.

"오, 내기를 거시겠다?" 엄마가 웃었다. 이런 종류의 모기는 절대 못 잡는다. 소리는 들려도 보이지 않으니까. 앵앵 소리가 그쳤다. 모기가 어딘가에 앉은 모양이었다. 이 큰 방 어딘가에. 아무리 살펴도 보이지 않았다. 엄마도 안 보이는지 모기를 찾아 나섰다. 그리고 마침내 녀석을 찾아냈다. 엄마가 잡지를 집어 들더니 있는 힘을 다해 냅다 휘갈겼다. 티라노사우루스를 잡고도 남을 만큼 강하게! 하지만 차마 모기 점괘를 확인할 용기는 나지 않는 모양이었다. 잡혔을까? 그래서 정말로 모든 일이 잘 풀릴까? 모기가 워낙 날쌔니 놓쳤을까? 엄마가 천천히 잡지를 벽에서 뗐다. 붉은 핏자국이 선명했다. 와, 잡았다! 진짜로! 한 방에!

"봐, 잡았지!" 엄마가 의기양양 자랑을 했고 우리는 꼬마들처럼 좋아했다. "내가 잘된다고 하면 잘되는 거야. 이제부터 엄마 말 잘 들을 거지?"

"네, 엄마. 잘 들을게요." 나는 진심으로 그렇게 하겠다고 생각하며 대답했다.

정말로 엄마 말이 맞았다. 적어도 며칠 동안은. 콘스탄틴이 다 나았다. 열도 떨어졌고 장염도 괜찮아졌다. 덕분에 우리 가족은 이튿날 다시 상봉했고 소소하게라도 남편의 생일을 축하할 수 있었다. 그 모기 점괘, 아주 용하네그려.

자라 보고
놀란 가슴
솥뚜껑 보고
놀란다

3회차 EC가 무사히 끝났다. 그사이 나는 부작용을 어느 정도 예상할 수 있게 되었다. 착각인지는 몰라도 어떨 때는 정말 가볍게 지나갔다. 카를 자식이 손에 잡히지 않게 된 지는 벌써 한참 되었고 이제 마지막 4회차 EC가 끝나면 초음파를 한 번 더 받기로 되어 있었다.

그런데도 나는 아침마다 가슴을 촉진했다. 왠지 모르지만 그래야 할 것 같았다. 카를 자식이 다시 자랄 수도 있고, 그게 아니더라도 내가 놓친 것이 있을지 모른다는 불안 때문이었을 것이다. 그래서 여전히 샤워를 할 때마다 가슴을 촉진했고 카를 녀석이 느껴지지 않으면 만족감에 휩싸였다.

그런데 이게 뭐지? 딱딱한 게 있어. 또 오른쪽 가슴인데 자리가 달라. 열이 훅 올랐다. 갑자기 한기가 들었고 속이 울렁거렸다. 마음을 달래려 애를 써봤지만 소용없었다. 여기 분명히 혹이 있어. 다른 혹이야. 이럴 수는 없다. 항암을 받고 있는데 또 혹이 생기다니. 마이어 박사님한테서 항암 설명을 들을 때 분명히 들었다. 항암은 다른 종류의 암을 유발할 위험이 있다고. 처음 진단을 받았을 때 느꼈던 공포가 되살아나면서 숨을 쉴 수가 없었다. 상상의 시나리오가 롤러코스터를 탔고 아무리 마음을 달래도 진정이 되지 않았다. 나는 울면서 남편을 불렀다. 하지만 울먹이며 더듬거리는 내 말을 남편은 잘 알아듣지 못했다. 온갖 장면이 떠올랐다. 의사들이 나를 앞에 두고서 선고를 내린다. "아, 정말 안타깝네요. 이런 경우는 진짜 드문데……. 가망이 없습니다."

"자기, 진정해." 남편이 나를 달랬다. "어서 유방센터에 전화해서 진찰을 받아보자."

"안 돼, 나더러 그걸 또 하라고? 난 못 해!" 나는 겁에 질려 고함을 질렀다.

그 순간 엄마가 초인종을 눌렀다. 애들도 봐주고 집안일도 해주려고 마침 엄마가 우리 집으로 온 것이다. 남편이 문을 열어주며 엄마에게 내 상태를 알렸다. 나는 침대에 너부러져 곧 닥칠 죽음을 상상하며 울었다.

"왜 그러니?" 엄마가 물었다.

"가슴에 혹이 또 생겼어. 난 죽을 거야." 나는 혼이 나가서 대답했다. 그 말밖에는 할 말이 없었다. 그저 눈물만 흘렸다. 남편과 엄마는 어찌할 바를 몰랐고, 결국 엄마가 유방센터에 전화를 걸었다.

"가자, 어서."

"어디로?"

"유방센터. 당장 오래."

"봐, 당장 오라는 거 보니까 맞잖아."

"말 들어." 엄마가 심각한 표정으로 나를 쳐다보았다. "100퍼센트 암 아니야. 하지만 거기 가면 전문가들이 계시니까 환자의 불안도 다스려주시겠지. 얼른 일어나 옷 입어. 이러고 있어봤자 해결될 것도 아니고."

30분도 채 안 지나 우리는 병원 대기실로 들어섰다. 오는 내내 진정이 안 되어서 계속 훌쩍거렸다. 공포가 온몸을 장악했는지 몸이 사시나무 떨듯 벌벌 떨렸다. 우리는 한참을 기다렸다. 나 때문에 일부러 수술실 의사를 호출했기 때문이다. 한참이 지나고 의사가 대기실 문을 열고 들어와 진심으로 걱정하는 표정으로 물었다.

"왜 그러세요, 슈타우딩거 씨?"

의사는 한 번도 나를 진료한 적이 없었기 때문에 일단 내 진료 기록을 쭉 훑었고, 대기실 간호사한테 내 상태에 관해 물었다.

"가슴에 다른 혹이 생겼어요." 내가 훌쩍이며 대답했다.

"제가 한번 만져볼게요." 의사가 친절하게 말했다. 내가 혹이 있던 자리를 찾는 동안 그녀가 물었다. "근데 왜 지금도 촉진을 하시나요? 정기 검진을 할 텐데요."

"저도 모르겠어요. 그냥 그래야 할 것 같아서요."

"그렇지 않습니다. 항암은 조직 변화를 목표로 하고요, 그건 저희가 여기서 계속 체크합니다."

마침내 암이 있는 자리를 찾았다고 생각했다. "아무것도 없는데요." 의사가 아주 친절하고도 차분하게 말했다. 놀라서 내가 직접 만져보았다. 이런! 아무것도 없었다. 그럴 리가 없다. 방금 전까지 있었다.

"말씀드렸다시피 조직 변화는 정상적인 현상입니다. 이리

오세요. 초음파 한번 해봅시다." 그녀가 나를 불렀다. 초음파를 시작하기 전 그녀가 내 진료 기록을 다시 한번 살폈다.

"암이 기가 막히게 반응을 했군요."

"네, 저도 알아요. 근데 다른 암이 생겨가지고⋯⋯."

또 울음보가 터졌다. 그러거나 말거나 의사는 의연하게 검사를 시작했다.

"여기 0.4센티미터 정도밖에 안 남았는데요. 그것 말고는 아무것도 없어요."

"들었지? 0.4센티미터란다. 고맙습니다, 선생님. 근데 항암을 받으면서 새로 암이 생기기도 하나요?" 엄마가 물었다.

"아니요."

세상에나! 태어나서 이렇게 창피했던 적이 없었다. 우리의 호들갑 여사께서 유방센터를 아주 들었다 났다 했다. 아무것도 아닌 일로 이렇게 주변 사람들을 괴롭히다니. 정말 아무것도 아닌 일로⋯⋯.

"정말 죄송합니다. 저 때문에 괜히 여기까지 오시고⋯⋯. 하지만 맹세할 수 있어요. 집에서는 잡혔어요."

"불안하신 것 충분히 이해합니다. 당연하고요. 제가 불안을 덜어드렸다니 기분이 좋네요. 치료 잘되고 있어요. 너무 걱정 마세요. 다 잘될 겁니다." 의사가 미소를 지었다. 몇 시간 만에 처음으로 맥박이 정상으로 돌아왔다.

병원을 나와 집으로 오는 길에 비로소 의사의 말이 실감 났다. 0.4센티미터밖에 안 남았다. 단 세 번 만에 2.8센티미터였던 것이 0.4센티미터로 줄었다. 비교 자료는 없지만 상식적으로 생각해봐도 대단한 결과였다. 앞으로 남은 치료를 마치고 나면 그 결과를 눈으로도 확인할 수 있을 것이다.

나의
암
친구들

독일에선 여성 열 명당 한 명꼴로 유방암에 걸린다. 열 명 중 한 명에게 어느 날 카를 자식이 찾아온다는 말이다. 어떤 이에게는 조금 빠르게, 어떤 이에게는 조금 늦게 찾아가지만, 또 어떤 이에게는 평생 한 번도 얼굴을 들이밀지 않는다. 유방암에 걸린 여성들이 만나는 곳은 그 지역의 유방센터다. 북에서 남까지, 서에서 동까지 독일의 유방센터는 모든 것이 규격화되어 있다. 덕분에 함부르크에서도 뮌헨에서도, 베를린이나 쾰른에서도 똑같은 치료를 받을 수 있다. 나이, 출신, 의료보험 가입 여부에 관계없이 모두에게 최고의 치료가 보장된다니 참으로 안심되는 소식이 아닐 수 없다.

우리 모두에겐 각자의 운명이 있다. 유방센터에서 나는 그 운명을 여럿 만났다. 아마 평생 잊지 못할 만남일 것이다.

암 진단을 받고 이틀 후 대기실에서 중년의 여성을 만났다. 용기와 에너지를 뿜어내며 맞은편 의자에 앉아 있던 그녀는 세상 다 산 표정으로 소파에 찌그러져 있던 내게 미소를 지으며 먼저 말을 걸었다. "기다리는 게 제일 곤욕이에요, 그쵸?"

"네, 그러네요." 나의 대답과 함께 대화의 물꼬가 터졌다. 그녀는 벌써 15년 전에 이 모든 과정을 거쳤고 병이 진짜 심했노라고 말했다. 지금은 그냥 예방 검진차 이곳에 왔노라고.

"근데 너무 태연하시네요." 옆에 있던 엄마가 한마디 거들었다.

"네, 다 지났으니까요. 지금은 겁나지 않아요. 정말로 힘들었지만……. 아마 우리 젊은 엄마도 저 못지않게 잘 이겨내실 거예요."

그녀를 만난 후 기분이 훨씬 나아진 나는 남은 하루를 밝게 보낼 수 있었다.

포트를 시술하던 날 오전에도 그랬다. 병실에 네 사람이 앉아 있었다. 둘은 시술 전이었고, 둘은 이미 시술을 받은 상태였다. 우리 넷 모두 치료의 진도가 같았다. 앞으로 어떤 일이 벌어질지 전혀 모른 채 항암을 앞두고 있었다. 모두가 어쩌다 여기까지 왔는지 짧게 설명했다. 그중 한 사람이 우르줄라였다. 우르줄라는 잘나가는 전산 기술자로 유머도 풍부하고 매력이 넘쳤지만 처음에는 별로 나의 관심을 끌지 못했다. 아마 바깥세상이었다면 우리는 아예 만나지도 못했을 것이고 설사 만났다 하더라도 편견 때문에 친해지지 못했을 것이다. 하지만 이곳은 바깥과는 다른 세상이다. 이곳에선 연대와 공감, 상대방에 대한 진심 어린 관심이 넘쳐난다. 덕분에 나는 지금까지도 우르줄라와 자주 연락을 하며 지낸다. 지금 그녀는 아주 건강해졌다.

항암 환자를 위한 화장 강연 때에도 그랬다. 처음엔 남 이야기인 양 도리질하던 나도 결국엔 그 강연을 신청하고 말았던 것이다. 동지들끼리 보낸 유쾌한 오후였다. 그중 한 사람이 아이셰였다. 그녀는 나보다 네 살이 많았고 내 옆의 옆자리에 앉아 있었다. 우리는 서로의 눈썹을 그려주었고, 그녀는 항암이 정말 견디기 힘들다고 털어놓았다. 몇 주 후 우리는 ACT에서 다시 만났고, 그곳에서 나는 그녀가 5년째 암과 싸우고 있음을, 이미 암이 뼈와 간으로 전이되었으며 두 아이의 엄마라는 사실을 알게 되었다. 우리의 대화는 진솔했다. 두 달 후 아이세는 세상을 떠났다. 그녀가 죽기 전날 나는 암 병동에서 완화 병동으로 이송되는 걸 보았다. 급성 간부전으로 눈동자가 노랬고 의식이 없었다. 나는 며칠 동안 울었다.

유방암은 잘 낫는 암이다. 하지만 다 낫지는 않는다. 아이세도 그런 경우였다. 하지만 그녀도 나도, 내가 만났던 모든 다른 여성들처럼 살아 마땅한 사람이었다. 왜 그녀의 자식들만 엄마를 잃어야 한단 말인가? 나는 살았는데 왜 그녀는 죽었을까? 오래오래 그 물음에 매달렸지만 나는 결국 답을 찾지 못했다. 지금까지도 나는 답을 모른다. 그저 그것이 우리 손에 달린 일이 아니라 느꼈고, 그럼에도, 아니 그러하기에 더더욱 우리는 열심히 살며 한껏 즐겨야 할 것이란 결론을 내렸다.

"이거 네 거야." 항암 첫날 엄마가 작은 상자를 내밀었다.

"정말? 뭔데?" 나는 포장을 풀며 호기심에 물었다. 두 개의 장식이 달린 예쁜 팔찌였다. 십자가와 마리아상이 달려 있었다.

"정말 예쁘다. 어디서 났어요?"

"어제 부적 하나 사주려고 액세서리 가게에 갔거든. 주인이 도와주겠다며 어떤 걸 찾느냐고 묻더라고. 내가 딸한테 줄 특별한 선물을 찾는다고 대답하고는 주인이 팔에 차고 있던 팔찌를 봤는데 너무 예쁜 거야. 그래서 지금 하고 계시는 그 팔찌가 마음에 든다고 했더니 자기도 선물 받았다며 주문 제작한 팔찌라고 하는 거야. 루르드 성지에서 축성도 했다고 하면서. 그러면서 정확히 어떤 것을 찾느냐고 묻기에 네 이야기를 들려줬어. 그랬더니 믿을 수 없는 일이 일어났지 뭐야. 그 주인이 팔찌를 쓱 빼더니 나한테 주면서 이렇게 말했거든. '따님에게 선물해주세요. 여태 저한테 행운을 가져다주었으니 따님께도 행운을 안겨다 줄 겁니다.'"

"정말?" 울컥 눈물이 솟구쳤다.

"응, 정말 고맙지 뭐니." 엄마의 눈에도 눈물이 고였다.

언젠가 엄마랑 같이 그 가게를 찾아가 감사의 인사를 전하리라 마음먹었다. 그녀는 날 알지도 못하면서, 처음 본 엄마에게 한 치의 망설임도 없이 팔찌를 빼주었다. 지금도 그 감동을 잊지 못한다. 나는 그 팔찌를 지금까지 한 번도 빼지 않았다.

가상의 세계에서도 나는 같은 처지의 친구들을 많이 만났다. SNS 덕분에 나는 젊은 나이에 암에 걸린 환자가 나만이 아니라는 사실을 금방 깨달을 수 있었다. 어찌 보면 충격적일 정도로 많았다. 30대 초반의 환자도 너무 많았고 아이가 있는 엄마들도 너무 많았으며 삼중음성도 너무 많았다. 우리는 온라인상으로 서로를 응원하고 서로의 고민을 들어주었으며 정보를 나누고 함께 울었다.

당연히 ACT 항암 치료실에서 만난 친구들도 절대 빼놓을 수 없다. 우리는 그곳에서 처음 만났다. 엘케, 카린, 안드레아, 나, 그리고 내 껌딱지 우리 엄마까지. 우리는 나란히 앉아 주사를 맞으며 단번에 친해졌다. 물론 이번에도 내가 제일 막내였다. 세 사람은 모두 엄마 연배였지만 우리가 섞이는 데는 전혀 문제가 없었다. 우리는 석 달 넘게 한방에 모여 웃고 수다를 떨었다. 엄마는 서비스 담당이어서 매주 맛난 주전부리를 들고 와 우리의 입을 즐겁게 해주었다. 모두가 나름의 인생사와 나름의 치료법과 그것에 대처하는 나름의 방법이 있었다.

"두 번째 방 치워두었습니다." 매주 간호사는 이런 말로 우리를 맞이했다. 어찌나 재미가 좋았던지 어떨 땐 그 사람들을 다시 만날 생각에 항암이 은근 기다려질 정도였다. 우리는 절친이 되어 지금도 자주 연락을 하고 있다.

물론 그렇게 반가운 만남만 있었던 건 아니다. 듣지 않았더라면 좋았을 말들도 많았다. 대부분이 몰라서 혹은 불안해서 무심코 던진 말이었겠지만 가끔은 정말로 어리석어서 함부로 상처를 준 사람들도 있었다.

장을 보러 갔다가 서로 인사만 하고 지내던 한 아주머니가 날 발견하고는 득달같이 달려왔다. 그러고는 거기 있는 사람들 다 들으라는 듯 큰 소리로 외쳤다. "아이고, 아직도 머리카락이 없네. 아직도 항암 중이에요? 진짜로 심한가 보네."

그런 순간엔 순발력의 여왕도 할 말을 잃는다.

"나도 알아. 나도 가슴에 만날 혹이 잡히거든." 이런 말은 물론이고 분명 선의에서 던졌을 "힘내요!" 같은 말도 때론 상처가 되었다.

전문가처럼 아예 대놓고 묻는 사람들도 있었다. "항암이 먹혀요? 다행이네." 그중에서도 제일은 이런 말이었다. "나도 암에 걸린 적이 있어요. 다행히 양성이었지만."

하지만 뭐니 뭐니 해도 가장 인상 깊었던 반응의 주인공은 친구 아파트에 갔다가 만난 한 여성이었다. 항암 중이어서 엄마랑 같이 갔는데 날이 너무 더워 가발을 쓰지 않았다. 아마 그 여성은 대머리 여자를 평생 처음 본 모양이었다. 우리가 엘리베이터에서 내리자 나를 대놓고 빤히 쳐다보았다. 마침 손에 쓰레기봉투를 들고 있었는데 내 모습에 충격을 받았는지 자기도 모르게 봉투를 툭 떨어트렸고 그 봉투에 발이 걸려 비틀대다가 그만 우당탕 넘어지고 말았다. 그런데 넘어졌다 다시 벌떡 일어나는 와중에도 그녀는 한순간도 눈을 떼지 않고 계속 나를 뚫어져라 쳐다보았다.

나는 못 본 척했다. 인간의 어리석음은 항암으로도 고칠 수 없을 것이다. 하지만 엄마는 거의 폭발 직전까지 가서 내가 달려들어 말리지 않았다면 아마 그 여자를 갈가리 찢어놓았을 것이다.

자주 물었다. 나는 아픈 이에게 적절한 말을 했던가? 내 친구가 병에 걸렸을 때 어떻게 반응했던가? 나의 말이 항상 유익했을까? 잘 모르겠다.

1막의
커튼을 내리다

믿기지 않지만 항암의 1막이 서서히 끝나가고 있었다. 4회의 EC 중 마지막만 남았다. 그 후엔 3주 동안 치료를 쉴 것이고 다시 일주일 간격으로 치료를 이어갈 것이다.

"일주일에 한 번이라니 상상도 하기 싫어요." 대기실에서 친구들을 만나 대화를 나누던 중 내가 이렇게 말했다.

"아, 아니에요. 그건 정말 괜찮아요." 두 자리 건너에 앉아 있던 젊은 여성이 대답했다.

"정말요? 하지만 몸이 회복할 시간이 필요하지 않아요?" 내가 다시 물었다.

"저도 EC 4회 받을 때는 딱 죽겠더라고요. 지금은 탁솔 12회 중에서 10회차인데 낮에는 일도 해요. 치과의사거든요. 그리고 이것 좀 보세요." 그녀가 모자를 벗어 머리카락이 제법 자란 머리통을 보여주었다.

"어머나! 머리가 났어요. 세상에, 용기가 나네요." 나는 신이 나서 외쳤다. "하지만 전 아직 유전자검사 결과가 안 나와서요. 잘못하면 카르보플라틴을 맞아야 할지도 몰라요."

말을 하다 보니 유방센터에서 전화 올 때가 되었는데 왜 안 올까 싶었다. 검사 결과에 따라 3주 쉬고 나서 바로 그 약물을 4회에 걸쳐 추가해야 하기 때문이다.

그 생각에 빠져 있는데 내 이름을 불렀다.

"자, 슈타우딩거 씨. 4회차 EC의 마지막이죠. 그동안 어떠셨어요?" 내가 좋아하는 하겐 박사님이 물었다. 그녀는 젊고 얼굴도 엄청 예쁜 데다가 마음씨도 곱고 실력도 출중했다.

"제가 착각한 건지 모르겠지만 세 번째는 정말 괜찮았어요. 그때 주신 그 약 덕분에 구역질도 전혀 없었고요." 내가 그녀에게 설명했다.

"그럼 이제부턴 매번 그 약을 드리겠습니다. 예방할 수 있는 통증은 예방하는 게 맞지요. 며칠 있다가 초음파 찍을 거예요. 그러고 나면 파클리탁셀로 들어갈 겁니다."

"네, 근데 그때까지 3주는 쉴 거라서요. 아주 신나게 즐기려고요."

"당연히 그러서야죠. 근데 유전자검사 결과는 나왔나요?"

"아직…… 이제 곧 나오겠죠."

지난 며칠 동안 나는 이 BRCA 유전자에 대해 조금 더 조사를 해보았다. 처음에는 나는 해당 사항이 없을 것이라고 확신했다. 어쨌든 우리 집안에서 유방암 환자는 내가 처음이었으니까 말이다. 그런데 조사를 하면 할수록 나도 그 유전자가 있을지 모른다는 생각이 들었다.

"선생님, 제가 서른둘이고 삼중음성인데 항암이 잘 먹히잖아요. 그럼 그 유전자가 있는 게 아닐까요?" 나는 단도직입적으로 물었다.

"네, 그럴 수도 있죠. 환자분 연령대에 이런 종류의 암은 흔치 않거든요." 그녀도 에두르지 않고 대답했다. 허! 내 그럴 줄 알았지! 지난 며칠 동안 진지하게 고민을 했다. 만일 그 유전자가 있다면 발병을 막기 위한 모든 조치를 취할 것이다.

"하지만 너무 서두르지 말고 차근차근 진행하기로 하죠. 다음 주에 초음파, 그다음에 항암. 이후의 일정은 다시 의논하는 걸로, 괜찮으시죠?" 그녀가 용기를 북돋아주었다.

"네, 그럴게요."

"니콜, 산 하나는 넘었네?" 돌아오는 길에 엄마가 말했다.

"응." 내 입에서 나온 대답은 고작 그뿐이었다. 말을 할 수가 없었다. 세 시간 동안 화학약품이 내 몸으로 흘러들었고 지금 나는 너무 피곤하고 배가 고팠다. 이놈의 코르티손은 엄청난 허기를 몰고 오기 때문에 정신이 오락가락하는 와중에도 절로 빵을 씹어 먹게 된다.

말할 수 없이 피곤하고 기력이 없었지만 그래도 행복했다. 네 번의 독한 항암을 마쳐서 행복했다. 이제 마지막으로 구역질과 현기증, 순환장애가 찾아오겠지만 그러고 나면 3주 동안 푹 쉴 수 있다. 3주라니! 뭐 하지? 어디를 갈까나…….

아쉽게도 3주 중에서 즐길 수 있는 시간은 2주뿐이었다. 이번에는 부작용이 엄청 심했기 때문이다. 첫 일주일은 도무지 기력이 없어서 대부분의 시간을 앉거나 누워서 보냈다. 그래도 오후가 되면 애들을 위해 억지로 기운을 짜냈다. 아이들은 제일 잘 듣는 약이며, 날 움직이는 엔진이다. 내가 무엇을 위해 이 모든 과정을 참고 견디는지 잊지 않게 해주는 기억의 샘이다. 삶의 질이 너무 떨어진다는 이유로 항암 중단을 고민하는 사람들을 나는 벌써 여러 차례 만났다. 나는 단 1초도 그런 생각을 해본 적이 없다. 아마 내가 받는 치료가 수술 전 보조요법이기 때문인 것도 한 가지 이유일 것이다. 먼저 절제 수술을 받고 나서 항암을 하는 여성들도 많다. 이들과 달리 나는 암의 반응을 정확히 느낄 수가 있다. 담당 의사가 한번은 이런 말을 한 적이 있다. "항암이 이렇게 잘 들으니까 설사 몸에 미세 암세포가 있었다고 해도 다 죽었을 겁니다."

그 말이 떠오를 때마다 용기가 불끈 솟았고 기분이 날아갈 듯 가벼웠다. 그게 아니더라도 내겐 아이들이 있었다. 아이들 때문에도 포기는 있을 수 없었다. 아이들이 자라는 걸 못 본다는 생각만 해도……. 처음 진단받았을 때보다는 훨씬 덜했지만 아무리 시간이 가도 이런 종말의 시나리오가 싹 지워지지는 않았다. 그래서 나는 그 불안마저 받아들이자고 마음먹었다. 심할 때도 있고 덜할 때도 있겠지만 불안 역시 내가 평생 짊어지고 가야 할 짐이라고 말이다.

이후 2주는 축복의 시간이었다. 인간은 적응의 동물이라 항암 없는 생활에도 금방 적응이 되었다. 오후에는 아이들과 재미난 시간을 보냈고 주말이면 남편과 함께 여기저기 쏘다녔다. 한마디로 우리는 인생을 만끽했다.

"엄마, 이거 봐!" 여느 아침처럼 그날 아침에도 아이들과 한참 동안 껴안고 부비며 시간을 보내고 있었는데 갑자기 막스가 소리를 질렀다.

"왜?"

"머리카락."

"뭐? 어디?" 나는 무슨 말도 안 되는 소리를 하는가 싶어 물었다.

"엄마 머리에."

"엄마 머리 나?" 콘스탄틴도 끼어들어 한마디 거들고는 부드럽게 내 머리통을 쓰다듬었다. "진짜네, 당신 머리 났어." 남편도 동의를 했다.

나는 거울로 달려갔다. 정말로 머리통에 부드러운 솜털 하나가 솟아 있었다. 울음보가 터졌다.

"봐, 전부 다시 돌아오고 있어." 남편이 웃으며 나를 꼭 안아주었다.

"장모님 언제 오셔?"

"열한 시쯤. 열두 시에 예약이야."

항암은 쉬지만 오늘은 병원에 가야 한다. 초음파를 받는 날이었다.

"겁낼 필요 없어, 알지?" 남편이 응원했다.

나도 안다. 그래도 겁이 난다.

"당연히 겁 안 나지." 나는 거짓말을 했다. 남편은 내가 거짓말하고 있다는 걸 알았다.

잘 가!

중간에 유방센터에서 한 번 초음파를 받았기 때문에 오늘은 마음 편히 가도 되는 날이었다. 그때 암의 크기가 0.4센티미터였다. 얼마나 변화가 생겼을까? 크기가 별로 달라지지는 않았을 것 같았지만 그래도 겁이 났다. 엄마도 그랬을 것이다. 그냥 체크하는 수준의 일정이었지만 병원은 아무리 가도 갈 때마다 겁이 나는 곳이다. 평생 이러고 살아야 하는 건 아닐까? 그런 불안도 들었다.

"엄마, 왜 우리가 이렇게 불안한 걸까?"

"난 불안하지 않아. 그냥 병원이 싫어서 그래." 말은 이렇게 해도 나는 엄마 심정을 누구보다 잘 안다.

당연히 겁나는 건 병원 때문도, 의사 때문도 아니었다. 내가 아는 의사 중엔 환자의 불안을 잠재워줄 수 있는 능력자들이 많다. 마이어 박사님도 그런 분이신데, 바로 그분이 내 이름을 불렀다. 그리고 언제나처럼 환한 웃음으로 나를 맞이했다.

"자, 암이 어떻게 되었는지 살펴봅시다. 이름이 뭐라고 했죠?"

"카를 자식이요."

"아하, 그 카를 자식이 얼마나 남았나 한번 봅시다. 아마 별로 안 남았을 겁니다."

거봐, 내가 뭐랬어? 마이어 박사님을 만나니 마음이 더할 수 없이 편해졌다. 의사들은 모를 것이다. 그들의 말 한 마디 한 마디에, 정말이지 아무것도 아닌 말 한 마디에도 환자들이 천당과 지옥을 오간다는 사실을.

내가 좋아하는 말은 이런 것들이다. "별 이상 없습니다." "아주 좋습니다." "누구나 다 그렇습니다." 반대로 듣고 싶지 않은 말은 이런 것들이다. "ㅇㅇㅇㅇㅇㅇㅇ음······." "어, 이런!" "검사를 좀 더 해봅시다." 한번은 무슨 암이냐고 묻는 젊은 레지던트한테 내가 이런 대답을 한 적이 있었다. "유방암이에요. 그렇지만 금방 완치될 겁니다." 그가 그 말을 듣고 바로 이렇게 대답했다. "아, 네. 저도 그러기를 진심으로 바랄게요." 그 순간 세상은 암흑으로 변했고 기분은 곤두박질쳤다. 뭐? 진심으로 바란다고? 그는 지금 내가 착각하고 있다고 생각하는 걸까? 낫지 못할 암인데? 바라는 건 새해에나 하는 거지! 완치된다고 확신을 해야지 바라기는 뭘 바라? 아마 그 젊은 의사는 전혀 그런 마음이 아니었을 것이다. 하지만 그날 이후 나는 그 사람만 보면 입을 꽉 다물어버렸다.

마이어 박사님의 "아마 별로 안 남았을 겁니다"라는 말은 정말이지 내가 꼭 듣고 싶은 말이었다. 그래서 나는 다시 낯선 남자 앞에 벌러덩 드러누워 기다렸다. 그가 초음파검사기로 내 가슴을 살피는 동안 기다리고 또 기다렸다.

"선생님, 말씀 좀 하세요." 결국 못 견디고 내가 먼저 애걸을 했다.

"정상 조직밖에 안 보이는데요." 그가 차분히 말했다. 어쩜 저리 예쁜 말만 하실까!

그는 검사를 계속했고 현재의 영상을 이전 촬영 영상과 비교했다.

"아, 카를 자식이 가버렸어요. 마킹한 클립밖에 안 보이네요." 그가 나를 향해 미소를 날렸다. "불과 4회 만에 조직학적 완전관해pathologic Complete Response의 소견이 보입니다. 물론 조직검사를 해봐야 정확히 알 수 있을 테지만."

"좋은 거죠?" 나는 혹시 몰라 다시 물었다.

"완벽합니다. 재발하지도 않을 최고의 조건이에요."

그의 말이 서서히 이해되었다. 그러니까 암이 사라졌다는 말이었다. 카를 자식이 없어졌다! 두 손 두 발 다 들었다. 항암에게, 그리고 나에게. 이젠 녀석이 위험하지 않다. 삼중음성 환자의 완전관해는 예후가 아주 좋다는 글을 읽은 적이 있었다. 하지만 아직은 행운이 실감 나지 않았다. 엄마도 실감이 나지 않는 모양이었다. 지난 몇 주, 몇 달간의 긴장이 너무 컸던 탓이었다. 마이어 박사님이 눈치를 채고 우리를 안심시켰다.

"마음껏 축하하셔도 됩니다."

눈물이 핑 돌았다.

"정말요?"

"네."

우리는 포옹으로 작별 인사를 나누었다. 그런 의사를 만난 것이 얼마나 큰 행운인지 모른다.

사실
너무 아팠어

무사태평한 나날이어야 마땅했다. 항암을 다시 시작하려면 아직 일주일이 남았고 카를 자식은 꺼져버렸고 몸도 아주 좋았다. 그런데 머리는 자꾸 딴생각을 하려고 했다. 행복하거나 개운하지가 않았고 처음 초음파를 하고 났을 때처럼 깊은 구덩이에 빠진 기분이었다. 하지만 이번에는 운명이 원망스러워서가 아니라, 앞으로 막막한 과정을 거쳐야 할 나 자신이 불쌍해서 견딜 수가 없었다.

"자기 왜 그래?" 남편이 물었다. 다행히 남편은 그사이 많이 적응이 되었는지 내가 울적해해도 산봉우리 하나 넘은 후의 계곡 정도로 이해하고 넘어가주었다.

"자기 알아? 내 가슴에 주사를 찔러서 방사선 액체를 집어넣었어. 감시 림프절 생검 때는 긴 바늘을 겨드랑이에 찔렀어. 내가 얼마나 아팠는지 알아?"

"아니, 난 몰랐어. 그래도 예상은 했지. 내가 아프냐고 물어도 자기는 늘 '심하게 아프지는 않다'고 했잖아."

"하지만 심하게 아팠어." 나는 흐느꼈다. "전부 다 엄청 아팠어. 포트 시술을 할 때는 내 살 타는 냄새를 맡았어." 쌓였던 말들이 줄줄 흘러나왔다. 그때는 그냥 참고 넘어갔던 그 모든 고통을 이제 마음으로 정리하고 싶은 모양이었다.

"항암은 또 얼마나 지독한지 알아? 차라리 죽는 게 낫겠다 싶은 날도 있었어."

"그래, 알아. 나도 봤잖아. 그런 당신을 보고 있을 때면 내

가슴도 너무 아팠어." 남편도 울먹였다. 우리는 영영 울며 지나온 시간을 이야기했고 서로를 위로했다.

"최근에 ACT에서 젊은 여자를 만났는데 나랑 똑같이 삼중 음성이고 크기도 나보다 크지 않았어. 근데 이미 전이가 되었더라고."

눈물이 끝없이 흘렀다.

"우리가 얼마나 운이 좋았는지 알아? 그때 그 의사가 '아무 것도 없다'고 했을 때 내가 그냥 집에 왔더라면 어떻게 되었을까? 아마 정말 안 좋아졌을 거야."

"자기는 그런 행운을 누릴 만한 사람이야." 남편이 확신에 차서 말했다.

"그 여자도 그래."

"그래, 나도 알아." 남편에게 더 이상 위로의 말이 떠오르지 않는 모양이었다.

"당신은 어때?" 내가 남편에게 물었다.

"한심하게 들리겠지만 당신이 좋으면 나도 좋아."

나는 깔깔 웃었다. 남편이 로리오의 〈파파 안테 포르타스 Pappa ante Portas〉(독일 코미디언 로리오가 감독한 코미디 영화—옮긴이)에 나오는 대사를 따라 했기 때문이다. 우리가 최소 100번은 본 영화였다. "웃을 이유가 있으면 웃을 거야." 나도 따라 다른 대사를 인용했다.

"맞아, 하지만 이번엔 진짜야. 아픈 당신을 보면 나도 아파." 남편이 말했다.

"내가 죽을까 봐 걱정 안 했어?" 내가 물었다.

"첫날 밤에는 했지."

"근데 한 번도 말 안 했잖아."

"한 번도 안 물었잖아." 과연 내 남편답다. 안 물으면 절대 말을 안 하신다!

"나도 무서웠어. 당신을 잃을까 봐. 애들과 혼자 남을까 봐. 하지만 첫날 뒤셀도르프 병원에서 베르트람 박사님을 뵌 뒤로는 괜찮아졌어. 그저 자기가 그 힘든 걸 어떻게 견딜까 그게 걱정이었지."

이성의 끈을 놓칠까 봐 늘 노심초사했다. 사랑하는 사람들이 나로 인해 고통당하는 것이 마음 아프고 걱정스러웠다. 하지만 우리는 한 번도 그런 이야기를 나눈 적이 없었다. 지금까지 그럴 힘이 없었기 때문이다. 갑자기 죽음이 현안이 되면 죽음 이야기를 하고 싶지가 않다. 물론 사전의료의향서나 장기기증 같은 이야기는 전에도 많이 했었다. 하지만 그건 언제나 생각일 뿐이었다. 그런 일이 진짜로 일어나리라고는 믿지 않았다. 그러다 그런 이야기를 하지 않을 수 없게 되면 차마 입이 떨어지지 않는다. 너무 현실적이기 때문이다.

나는 다시 마음을 다잡고 말했다. "자기, 약속할게. 당신이랑 애들을 두고 먼저 가지 않을 거야. 당신이 나보다 다섯 살 많으니까 나중에 당신 먼저 보내고 명랑한 과부가 될 거야. 아님 내가 먼저 가는 게 나아?"

"그런 이야기는 50년 후에 다시 하는 게 좋겠어."

며칠 동안 열심히 워킹을 돈 후에야 겨우 그 깊은 구덩이를 기어 나왔다. 방어기제와 같았다. 열심히 움직여야 할 때는 어떻게든 작동을 하다가 막상 쉬어도 되는 시간이 되면 와르르 무너지는 것이다. 이런 구덩이는 무작정 가로질러야 한다. 억지로 외면하려 들면 외려 더 오래간다.

"엄마, 다 칠해?"

"응, 빨간색으로 다 칠해버려!"

"안 보일 때까지?"

"응."

진단을 받고 나서 얼마 후 나는 막스와 함께 기다란 시간표를 그렸다. 내 병이 일주일 후면 낫는 감기가 아니라는 것을 어떻게든 아이에게 알려주고 싶었다. 그래서 시간표를 그린 다음 치료의 한 단계가 끝날 때마다 한 칸씩 색칠을 해서 지워나가기로 했다. 1단계가 끝났으니 한 칸을 지울 수 있게 되었다, 빨간색으로. 콘스탄틴도 옆에서 거들었다. 물론 아직도 우리 앞엔 기나긴 길이 남아 있었다.

"엄마, 혹이 없어졌어?" 막스가 물었다.

"응, 싹 없어졌어."

"근데 왜 약을 계속 먹어?"

세상에나 이렇게 똑똑한 아이가 있나? 누구 자식이 이렇게 똑똑한고? 나도 같은 질문을 자신에게 던지며 의사가 이렇게 말해주기를 몰래 바란 적이 있었다. 이걸로 끝났어요. 남은 과정은 생략합시다. 하지만 의사들은 그런 말을 하지 않을 것이다. 더 의논하고 말고 할 것이 없는 문제였으니까.

"다시는 병에 걸리지 않으려고 먹는 거야." 나는 막스의 눈높이에 맞춰 설명했다.

"엄마, 안 아파?" 이제는 콘스탄틴도 끼어들었다. 벌써 세 살이 다 되었으니 내가 아무리 숨기려 해도 눈치챌 것이다.

"이젠 조금밖에 안 아파. 엄마 금방 다시 건강해질 거야."

유전자마저
희귀 케이스야?

예상대로 3주는 너무 빨리 지나갔다. 벌써 내일이면 다시 항암이 시작되기에 나는 채혈을 위해 ACT를 찾았다.

"유전자검사 결과 나왔나요?" 의사가 물었다.

"아니요, 전 여기로 보냈을 거라 생각했는데요."

"안 왔는데요. 제가 한번 알아보겠습니다. 카르보플라틴을 같이 주사해야 해서요. 하긴 2주 차부터 시작해도 되니까 너무 걱정하지 마세요. 일단 혈액 수치부터 검사해봅시다."

지금까지는 혈액 수치가 항상 좋았기 때문에 한 번도 항암을 빼먹은 적이 없었다. 물론 내 경우가 당연한 것은 아니었다. 혈액 수치가 낮아 한 주 치료를 걸렀다는 소리를 여기저기서 얼마나 자주 들었는지 모른다. 나는 상상만 해도 끔찍했다. 단 한 번도 치료를 거르고 싶지 않았다. 얼른얼른 해서 하루라도 빨리 끝내고 싶었다.

몇 시간 후 집 전화가 울렸다. ACT에서 온 전화였다. 내 혈액 수치가 정상이 아니라고, 백혈구 수치가 너무 낮아서 내일 항암 전에 다시 한번 체크를 해봐야겠다는 소식이었다.

새삼 이 모든 것이 냉혹한 현실이라는 사실을 실감했다. 오후에는 구글을 뒤져 백혈구 수치 올리는 법을 열심히 찾았지만 뾰족한 수가 없었다. 그래서 나는 워킹을 한 바퀴 더 돌고 물 2리터를 마시고 일찍 잠자리에 들었다.

"슈타우딩거 씨, 죄송하지만 이번 주는 걸러야겠습니다." 다음 날 아침 채혈 결과를 본 의사가 이렇게 통보했다.

"아, 그냥 하면 안 될까요?"

"안 됩니다. 한 주 더 쉬셔야 해요."

"그러다가 만약에……."

"그럴 리 없어요." 그녀가 나를 보며 웃었다. 내가 무슨 말을 하려는지 이미 알고 있었기 때문이다. "한 주 빼먹는다고 다시 자라지 않아요. 아무 생각 말고 편안하게 한 주 더 쉬세요. 유전자검사 결과도 아직 안 나왔으니까 차라리 잘되었다고 생각하세요."

오케이, 인정. 한 주 더 부작용 없이 지낼 수 있다니 나쁘지 않았다. 항암을 할 것이라는 생각에 다른 계획을 세워두지 않았던 터라 엄마와 나는 이 시간을 활용해 정말로 의미 있는 활동을 하기로 마음먹었다. 쇼핑을 하러 간 것이다.

"유전자검사 결과가 양성이면 어쩔 거야? 생각해뒀어?" 같이 점심을 먹으며 엄마가 물었다.

"응, 만일 유전자가 있다면 할 수 있는 건 다 할 생각이에요. 양쪽 가슴과 자궁을 덜어낼 거야."

"그런 생각까지 했어?"

"그럼요. 하고 자시고가 없어요. 솔직히 말하면 임신도 두 번이나 했고 수유도 두 번이나 했으니 이번 참에 시각적 차별화를 꾀하는 것도 나쁘지 않을 것 같아."

"말은 잘도 한다. 수술을 너무 쉽게 생각하지 마." 엄마가 웃으며 말했다.

"또 병에 걸리지 않는다면야 뭔들 못 하겠어요?"

"네 말이 맞다. 그래도 일단 기다려보자. 아닐 수도 있으니."

우리는 도심에서 즐거운 하루를 보냈고, 항암의 통증에서 해방된 즐거운 한 주가 뒤를 따랐다.

하지만 그 한 주가 끝나가자 다시 신경이 곤두서고 초조해졌다. 얼른 다시 항암을 시작하고 싶었고 빼먹지 않고 계속 이어가고 싶었다. 아무리 쉬어도 그건 그냥 미루는 것이지 끝난 게 아니었기 때문이다.

그래서 다음 주에 의사가 이렇게 말했을 때는 정말 고맙다는 생각까지 들었다. "혈액 수치가 여전히 좋지는 않지만 더 미루고 싶어 하시지 않으니까 내일 항암 후에 영양 주사를 맞기로 하지요."

이곳 사람들은 이미 내 속을 훤히 꿰뚫어 보고 있다.

"그리고 유전자검사 결과를 팩스로 받았습니다."

"네, 어떤데요?" 나는 초초한 음성으로 물었다.

"네, 음…… 그게 그러니까……."

누가 내 목을 조르는 것 같았다.

"결과를 읽을 수가 없어요."

"네?"

"마이어 박사님이 센터에 연락해서 다시 한번 여쭤볼 건데요. 아마 결과가 분명하지 않은 것 같습니다."

황당했다. 이 세상엔 불확실한 유전자도 있다는 사실을 처음 알았다. 당연히 그것 역시 극도로 희귀한 경우일 것이다. 나는 뭐든 극도로 희귀한 경우다. 그렇다면 극도로 희귀하게 로또에 당첨될 수는 없는 걸까?

"그럼 카르보플라틴은 어떻게 되나요?"

"그것도 만일 하더라도 다음 주부터 시작할 수 있을 겁니다. 득이 없다면 안 하는 게 맞지요. 부작용도 있으니까요."

"알겠습니다. 그러니까 오늘은 그냥 탁솔만 맞는 거죠?"

"네, 맞아요."

그렇게 탁솔만으로 항암의 2단계가 시작되었다.

당연히 우리는 새 약이 어떻게 반응할지, 어떤 부작용이 있을지 몰라 초긴장했다. 엄마와 남편이 미술 작품을 보듯 내 앞에 앉아서 내 행동 하나하나를 주시하며 3분에 한 번씩 물어 댔다. "어때? 느낌이 와?"

"아니, 죽을 것 같으면 죽기 전에 말할게."

"안 웃기거든."

"눈으로 보면서 뭘 자꾸 물어봐. 아무렇지도 않다니까. 완전 쌩쌩해."

정말로 그 상태가 오래 지속되었다.

"아무래도 양을 잘못 계산한 거야." 나는 진심으로 의심을 했다.

"왜 그런 생각을 해?" 워킹을 돌면서 아스트리스가 물었다.

그즈음 나는 매일 5킬로미터 정도를 걸었다. 아스트리트와 함께 걷기도 했고 혼자 음악을 들으며 걸을 때도 있었다.

"아무 느낌이 없어. 봐, 머리카락도 자라잖아. 뭔가 이상해."

"그 약은 어떻게 하기로 했어? 결정 났어?"

"아직. BRCA2 유전자가 있기는 있는데 순수한 형태가 아니라 엄청 희귀한 변종이래. 그래서 지침이 없다네."

"그럼 어떻게 되는 거야?"

"어떻게 되는 거냐 하면, 다들 모여 다시 한번 의논을 하는 거지. 나도 나대로 조사를 해봤는데, 제대로 했는지는 모르겠지만 어쨌든 카르보플라틴은 암을 없애는 데만 유익하다는 거야. 근데 나는 암이 벌써 없어졌잖아. 그래서 안 맞을 거 같아. 솔직히 말하면 부작용이 없으니까 지금 너무 좋아. 휴가 같아. 벌써 3주째 탁솔을 맞고 있는데 정말 부작용이 하나도 없어."

실제로 내 유전자검사 결과를 둘러싼 논의는 오래 지속됐다. 나 같은 경우는 명확하지 않았기 때문이다. 그래서 일단은 카르보플라틴은 빼고 탁솔만 맞고 있었다. 나로선 오히려 좋았다. 아직 미용실에 갈 만큼 머리카락이 자란 건 아니어서 겉모습은 예전 같지 않았지만 그래도 항암은 잘 견딜 수 있었다.

"아, 맞다. 휴가 얘기가 나와서 말인데, 우리 몇 시간 있다가 휴가 갈 거야." 워킹을 마칠 즈음 내가 말했다.

"뭐? 뭘 가? 휴가?"

"응, 두 시간 전에 결정했어. 오늘 밤에 애들하고 오스트리아 갈 거야."

"웅? 두 시간 전에?" 아스트리트는 정말로 당황한 것 같았다.

"웅, 수요일에 가서 토요일 밤에 올 거야. 월요일에 다시 항암이니까. 즉흥적으로 결정했어."

"즉흥적인 건지 미친 건지." 아스트리트가 나를 보며 웃었다.

그렇게 우리는 긴 연휴가 시작되는 날 즉흥적으로 아이들을 데리고 오스트리아의 한 호텔로 달려갔다.

최고의 선택이었다. 그 5일간의 휴가는 지친 내 몸과 마음을 어루만져준 힐링 그 자체였다.

우리가 묵을 호텔이 가까워질수록 마음도 암에게서 멀어졌다. 며칠 놀러 간다고 이야기를 하자 막스는 너무 좋아 믿을 수가 없는 모양이었다.

"진짜? 지금 가요?"

"웅, 당장 갈 거야."

"수영할 수 있어?"

"당연하지."

"만날?"

"네가 하고 싶다면 올 때까지 맨날 맨날."

"아싸!"

호텔은 몇 년 전에도 아이들을 데리고 며칠 묵은 적이 있는 곳이었다. 그때는 카를 자식이 없었다. 이번엔 그때와 달라서 다른 호텔 손님들, 특히 여성들이 나를 자꾸만 흘깃거렸다. 저 여자는 무슨 일을 겪고 있길래 머리카락이 듬성듬성한 건지 아마 다들 궁금했을 것이다. 다른 데는 멀쩡해 보이니 나쁜 일은 아닐 것 같은데 왜 머리가 저렇지? 몇몇 여성과는 대화를 나누기도 했다. 전혀 불쾌하지 않았다. 건강한 여성들이 특히 더 관심이 많은 것 같았다. 언젠가 자신도 당할 수 있을 일이니까.

관광지는 저번에 왔을 때 다 돌아보았으니까 이번에는 밖으로 안 나가고 호텔에만 있었다. 지나고 보니 그러기를 정말 잘했다 싶었다. 음식도 맛있었고 살짝, 정말 아주 살짝 운동도 했고 마사지도 받았다.

무엇보다 많은 것을 되찾은 기분이었다. 처음 암 진단을 받았을 때는 두 번 다시 마음 편히 살 수 없을까 봐, 두 번 다시 신나게 웃을 수 없을까 봐, 평생 암 걱정만 해야 할까 봐, 그게 걱정이었다. 하지만 그렇지 않았다. 우리는 천하태평이었고 신이 났으며 심지어 약간 오버도 했다. 그게 정말로 큰 해방감을 주었고, 의욕을 되돌려주었다.

자꾸만
깜빡깜빡

어느덧 항암을 시작한 지 네 달이나 지났다. 시작하기 전에 설명을 들은 대로 항암 약은 병든 세포뿐 아니라 건강한 세포도 공격했다. 머리카락이 아마 가장 큰 민간인 희생자일 테지만, 희생자는 더 있었다. 사실 온몸의 털이란 털은 다 빠졌는데 고백하자면 은근슬쩍 고마운 부위도 없지 않았다.

털 말고도 다른 희생자들이 있었다. 발톱이 형체를 알아볼 수 없게 변하거나 아예 종적을 감추었다. 벌써 세 개가 영영 작별을 고하고서 빠져버렸다. 피도 안 났고 아프지도 않았다. 내 발가락에 감각이 사라졌기 때문일 것이다. 탁솔은 손발의 말초신경을 손상시킬 수 있다. 이걸 전문용어로 다발신경병증 polyneuropathy 이라고 부른다. 그래서 내 발은 발가락이 마비된 느낌이었다. 물론 다시 회복되지만 회복이 안 되는 희귀한 경우도 있다. 워낙 내가 희귀한 경우라면 마다하지 않는 성향이다 보니 나는 발가락 감각이 영원히 돌아오지 않을 수도 있다고 각오를 다졌다.

나머지 발톱들도 검게 변해버렸지만 그나마 그사이 계절이 바뀐 덕에 나 말고는 아무도 이런 참사를 보지 않아도 되니 얼마나 다행인가 생각했다.

특히 미각 상실이 혹독했다. 뭐라 말로 표현할 수 없는 구역질 나는 쓴맛이 하루 종일 혀에서 맴돌았기 때문에 내내 털 많은 젖은 쥐를 입에 물고 있는 기분이었다. 혀 얘기가 나왔으니 하는 말인데, 혀도 내가 알던 혀가 아니었다. 백태가 심한 데

251

다 가장자리는 꼭 쥐가 갉아 먹은 듯 우둘투둘했다. 이미 눈치 챘겠지만 나는 먹는 걸 무지 좋아한다. 나에게 식사는 생명을 유지하기 위한 수단을 넘어 삶의 질을 결정하는 중요 요인이 었다. 하루 한 잔, 아니 예닐곱 잔의 커피와 좋은 포도주, 맛난 샐러드, 육즙이 풍부한 스테이크는 내 삶의 낙이었다. 그런데 이것들이 전부 싫어졌다. 아주 짜거나 매운 것만 먹으려 들었 다. 그렇지 않으면 도무지 이 괴로운 쇠 맛을 지울 수가 없었 다. 또 생수도 도저히 마실 수가 없어서 스프라이트나 환타만 들이켰다. 그것이라도 마시지 않으면 몇 킬로미터를 걸을 수 가 없었다.

항암 때마다 코르티손을 먹었다. 이 약의 부작용은 극심한 허기였다. 안 그래도 천성적으로 극심한 허기에 시달리는 사 람한테 혹시라도 모자랄까 봐 약까지 먹어서 허기를 부추겼 다. 내가 왜 그렇게 많이 걸을까 궁금했다면 아마 지금쯤 이 유를 알았을 것이다. 물론 운동도 하고 부작용도 줄이기 위해 걸었지만 허기를 참기 위한 목적도 컸다. 특히 초기에는 허기 가 인정사정이 없었다. 샐러드가 먹기 싫어지다 보니 이런 극 악무도한 허기를 달래기 위해 감자칩이나 감자튀김 같은 건 강에 해로운 음식을 너무 많이 먹었다. 어떤 음식도 예전 같 은 맛이 나지 않았고 예전에는 정말 좋아했던 음식도 구역질 만 일으켰다.

코르티손은 또 각성 작용이 있다. 그래서 복용을 하면 밤에 잠이 오지 않는다. 수면제를 먹어도 별 소용이 없었다. 관심 있으신 분들을 위해 한 말씀 드리자면 한밤에 보는 TV 프로그램은 그리 나쁘지가 않다. 어느 날 밤에는 〈섹스 앤 더 시티〉를 연속으로 방송해주어서 그걸 보느라 밤이 어떻게 갔는지 모른 적도 있었다.

또 한 가지 현상이 더 있었는데 그건 다른 인생 단계에서 이미 경험한 적이 있는 것이었다. 수유를 할 때 나는 애가 젖이 아니라 뇌수를 빨아먹는 게 아닌가 의심한 적이 한두 번이 아니었다. 진짜로 깜빡깜빡했다는 소리다. 아마 많은 엄마가 공감할 텐데, 항암 치료를 받을 때는 건망증이 수유 때보다 족히 100배는 더 심했다. 우리끼리는 이걸 "항암 뇌"라고 불렀는데 아마 전문용어로도 사용되는 말일 것이다. 평소에는 말이 청산유수였던 나지만 항암 이후 진짜 쉬운 단어나 이름도 떠올리지 못했다. 그래서 우리 항암 동지들이 만나면 대화가 상당히 요상해졌다. 깜빡이들끼리 만났으니 말이다.

"어제 내가…… 으으으으음…… 어딘지 알지……? 으으으으음…… 그 가게…… 거기 있잖아…… 우리 저번에 갔던 데."

카린이 무지막지 흥미진진한 대화를 시작했다. "아, 어쨌든 거기서 내가…… 으으으으음…… 그 여자 이름이 뭐지? 그 금발에…… ."

그 순간 간호사가 들어와서 카린에게 주사를 놓느라 대화가 잠시 끊겼다.

"근데 어디까지 이야기했지?"

"카린, 그걸 나한테 물어보면 어떻게 해? 처음도 기억이 안 나는데." 나도 솔직히 고백했다. 뭐 어떠랴. 어차피 여기에서 나가면 아무것도 기억 안 날 텐데.

항암 동지들의 대화는 대부분 이런 모양새였다. 우리는 모여 헛소리를 지껄였지만 보통은 별문제 없이 대화가 흘러갔다.

그런데 깜빡깜빡하는 건망증에 비하면 단어가 안 떠오르는 정도는 아무것도 아니었다. 항암을 시작할 때 자몽주스를 마시면 안 된다는 소리를 들었다. 자몽주스가 약의 효력에 부정적 영향을 미치기 때문에 항암 치료를 하는 환자들이 피해야 할 단 한 가지 식품이라고 했다. 그거야 뭐, 껌이지. 당시 나는 그렇게 생각했다. 자몽주스는 평생 한 번도 좋아해본 적이 없는 데다 아마 마셔본 적도 딱 한 번밖에 안 될 것이다. 어차피 안 먹는 거니 조심하고 말고 할 게 뭐 있겠어? 나는 그렇게 생각했다.

어느 날 내가 장을 봐서 집에 왔더니 남편이 정리를 도와주었다.

"주스 샀어?"

"응, 근데 하나는 오다가 마셨어. 어찌나 목이 마르던지." 내가 대답했다.

"맛있었어?"

"응." 나는 입에 문은 주스를 쓱 닫으며 대답했다. "자몽주스가 어떤가 싶어 한번 먹어봤지."

"장난치지 말고."

"왜? 뭐가 장난이야?"

남편의 얼굴에서 웃음기가 가셨다. 남편은 나를 정신병자 쳐다보듯이 빤히 쳐다보았다.

"그제 자기가 나한테 말했거든. 유일한 금지 식품이 자몽주스라고. 자기는 어차피 안 먹으니까 괜찮다고."

헉! 내가 왜 이러지? 까마귀 고기를 먹었나? 서둘러 병원에 전화를 걸어 물어봤더니 다행히 그 정도 양은 괜찮다고 했다.

그러니까 항암은 적지 않은 민간인 희생자들을 만들어낸다. 당연히 여기 적은 이 에피소드가 끝이 아니다.

카르보플라틴

오늘은 탁솔 12회 중 5회차에 해당하는 날이다. 카르보플라틴은 이미 끝난 문제라고 생각하고 있었다. ACT에서도 아무도 그 이야기를 꺼내지 않았다.

"슈타우딩거 씨, 바우어 선생님께서 잠깐 뵙고 싶다고 하십니다." 하겐 박사님이 채혈을 하면서 말했다. 요즘은 항암하는 날에 채혈도 같이 했다.

"왜요?" 걱정이 되어 물었다.

"유전자검사 결과 때문에요."

이런! 아직도 고민 중이었어?

바우어 박사님은 ACT의 원장이어서 연구에 참여하거나 나같이 매우 희귀한 경우의 환자들을 전담하고 있었다.

"저희가 컨퍼런스에서 환자분 케이스를 두고 다시 한번 오래 논의를 했는데요." 그녀가 따듯한 어투로 말을 시작했다. "아무래도 카르보플라틴을 맞는 게 좋을 것 같습니다."

"싫어요!" 나도 모르게 비명이 튀어나갔다.

"왜요?"

그녀는 카르보플라틴을 권하는 여러 가지 이유를 상세하게 설명하였고 이런 응원의 말로 설명을 끝맺었다. "환자분은 분명히 잘 견디실 겁니다. 부작용도 적을 거고요. 저희가 적정량으로 잘 조절해서 탁솔에 섞어 7회에 걸쳐 주사할 겁니다."

으으, 진짜 싫다. 통증과 구역질이 사라진 일상으로 돌아온 지 얼마나 되었다고 또! EC 때와 달리 탁솔은 부작용이 거의 없었다.

"또 그걸 겪고 싶지 않아요." 울컥 눈물이 솟구쳤다. 오늘도 곁을 지킨 엄마가 내 손을 꼭 잡았다.

"니콜, 지금 안 하면 나중에 후회할 거야."

엄마 말이 맞았기에 나는 생각을 바꾸었다.

"지금 당장 결정해야 하나요?"

"아닙니다. 다음 주까지 고민해보세요. 하지만 더 미룰 수는 없어요. 다음 주엔 시작해야 합니다."

"질문이 하나 더 있는데요. 또 머리가 빠지나요?"

"아니에요. 안 빠질 겁니다. 탈모는 정말 희귀한 경우예요."

부작용이 걱정스럽기는 했지만 나는 오래 고민하지 않고 카르보플라틴을 맞기로 결심했다. 엄마 말대로 암과 영원히 작별하기 위해서라면 할 수 있는 모든 것을 다 해야 한다. 고통스럽고 힘들겠지만 그래봤자 겨우 7주다. 7주를 남은 평생과 어떻게 바꾸겠는가?

일주일 후 나는 탁솔과 함께 카르보플라틴을 맞았다.

"어때? 괜찮아?" 그다음 날 워킹을 하면서 아스트리트가 물었다.

"응, 괜히 겁냈어."

하지만 성급한 판단이었다. 항암을 받고 사흘이 지나자 격심한 관절통이 찾아왔다. 독감에 걸렸을 때처럼 온몸이 쑤셨는데 정도가 훨씬 더 심했다. 목에서 시작한 통증은 다리와 장딴지까지 뻗어나갔다. 정확히 토요일 밤이 되자 통증이 찾아들었지만 코르티손 덕분일 수도 있었고, 또 다음 날이면 다시 주삿바늘을 꽂아야 했으니 거의 통증과 함께 살았다고 봐야 할 것이다.

"그래도 이 정도면 우리 다 항암을 무사히 이겨냈어요."
ACT에 모여 칵테일을 맞으면서 엘케가 말했다.

"맞아요, 항암 하면서 열나고 폐렴 걸려서 입원한 사람들도 많다던데."

나는 무사히 끝났다는 뜻으로 나무 탁자를 세 번 탁탁 쳤다.

"다행이야. 니콜이 삭신이 쑤셔서 힘들었다고 했지만 이번 주는 나도 그리 좋지 않았으니 위로로 삼아. 나는 피곤해서 죽을 것 같아." 엘케가 고백했다. 그녀도 탁솔을 맞는 중이었다.

"위로는 무슨, 언니들이 좋아야 나도 좋지."

진심이었다. 나는 진심으로 이들의 회복을 바랐다.

"말도 예쁘게 하지. 그래 맞아. 이번 주는 괜찮을 거야."

그녀가 나를 보고 웃었다.

"당근 괜찮지."

카르보플라틴을 두 번째로 맞은 날 밤 나는 소파에 누워 있었다. 지금까지 늘 항암을 하고 오면 소파에 누워 쉬었다.

"자기 나 추워. 이불 좀 갖다 줄래?"

"응, 알았어." 남편이 서둘러 이불을 가져왔다.

"덜덜 떠는데……." 남편이 이불을 덮어주며 말했다.

"응, 집이 너무 추워."

"아냐, 집은 안 추워. 전기요 갖다 줄까?"

나는 고개를 끄덕였고 남편이 전기요를 가져와 덮어주었다.

"좀 나아?"

"아니." 이빨이 부딪칠 정도로 떨림이 심해졌다. 떨지 않으려고 애를 써봤지만 소용이 없었다.

"위층으로 올라가 누워야겠어. 온몸의 뼈가 다 아파." 나는 일어나 계단을 올랐다. 삭신이 쑤셔 견딜 수가 없었고 위에서 아래까지 온몸이 덜덜 떨렸다. 안간힘을 다해 겨우겨우 계단을 올랐고 침대에 눕자마자 바로 잠이 들었다.

"자기, 일어나봐. 열 좀 재자." 남편이 나를 깨웠다.

열? 추워 죽겠는데 무슨 열? 뭐 재겠다면 재보라지. 여전히 온몸이 덜덜 떨렸고 안 아픈 구석이 없었다. 머리는 들 수도 없을 정도로 두통이 심해서 뇌막염이 아닌가 걱정스러웠다.

"39.2도야. 병원 가자. 병원에 전화부터 하고." 사실 나는 정신이 하나도 없었다. 남편이 이웃집 아주머니에게 달려가서 잠든 애들을 좀 봐달라고 부탁을 한 후 우리는 병원으로 출발했다. 몸이 점점 더 떨렸고 이제는 구역질까지 솟구쳤다. 덜컥 겁이 났다. 왜 이러지? 진짜 뇌막염인가?

"자기, 애들 잘 챙기고 있지?" 내가 속삭였다.

"말도 안 되는 소리 좀 하지 마."

"나 무서워." 뭐가 무서운지도 모르면서 나는 말했다.

"다 와가."

병원에 도착하자 간호사와 당직 의사가 달려왔다. 간호사가 열을 재더니 39.6도라고 했고 의사가 바로 나를 진찰했다.

"항암 할 때 열이 나는 건 흔한 증상입니다. 일단 채혈하고 흉부 X선 찍어서 폐렴인지부터 살펴봅시다." 의사가 말했다.

"양동이!" 간신히 소리를 질렀다. 다행히 바로 옆에 쓰레기통이 있었다. 나는 쓰레기통에 입을 대고 왈칵 토했다.

"아이고, 정말 안 좋으신가 보네요." 의사가 안쓰러운 눈길로 쳐다보았다.

"걱정할 정도인가요?" 나의 유일한 관심사는 그것뿐이었다.

"아니에요. 금방 좋아질 겁니다. 감염이 온 것 같아요. 일단 염증 수치를 체크해보고 나서 더 이야기합시다. 미리 말씀드리는데 항생제 투여할 거고요, 일주일 정도 입원하셔야 합니다." 파라세타몰을 주사하기 위해 정맥주사 카테터를 놓으면서 그녀가 설명을 했다.

남편이 미는 이동 침대에 누워 X선을 찍으러 가는 동안 서서히 정신이 돌아왔다. 정맥주사는 확실히 효과가 빨랐다. 한밤중이었기 때문에 우리 말고는 환자가 없어 기다릴 필요가 없었다. 척척 진행되어 촬영이 순식간에 끝났다. 나는 병실로 이동했고 마침내 침대에 누울 수 있었다. 너무너무 피곤했고 기운이 하나도 없었다.

"자기는 얼른 집에 가. 애들 혼자 있잖아. 내일 아침에 전화하자."

날 혼자 두고 가야 하는 남편의 얼굴에 심란한 기색이 역력했다. 아이들이 내일 아침에 일어나 내가 없다는 걸 알면 얼마나 놀랄까 걱정이 되었다.

"슈타우딩거 씨." 밤중인데도 의사가 병실로 찾아왔다. "수치는 아주 정상입니다. 항생제는 더 안 드릴 거예요. 내일 조금 더 지켜볼게요."

어른의 경우 애들하고 달라서 그렇게 열이 오르면 금방 떨어지지 않는다. 이튿날 아침 눈을 뜨자 한 일주일 광란의 춤판을 벌인 것마냥 온몸이 아팠다. 의사는 일찍 회진을 왔고 열이 왜 나는지 모르겠다고 솔직하게 말했다. X선 촬영 결과도 혈액도 이상 소견이 안 보였기 때문에, 우리는 하루 더 입원해 있으면서 염증 수치를 지켜보기로 결정했다.

"알았어, 그렇게 하지 뭐. 위험하지는 않은 것 같네." 전화로 설명을 들은 남편이 안도한 듯 말했다.

"아침에 애들 안 놀랐어?"

"응, 내가 잘 설명했어."

알 게 뭐야. 날 안심시키려고 거짓말을 하는 건지.

날이 밝자마자 부모님과 친구들이 적극 지원사격에 나서 남편을 도왔기 때문에 나는 걱정을 내려놓고 긴장을 풀었다. 병원에서 푹 쉬니까 아픈 데도 없었고 기운도 금방 돌아왔다. 살

만해지니 슬슬 여기저기 입을 대기 시작해서 웃는 얼굴과 예쁜 말로 간호사들을 들들 볶았다.

점심 식판을 치우러 온 간호사에게 내가 물었다. "근데 오늘 점심 메뉴가 정확히 뭘까요?"

"아, 글쎄요. 제가 먹어보지를 않아서……." 그녀가 대답했다.

"보여드릴게요. 저랑 같이 맞혀보실래요?" 나는 식판 뚜껑을 열어 그녀에게 정체 모를 덩어리를 보여주었다.

"흠, 좋은 질문인 것 같네요. 배추?"

"저도 처음엔 그렇게 생각했거든요. 근데 냄새가 달라요. 시금치 아니면 양배추?"

"음…… 양배추는 아닌 것 같아요. 양배추라기엔 색깔이 좀 짙어요. 시금치인가? 먹어보셨어요?" 그녀가 물었다.

"제가 안 그래도 암 환자인데 황달까지 걸리고 싶지는 않거든요."

"지당하신 말씀이세요. 앞으로는 맛있게 드시도록 제가 조처를 할게요."

"네, 그래주시면 감사하겠어요. 어찌나 맛있던지 제가 이렇게 딴 사람들에게 양보하려고 남겼다니까요." 나는 그녀에게 미소를 지었다. 물론 그래봤자 그녀가 할 수 있는 건 없었다. 그녀는 다 된 음식을 그냥 갖다 주는 것뿐이니까.

"오늘 아침에 검사한 혈액 수치입니다." 두 시간 전에 피를 뽑아간 담당 의사가 말했다. "염증 수치가 살짝 올라가긴 했지만 항생제를 쓸 정도는 아니고, 그렇다고 집에 가기에는 너무 높고 그러네요."

대박! 이번에도 죽도 밥도 아니란다. 그러면서 최소 하룻밤은 더 병원에 있어야 한단다.

나는 사흘 후에야 퇴원을 했다. 혈액 수치가 여전히 항생제를 투여할 정도는 아니었다. 의사들은 어쩌다 한 번 이상 반응이 온 것일 뿐 또 열이 오를 가능성은 매우 희박하다고 결론 내렸다.

"병원 말과 다르잖아. 또 시작이야!" 나는 남편에게 짜증을 부리면서 이불을 목까지 끌어당겼다. 다섯 시간 전에 항암을 마치고 집으로 돌아왔고, 저번 주에 그랬듯 오한이 들기 시작했다.

"옆집 아주머니한테 애들 봐줄 수 있냐고 물어보고 올게. 저번처럼 열 오를 때까지 기다리지 말고 얼른 병원에 가자."

나는 대답도 할 수 없었다. 이빨이 탁탁 부딪쳤다.

"이런, 또 그러시네요." 야간 전담 간호사가 달려와 우리를 맞이했다.

"어서 열부터 재죠." 그녀가 무작정 내 입에다 체온계를 꽂았다.

"39.3도네요. 선생님 호출할게요."

"양동이 좀!" 나는 애원했다. 이번에도 구역질이 치솟았다.

모든 과정이 지난주와 똑같았다. X선만 빠졌다. 또 피를 뽑았고 또 모든 수치가 정상이었다.

"오늘 열이 떨어지면 내일 퇴원하셔도 됩니다." 이제 아예 내 담당이 된 원장 선생님이 다음 날 아침에 병실로 찾아와서 말했다.

"카르보플라틴 때문인 것 같아요. 중단하는 게 낫지 않을까요?" 내가 기대에 부풀어 물었다. 열도 열이거니와 며칠 후에 찾아오는 관절통이 정말 너무 괴로웠다.

"중단할 요건이 안 됩니다. 제가 보기엔 그 반대입니다. 몸이 반응을 하는 거지요. 나쁜 징후는 아닙니다."

"헉, 대박. 뭐 좋습니다. 겨우 4회 남았으니까 해보죠. 벌써 끝이 보이네요."

"정말 용감하십니다." 그녀가 다정하게 미소를 지었고, 나는 칭찬을 들은 것 같아 어깨가 으쓱했다.

1인실이 아니어서 곱게 생긴 중년 여성과 병실을 나누어 썼다. 무엇보다 상당히 조용한 사람이라 다행이다 싶었다. 나도 열 때문에 너무 기운이 없어서 말할 기분이 아니었다.

그런데 남편이라는 사람이 정말로 말이 많았다. 보아하니 다방면으로 의학 지식이 풍부한 모양이었다. 아마 의학 관련 서적을 자주 읽었거나 여기저기서 주워들은 지식이었을 것이다.

두 사람이 병실에 앉아 있다가 아내가 남편에게 내가 왜 여기 왔는지 간단히 설명을 했고, 그 후 두 사람이 나를 두고 의견을 주고받기 시작했다.

"당신은 저 젊은 여자처럼 심하지는 않으니까 얼마나 다행이야." 그가 나도 훤히 들릴 만큼 큰 목소리로 말했다.

"맞아, 다행이야." 아내는 자기는 방사선 치료만 받으면 되니까 정말 감사하다고 맞장구를 쳤다. 나 같은 "고약한 암"은 아니니까.

"항암은 효과도 없어. 몸만 망가지지. 그리고 저런 독한 암은 한 번 생기면 또 재발해. 절대 안 없어진다고."

"맞아, 재발해. 안 없어져." 아내가 이번에도 맞장구를 치며 정말 불쌍하다는 눈빛으로 나를 흘깃거렸다.

나는 이 소규모 의학 컨퍼런스를 주의 깊게 경청하다가 깜짝 놀랐다. 날 앞에 두고 아무렇지도 않게 저런 말을 하는 태도도 놀라웠지만 또 한편으로는 그들의 말이 맞을 수도 있다는 생각에 충격을 먹었다. 그래, 재발할 수도 있다. 그런 일이 일어날 수도 있다. 하지만 내일 버스에 치여 죽을 수도 있다. 아니면 저 두 사람이 버스에 치여서 비명횡사…… 누가 알겠는가?

다른 사람이 나에게 혹은 나에 대해 무슨 말을 할지는 내가 어떻게 할 수 있는 일이 아니다. 하지만 그 말이 어떤 결과를 가져올지, 내가 어떤 말을 경청하고 믿을지는 내가 결정할 수 있다. 그러기에 이런 사람들의 말은 귓등으로도 안 듣는 것이 옳다. 하지만 결국 나는 도저히 참지 못하고 한마디 거들고야 말았다.

"얼마 전에 들었는데 언니 연배의 환자에게 항암을 권하지 않는 건 해봤자 소용도 없고 또 너무 비싸기 때문이라고 하더라고요. 그러니까 방사선은 희망 없는 케이스들만 받는 거죠. 물론 언니는 그런 케이스가 아닐 테지만⋯⋯." 나는 그녀에게 연민의 미소를 날리며 이렇게 말했다. 두 사람은 당황한 표정으로 벌떡 일어났고, 남은 대화를 마무리하러 카페테리아로 달려갔다.

"엄마, 오지 마. 금방 퇴원해." 나는 엄마에게 전화로 알렸다. 엄마는 나한테 갖다 주려고 음식을 하는 중이었다.

"잘됐구나. 뭐 다른 소식은 없고? 열이 왜 났다고 해?"

"아직 몰라. 하지만 매주 각오를 해야겠어."

실제로 그랬다. 어느덧 총 12회 항암 중 10회차였다. 정확히 다섯 시간이 지나자 열이 나기 시작했다. 야간 전담 간호사와도 절친이 되어서, 내가 갔을 때는 이미 그녀가 침대를 따뜻하게 데워둔 후였다. 이번에도 채혈을 했고 이상 소견이 없었으며 파라세타몰로 열을 내렸다.

"솔직히 말씀하세요. 제가 보고 싶으신 거죠?" 이튿날 아침 원장 선생님이 회진을 와서 농담을 던졌다.

"헉, 어떻게 아셨어요? 집에 있기 싫어요. 여기 음식은 거의 미슐랭 수준이거든요."

"포트에 문제가 생긴 것 같아요. 그 안에 박테리아가 들어간 거죠. 아직 두 번 남았죠?"

"네, 맞아요."

"그럼 다음번엔 정맥주사로 맞읍시다. 열이 안 오르면 마지막 회차도 그렇게 하고요. 두 번이니까 정맥으로 할 수 있을 거예요."

"네, 알겠습니다. 하지만 혹시 열이 오를지 모르니까 그땐 집에서 파라세타몰을 먹으면 안 될까요? 여기 와도 해열제 먹는 것 말고는 달리 치료를 하는 것도 아니니까요."

"네, 그렇게 하지요. 하지만 약속하셔야 합니다. 다른 증상이 있으면 지체 말고 바로 이리로 오셔야 해요."

마지막 질주

"좀 어때?"

지난 몇 달 동안 제일 많이 들었던 말이다. 사실 지극히 정상적인 질문이며, 남들이 내 상태에 관심을 가져주니 오히려 고마워해야 할 물음이었다. 하지만 다섯 달 동안 항암 치료를 받고 나니 정말이지 더는 듣고 싶지 않았다. 묻기는 왜 묻는가? 눈으로 뻔히 보면서. 나는 한계에 이르렀다. 더 정확히 말하면 한계를 넘어 약 15킬로미터는 더 달려왔다. 아침에 아이들을 학교와 어린이집에 보내고 돌아오면 이미 하루에 쓸 기운을 다 써버린 느낌이었다. 워킹은 그나마 나갈 수 있다고 해도 일주일에 겨우 한 번 정도였다. 카르보플라틴 때문에 코르티손 양이 엄청 늘어서 얼굴이 딴사람 같았다. 가끔 거울을 들여다보면 둥실 달이 떴거나 그 달덩이 안에 남자가 들어 있다는 생각이 들었다. 임신을 했을 때처럼 몸이 퉁퉁 부어서 움직임도 무척 둔했다. 그냥 넌더리가 난다. 세상만사가 다!

좀 어떠냐는 질문도 아주 지긋지긋했다. "눈 있으니 봐, 어떨 것 같아?" 그래서 그날 나는 어린이집에서 만난 한 엄마에게 상당히 불퉁하게 되물었다. "보시다시피 베리 굿이야. 오늘 아침에 다시 머리카락이 빠져서 안 그래도 기분이 째지는 참이거든. 아, 하지 마. 자기가 무슨 말 할지 너무 잘 아니까. 나더러 강하다고, 힘이 넘친다고, 그동안 잘 이겨냈으니까 조금만 더 참자고 말할 참이었지? 대머리가 정말 잘 어울린다는 말도 하려고 했겠지. 그럼 내가 뭐라고 답할 거 같아? 나는 지난 다섯 달 동안 끔찍한 일을 겪었어. 자기는 상상도 할 수 없을 그런 일들을 겪었다고. 그래서 진심으로 자기는 절대 그런 일을 겪지 않았으면 좋겠어. 그러니 제발 그 어떠냐는 말은 그만해줘. 어떻긴 뭐가 어때, 개 같지. 안녕, 잘 가."

그 불쌍한 여자는 아무 죄도 없이 날벼락을 맞고는 입도 못 다물고 멍하니 나만 쳐다보았다. 하지만 상대에게 어떠냐고 물을 때는 어떤 대답도 감수할 각오가 되어 있어야 한다.

탈모도 또다시 찾아왔다. 물론 몇 주만 견디면 괜찮아질 테지만 그 시간이 너무 느리게 흘렀다. 기분은 바닥을 쳤고, 아무리 힘을 내려고 해도 소용이 없었다.

그런데 남편이 말했다. "우리 이제부터 뭐 할지 알아? 크리스마스 장식할 거야."

"진짜?"

믿을 수가 없었다. 장식을 하자는 내 부탁을 남편이 선선히 들어준 적이 거의 없었기 때문이다. 집 안 장식을 내가 얼마나 좋아하는지 남편은 잘 알았다. 그리고 올해 크리스마스는 우리 모두에게 특별한 의미가 있었다. 다섯 달 전 우리 가족의 제일 큰 소망이 아빠와 내가 건강하게 크리스마스트리 앞에 앉아 있는 것이었다. 그 소망이 이루어질 것 같았다. 그래서 남편은 조금 일찍 크리스마스 분위기를 집 안으로 불러들이려 했고, 그런 남편의 노력 덕분에 나는 다시 기분이 좋아졌다.

"애들아, 시간표 꺼내서 우리가 어디까지 왔는지 볼까?" 점심 무렵엔 아이들과 함께 보냈다. "이제 조금만 가면 엄마가 다 나을 거야."

"와, 진짜네! 다 와가네." 막스가 좋아서 소리쳤다.

우리 아들들은 표창장감이었다. 그동안 착하게 잘 참아준 아이들이 나는 정말이지 자랑스러웠다. 막스의 말이 맞았다. 우리는 거의 다 왔다. 적어도 항암은 이제 곧 끝이 날 것이다.

"엄마, 근데 생각만큼 힘들지는 않아. 그치?"

"물론이야. 엄마한테 진짜 잘 듣는 약이 있거든."

"그게 뭔데?"

"너희들이지."

다음 항암을 며칠 앞두고 수술 일정을 상담하러 유방센터로 갔다. 마지막 항암을 마치고 정확히 3주 후에 양쪽 가슴을 절제할 예정이었다. 이번 조치는 순수하게 예방 차원이었고 또 내가 원해서였다. 변이 BRCA2 유전자를 가진 여성으로서 나는 자발적으로 유방 절제와 난소 제거를 선택했다. 내가 아직 나이가 젊기 때문에 꼭 필요한 수술은 아니었다. 의사들도 마흔이 될 때까지 기다렸다 하자고 권했다. 하지만 이미 가족계획이 끝난 상황에서 굳이 난자가 필요할 일도 없을 것 같았기에 나는 기왕 치료를 받는 김에 수술까지 끝마쳐버리자고 결심했다.

지금까지는 수술 생각은 못 했다. 머릿속엔 항암 생각뿐이었고 혹시 또 열이 오르면 어쩌나 하는 걱정이 전부였다.

　부원장인 슈나이더 박사님이 수술 과정을 차근차근 설명했
다. 피부는 그대로 두고 유선조직 전체를 제거할 것이라고 했
다. 그 자리에 보형물을 집어넣을 것이다. 생긴 것은 실리콘
보형물하고 똑같지만 안에 생리 식염수가 들어 있다고 했다.
식염수 보형물을 사용하는 이유는 방사선 치료 때문이다. 유
방조직을 제거했는데 왜 또 방사선 치료를 받아야 하는지는
납득이 되지 않았지만 어쨌든 그렇게 예정이 되어 있었다. 그
리고 몇 달 후 식염수 보형물을 실리콘으로 교체할 것이다.

　나중에 여유가 생기면 뱃살의 자가조직을 떼어 이식할 수도
있다고 했다. 내 뱃살이면 열 명은 넉넉히 나누어줄 수 있을
것이고, 살을 떼어내어 팽팽해진 배는 상상만 해도 기분이 좋
았지만 그 수술은 좀 과한 것 같았다.

　"그건 지금 결정하지 않으셔도 돼요. 아직 여섯 달이나 남았
으니까요. 방사선을 받고 나서 몸이 보형물에 거부반응을 보일
위험도 있어요. 그럴 땐 뱃살을 조커로 쓸 수 있을 거예요."

　"그 말씀 받아 적어도 될까요?"

　내 뱃살을 조커로! 와우!

　슈나이더 박사님이 내 가슴을 아주 꼼꼼히 살폈다.

　"크기가 어느 정도면 좋겠어요?"

　"지금보다 작았으면 좋겠는데요."

　"그럼 그렇게 하죠. 어느 정도요? B, C? 아니면 D?"

너무 좋아서 정신이 몽롱했다. 이게 꿈인가 생신가 싶었다. 가슴 크기를 내 마음대로 고를 수가 있다니.

"아, 예쁜 D컵으로요. 지금은 H거든요."

"네, 저도 D컵 정도가 좋을 것 같네요."

오래전부터 가슴 축소 수술을 받을까 고민했는데 의료보험의 돈으로 소원을 이룰 수 있게 되었다. 작고 팽팽한 가슴, 상상만 해도 눈물이 날 만큼 좋았다.

마지막으로 박사님이 초음파검사를 했고 카를 자식이 완전히 사라졌다는 사실을 다시 한번 확인해주었다.

"수술할 때 다시 한번 조직을 정확히 검사할 겁니다. 혹시라도 남았을지 모르니까요."

등골이 서늘했다. 그런 생각은 미처 못 했다. 초음파로는 안 잡히지만 병리학적 소견으로는 뭔가를 발견한 여성들이 있다는 말은 들었다. 박사님이 내 얼굴에 어린 불안을 읽어내고는 이렇게 말했다.

"실제로 남았을 가능성은 아주 희박합니다." 날 위로하려 던진 말이었겠지만 그녀는 그 말이 내게 아무 도움이 안 되었다는 사실을 미처 몰랐다.

"슈타우딩거 씨, 큰 수술입니다. 피도 많이 흘릴 것이고 통증도 심할 겁니다. 가슴에 감각이 없을 테고 보형물 때문에 이물감이 들 겁니다. 이런 말씀을 굳이 드리는 이유는 마음의 준비를 하셔야 하기 때문입니다."

그런 말을 들어도 겁은 나지 않았다. 날이 갈수록 여실히 깨달았다. 외모나 소위 말하는 여성적인 면모가 나의 정체성을 좌우하지 않는다는 사실을. 난 그저 살고 싶었다. 최대한 오래 오래.

"네, 감사합니다. 그런 건 다 아무래도 괜찮아요. 제가 바라는 건 그저 카를 자식을 두 번 다시 안 보는 거예요."

내 옆에 존재한
이들로 인해

내일이면 마지막 항암이다. 지난번엔 포트 감염 때문에 정맥주사를 맞았고, 예상대로 열이 나지 않았다. 웃기게도 그날 우리는 단단히 준비했다. 구토 방지제 옆에 파라세타몰을 준비해두었고 전기요도 미리 데워두었다. 하지만 아무 일도 일어나지 않아서 남편과 나는 약간 허탈한 기분으로 소파에 앉아 있었다.

정확히 5개월 전에 항암을 시작했다. 당시엔 이 고통의 시간이 절대 끝나지 않을 것 같았다. 그때는 한여름이었는데 벌써 크리스마스를 3주 앞두고 있었다. 누가 들으면 미쳤다고 생각할지 모르겠지만 나는 행복했다. 너무너무 행복했다. 살짝 작별의 아픔 비슷한 감정도 들었고 무엇보다 자랑스러웠다. 이 모든 것을 다 끝마친 우리가 자랑스러웠다. 나만이 아니라 나와 함께 이 험한 길을 걸었던 모든 사람이 자랑스러웠다.

눈앞에 이런 장면이 펼쳐졌다. 난 돌이 많은 까마득한 길을 걷고 있었다. 내가 고른 길은 아니었지만 기왕 가야 한다니 나는 튼튼한 신발을 신고, 좋은 옷을 꺼내 입고 길을 나섰다. 한 걸음 한 걸음, 때론 평탄해서 걷기가 수월했지만 때론 비탈진 돌길이었다. 어떤 땐 깊은 구덩이에 빠지기도 했지만 또 어떤 땐 휘파람을 불며 여유 있게 산길을 오르기도 했다. 때로는 도저히 걸을 수가 없어 기어가기도 했다. 정말이지 못 가겠으면 퍼지기도 했다. 어떤 날은 해가 쨍쨍했고 어떤 날은 억수같이 비가 퍼부었다. 여기서 도망쳐 더 수월한 다른 길로 가고 싶을 때도 많았지만 그건 불가능했다. 여기 이 길이 정해진 나의 길이었으니 무조건 가야 했다. 다른 선택지는 없었다. 배낭도 멨다. 내 등에 찰싹 달라붙은 이 무거운 배낭은 나 홀로 짊어져야 했다. 하지만 길은 혼자서 걷지 않아도 되었다. 양쪽에서 엄마와 남편이 나를 부축한 채 한시도 떨어지지 않았다. 뒤편에선 아버지와 아이들, 친구들, 항암 동지들, 의사와 간호사 들이 우리를 따라왔다. 이들이 뒤에서 우리를 떠밀어주었고 길가에 서서 기다렸다가 응원과 함께 물을 건네주었다.

내가 깊은 구덩이에 빠지면 그들이 달려와 끌어올려주었다. 남편은 밑에서 나를 밀어 올렸다(불쌍한 남편!). 다들 실력 좋은 여행 가이드처럼 최고의 장비로 단단히 무장을 했다. 짐 가방에 사랑을 듬뿍 담아 가져온 이가 있었는가 하면 진한 우정을 담아온 이도 있었고 존경심이 우러나올 만큼 단단한 지식을 담아온 이들도 있었다. 모두가 1년은 족히 쓰고도 남을 만큼 넉넉한 손수건을 들고 와 아낌없이 눈물을 닦았다. 전체 여정을 처음부터 끝까지 함께한 이들도 있었지만 필요할 때마다 등장해 손을 내밀어준 이들도 있었다. 자신이 나를 대신해줄 수는 없냐고, 내 무거운 배낭을 조금이라도 나누어 질 수는 없냐고 물은 이들도 많았지만 그럴 수는 없었다. 그 배낭은 누구와도 나누어 질 수 없는 것이었다. 설사 그럴 수 있었다고 해도 내가 허락하지 않았을 것이다. 다른 누군가가 아니라 내가 그 배낭을 짊어져야 한다는 것이 나는 오히려 기뻤다. 덕분에 나는 배낭에 짓눌려 허덕이지 않기 위해 나름의 기술을 고민했고, 곧은 자세와 바른 걸음걸이를 유지하는 것이 좋은 비결이라는 깨달음을 얻었다. 그래서 어떨 땐 정말이지 배낭의 무게를 거의 느끼지 못했고, 날로 등 근육을 튼실하게 키워 짐의 무게도 잊은 채 길가의 사람들에게 미소를 날릴 수 있었다.

그 사람들이 없었다면 나의 길은 훨씬 가팔랐을 것이다. 그들이 없었다면 나는 오늘 여기에 있지 못했을 것이다.

마지막 항암을 앞둔 날 이런 생각들이 머리를 스치고 지나갔다. 지난 다섯 달 동안 나는 매주 다섯 시간씩 그 방에 앉아서 주사를 맞았다. 함께 항암을 받았던 네 명의 여자들과는 정말이지 정이 듬뿍 들었다.

엄마가 나와 전화를 하다가 문득 이런 말을 했다. "절대 잃어버린 시간은 아니었어."

정곡을 찌른 말이었다. 잃어버리기는커녕 새로운 경험과 만남으로 가득 찬 정말로 소중한 시간이었다. 그 경험들이 너무나 고마웠다. 이 세상엔 나 같은 여자들의 몸과 마음을 치유해주는 의사들이 있다는 사실을 이제 나는 안다. 그분들은 언제나 처음인 것처럼 모든 환자에게 정성을 다하신다. 또 이제 나는 만남의 시간과 관계없이 깊은 정을 쌓을 수 있다는 것도 안다. 여자들끼리 의리와 정으로 뭉친 끈끈한 연대가 가능하다는 것도 안다. 병원 대기실에서 나는 20년 지기 친구와도 나눌 수 없는 심원한 대화들을 많이 주고받았다.

이제 나는 중병을 앓는다는 것이 어떤 것인지도 알고, 다시 건강해질 수 있다는 희망이 어떤 의미인지도 잘 안다. 그러기에 내 마음엔 감사와 존경심과 경외감이 가득했다.

그렇다고 지나온 시간을 다시 겪고 싶다는 얘기는 당연히 절대 아니다. 앞서 말했듯 선택할 수 있었다면 나는 결코 그 길을, 그 배낭을 고르지 않았을 것이다. 그러나 살면서 우리가 선택할 수 있는 것이 얼마나 있을까? 누가 우리에게 이 운명이 괜찮겠냐고 물어본 적이 있는가? 운명은 그 누구에게도 묻지 않는다. 그러니 우리는 그 운명을 받아들이고 감수하고 납득해야 할 것이며 어떻게든 좋게 좋게 해석해야 할 것이다. 안 그러면 돌아버리거나 세상만사가 못마땅한 투덜이가 되고 말 테니까.

그 시간을 그리워하게 될까? 절대 아니라고 대답해야겠지만 그럴 수가 없다. 부작용은 절대 그립지 않을 것이다. 오늘 아침만 해도 어찌나 삭신이 쑤시는지 눈물이 다 날 지경이었다. 하지만 ACT의 시간은 그리울 것 같았다. 그 상황이 아니라 그곳에서 만난 사람들 덕분이다. 그곳의 분위기는 너무나 감동적이었고 자꾸만 가고 싶을 정도로 편안했다. 게다가 거기 있으면 안심이 되었다. 거기선 암이 퍼지지 않게 막아주는 약을 맞을 수 있었다. 그게 정말로 큰 안도감을 주었다. 또 늘 우리를 주의 깊게 살피며 우리의 안녕을 위해 최선을 다하는 의사들이 있었다. 이제 그런 안도감을 느끼지 못할 텐데 앞으로 나는 어찌 살까? 잘 모르겠다. 오늘은 무섭지 않다. 오늘은 나의 직감이 카를 자식은 이제 완전 끝이라고 속삭인다. 하지만 내일은? ACT가 없는 내일은 어떨까?

내 인생 최악의 시간이 될 것이라 예상했던 지난 다섯 달을 나는 아마 평생 잊지 못할 것이다. 생각만큼 끔찍하지 않았기도 하거니와 정말로 값진 선물을 많이 받았기 때문이다. 무엇보다 나 자신에 관해 많은 것을 배웠다. 그리고 이제 어지간한 일에는 놀라지 않을 것 같다. 다른 사람들은 잘 모를 특별한 문제 해결 방법을 익혔으니 말이다. 나의 유머와 삶에 대한 의욕은 카를 자식도 앗아가지 못했다. 그렇다. 축 처져 있거나 징징거려봤자 소용없다. 그리고 엿 같기는 감기도 암 못지않다. 물론 내 말이 유방암에 대처하는 일반적인 지침은 아닐 것이다. 사람마다 각자의 길이 있고 각자의 배낭이 있다. 또 사람에 따라 항암에 대한 생각이 다를 것이므로, 그것을 최고 고난의 길이라고 느낄 수도 있을 것이다.

나는 ACT가 있는 유방센터를 평행세계처럼 느낄 때가 많았다. 그 세상은 오래전부터 존재했지만 내 눈앞엔 6개월 전에 처음 등장했다. 나를 진심으로 걱정해주었던 그 세상의 문이 이제 서서히 닫히려 한다. 앞으로 나는 홀로 버텨야 할 것이다. 아직 세 번의 수술과 한 번의 방사선 치료가 남았다. 그래도 배낭은 훨씬 가벼워졌고, 내일 항암을 받고 나면 남은 길도 확 줄어들 것이다.

마지막 회차

오늘 아침 마지막으로 병원행 택시에 올랐다. 지난 몇 달 동안 나를 병원으로 데려다주던 택시였다. 아직 실감이 나지 않았다. 그만큼 병원이 나의 일상이 되어버린 탓이었다. 인간은 짧은 시간에도 놀랄 정도로 많은 것에 적응한다. 이제 다시 습관을 바꾸어야 할 때가 되었다.

ACT에선 늘 그랬듯 모두가 따뜻하게 나를 맞아주었다. 마지막이라서 그런지 평소보다 더 친근해진 느낌이었다. 앞선 15회의 항암을 한 번도 빠진 적 없는 우리 엄마는 오늘 감자 샐러드와 프리카델렌(고기를 다진 후 빚어서 구운 독일식 고기완자—옮긴이), 후식으로 먹을 너트파이를 준비해왔다. 간호사들이 물을 가져다주었고 분위기는 이보다 더 좋을 수 없었다. 내가 신나는 카니발 음악을 부탁했지만 그건 모두가 싫다고 거부했다. 쳇, 하는 수 없지.

"마지막 회차입니다. 니콜 슈타우딩거, 82년 6월 15일생, 맞나요?" 간호사가 주사액에 적힌 내용을 자기 앞에 앉은 인물과 비교했다.

"마지막 회차, 네, 맞아요." 나는 환하게 웃었다.

마침내 주사액이 내 몸을 타고 흘렀다. 그것이 내 인생의 마지막 항암제이기를 나는 조용히 기원했다. 그리고 잘했다고 내 몸을 톡톡 두드려주었다. 그동안 정말이지 참 잘 참았다. 백혈구 수치가 낮아 한 주를 쉴 때도, 세 번이나 열이 올라 입원을 했을 때도 내 몸은 투덜대거나 짜증 내지 않았다. 우리는 지난 몇 달을 거침없이 달려왔다. 그것이 당연한 일이 아님은, 항암 동지들을 보며 너무도 자주 확인한 사실이었다.

분명 젊은 나이 덕일 것이다. 대부분의 항암 동지들이 나보다 최소 열 살은 많았고, 스무 살 많은 경우도 드물지 않았다. 워킹을 열심히 한 것도 큰 도움이 되었을 것이다. 신체의 한계를 시험하려는 목적이 아니었다. 안 그래도 항암 약품 탓에 버거운 몸이었다. 나는 그저 신선한 공기를 마시며 몸을 움직이고 싶었다. 운동을 하면 없던 힘이 솟구쳤기 때문에 워킹을 한 후엔 몸 상태도 훨씬 좋았고 활기도 돌았다. 또 치료가 끝난 후에 밑바닥에서 새로 시작하지 않아도 되니 좋았다. 치료 중에도 계속 몸을 단련했으니까.

우리 몸이 지금처럼 잘 작동하는 것을 절대 당연하다고 생각해서는 안 된다. 어쨌든 나는 내 몸에게 엄청 고마웠고 힘든 고문을 당했으니 뭔가 몸에게도 좋은 일을 해주어야 할 것 같았다. 그래서 몸에 좋은 음식을 먹고 물을 많이 마시자고, 마사지도 받고 운동도 열심히 하자고 생각했다. 내 몸에게 고마운 마음을 전하고 싶었다.

다섯 달이 지나고 나니 내 몸의 모습은 참담하기 이를 데 없었다. 6킬로나 체중이 불어서, 전부 코르티손 탓으로 돌릴 수도 없었다. 살이란 자고로 입으로 뭐가 들어와야 불어나는 것이니 말이다. 물론 부기도 심했다. 반지가 하나도 안 맞았고 신발도 꽉 끼었다. 하지만 부기만으로는 절대 이런 달덩이 얼굴과 황소 목이 나올 수가 없었다. 머리카락이 없으니 그 튼실한 목을 가릴 수도 없었다. 나는 영락없이 털 달린 복어 같았다. 카르보플라틴을 맞을 때는 코르티손 투여량이 더 늘어나서 달덩이 얼굴이 정말로 심각했다. 지금까지는 내 얼굴에 별 불만이 없었다. 머리카락이 없어도 괜찮았다. 하지만 지금 거울에 비친 저것은 엄밀히 말해 얼굴이라고 부를 수가 없었다. 그냥 부풀어 오른 둥근 공갈빵이었다. 하지만 뭐 어때? 코르티손은 이번 주까지만 맞으면 된다. 그럼 금방 다시 절로 회복될 것이다.

그렇게 다섯 시간의 마지막 항암 치료도 맛난 음식과 신나는 수다로 아주 편안한 분위기에서 끝이 났다. 오늘은 엘케와 내가 주로 상담을 해주는 쪽이었다. 우리와 같이 치료를 받은 두 명의 여성은 이제 겨우 EC 4회차여서 앞으로도 많은 치료가 남아 있었기 때문이다. 우리는 현실적인 조언으로 이들에게 용기를 북돋아주었다. 오늘은 유독 새로운 얼굴들이 많이 보였다. 관객은 자꾸 바뀐다. 우리의 시대는 저물었고 우리는 엄청나게 많은 숫자의 새 환자들에게 자리를 내어줄 것이다. 새 환자들은 보기만 해도 금방 알 수 있다. 일단 머리카락이 붙어 있기도 하거니와 얼굴 표정이 다르다. 불안이 잔뜩 묻은 데다 아직 도저히 믿을 수 없다는 표정이다. 나도 그랬다. 그때의 기분이 생생히 기억났다. 나는 그 여성들을 다 꼭 안아주며 잘될 거라고 말해주고 싶었다. 해낼 수 있다고! 때로는 그 말을 실제로 해주었고, 나의 응원을 들은 여성들이 안도하면 나도 기분이 좋아졌다.

"엘케, 축하해! 끝났어." 나는 항암 친구를 향해 환한 미소를 날렸다. 엘케는 카르보플라틴을 맞지 않아서 항상 나보다 한 시간 일찍 끝났다. "그래." 그녀도 나를 보며 벙긋 웃었다. 엘케가 내가 끝나기를 기다리고 있는데 안드레아가 문을 열고 들어왔다. 유방센터에 검사를 하러 왔다가 우리를 보러 온 것이다. 겸사겸사 맛난 감자샐러드도 얻어먹을 겸 해서 말이다. 마지막 한 시간은 순식간에 지나갔다. 연신 깔깔대며 수다를 떨었기 때문이다. 마침내 간호사가 들어와 카테터를 제거했다. 끝이다. 만세! 끝났다!

우리 네 사람은 그 방을 나왔다. 지칠 줄 모르고 수다를 떨었고 함께 웃고 울었던 그 방에서. 그곳에서 우리는 정보를 나누었고 서로를 위로했으며 각자의 아픈 사연을 털어놓았다. 일상, 가족 이야기도 많이 나누었다. 이 여성들을 알게 된 것은 큰 행운이었다. 우리는 다음 주에 만나 점심을 먹기로 약속했다. 이 여성들이 내 인생으로 들어왔다는 것, 암이 내게 준 선물이었다.

고요한 밤
거룩한 밤

월요일에 마지막 항암을 받았으니 금요일까지는 온 삭신이 쑤셔 꼼짝도 못 할 테지만 늦어도 다음 주 월요일이면 다시 말짱해질 것이다! 할 일이 너무 많았다. 집 안 꼴이 말이 아니었다. 도우미 아주머니가 일주일에 한 번 오셨지만 급한 불만 겨우 끄는 정도였다. 벌써 6개월째 우리 집 창문들은 걸레 꼴을 못 봤다. 크리스마스가 코앞인데 그때까지는 때 빼고 광내서 반드시 온 집 안을 반짝반짝하게 되돌려놓을 것이다. 또 운동도 더 많이 하고 싶었다. 암으로 불어난 이 살들을 얼른 털어버리고 싶었다. 지난 2주 동안 워킹을 겨우 세 번밖에 못 나갔다. 아이들하고도 신나게 놀아주고 싶었다. 레고도 하고 요리도 하고 노래도 부르고 뜀박질도 하고 게임도 하고…… 그동안 못 했던 걸 전부 하고 싶었다.

하지만 지난 몇 개월 동안 절실히 깨닫지 않았던가! 인간은 생각만 할 뿐, 결정은 신의 몫이란 것을. 애석하게도 나는 일주일이 지나도 말짱해지지 못했다. 오히려 전혀 새로운 차원의 관절통을 맛보았다. 코르티손을 끊었더니 약의 진통 효과가 실감 났다. 그렇게 본다면 코르티손은 참으로 축복이었다. 물론 부기가 심해 너무 괴로웠지만. 우리 주치의 선생님이 이 뇨제를 처방해주지 않았다면 아마 난 부풀어 오르다 못해 뻥 터져버렸을 것이다. 어쨌거나 나는 계획과 달리 청소도 빨래도 요리도 다림질도 못 했고 애들이랑 뛰어놀지도, 노래하지도 못했다. 하루 종일 소파나 침대에 드러누워 있었고 지하실에 한 번 내려갔다 올라오기만 해도 너무 힘들어 곧 죽을 것만 같았다.

"꿈도 크다. 다섯 달 동안 항암을 해놓고 일주일 만에 벌떡 일어설 거라고 생각했어?" 엄마가 한심하다는 듯 말했다.

"응, 일주일은 좀 성급하더라도 2주면 될 줄 알았지."

"한참 있어야 해. 더 참아."

"못 참겠어요. 예전으로 돌아가고 싶어. 하고 싶은 것 다 할 수 있으면 좋겠어. 할머니도 아니고 이게 뭐야?"

그동안 참 잘도 참고 견뎠다. 나도 안다. 하지만 더 이상은 참기가 힘들었다. 짜증이 났다.

"내가 뭘 제일 하고 싶은지 알아?"

"뭘 하고 싶은데?"

"머리 빗어보고 싶어요."

내 머리통에는 여전히 실오라기 한 올 없었다. 그것도 모자라 눈썹과 속눈썹까지 다 빠져버렸다. 그래서 겉만 보면 진단을 받은 이후 제일 환자 같았다.

"그래도 자기는 예뻐." 남편이 끼어들었다.

"거짓말하지 마. 내 꼴을 좀 봐. 너무 부어서 눈도 잘 안 떠지잖아."

"예쁘다"는 말이 절대 안 어울리는 상황이었기에 나는 진짜로 화가 났다. 하지만 남편의 눈을 보고 그 말이 진심이란 걸 깨달았다. 사랑은 눈을 멀게 만든다. 저러니 내가 어찌 저 남자를 사랑하지 않을 수 있을까?

크리스마스를 사흘 앞둔 날엔 그래도 조금 상태가 나아졌다. 우리는 해마다 그랬듯 아이들을 데리고 트리로 쓸 나무를 베러 갔다. 우리 집 두 아들이 너무너무 좋아하는 의식이었기 때문이다. 온 식구가 트랙터를 타고 농장으로 들어가서 아이들에게 마음에 드는 나무를 고르라고 했다. 그런데 녀석들이 어쩌나 큰 나무를 골랐는지 우리 집엔 20미터 높이의 강당이 없으므로 더 작은 나무로 골라야 한다고 아이들을 설득하느라 진땀을 뺐다.

돌아오는 길엔 캐럴을 불렀다. 차가 많이 막혔지만 쾰른 같은 대도시에선 드문 일이 아니었다. 그 모든 것이 일상이었기에 우리는 항암 치료가 사라진 우리의 삶을 무사태평하게 흠뻑 즐겼다.

크리스마스이브엔 눈물 파티가 열렸다. 나는 온종일 감동에 겨워 눈물을 글썽거렸다. 성당에서 아이들이 캐럴을 부르자 더는 참을 수 없었다. 눈물이 소리 없이 뺨을 타고 흘러내려 멈출 생각을 하지 않았다. 한 친구가 내 쪽으로 고개를 돌려 나를 보고선 자기도 울기 시작했다. 도미노처럼 눈물이 온 성당으로 퍼져나갔고 사방에서 훌쩍거리며 코를 푸는 소리가 들렸다. 많은 사람이 감동하여 우리한테로 응원의 손짓을 보냈다.

"네가 와서 정말 좋아."

아무도 소리 내어 말하지는 않았지만 나는 이들의 눈빛에서 그 마음을 느꼈다. 특히 여성들에게서 응원의 마음을 느꼈다. 이곳에 있는 어떤 여성도 유방암의 공포에서 자유롭지 못했다. 다모클레스의 칼이 바로 이곳, 우리 머리 위에 매달려 흔들거렸다. 젊다고 해서 다를 것이 없었다. 내가 산증인인 셈이다. 암은 대상을 가리지 않고 어느 날 갑자기 찾아오는 법이다. 그러니 이 모든 과정을 무사히 이겨내고 이곳에 앉아 있는 내 모습이 이들에게 잔잔한 감동과 안도감을 안겼을 것이다.

집으로 가기 전에 콘스탄틴의 선생님들과 인사를 나누었다. 6개월 전까지는 막스도 맡아주셨던 분들이니 우리한테는 선생님 이상으로 소중한 분들이었다. 우리는 조용히 포옹을 했고 마음껏 눈물을 흘렸다. 무슨 말이 더 필요하겠는가? 우리 아이들이 올해를 무사히 넘길 수 있었던 것은 다 이분들의 덕이다.

실컷 울고 났더니 안 그래도 부풀어 오른 달덩이 얼굴이 원정 경기를 마친 권투선수 꼴이 되었다. 마스카라를 못 칠한 덕에 시꺼먼 눈물은 안 흘렸으니 그나마 다행이었다.

산타할아버지는 올해 아이들한테만 선물을 갖다 주셨다. 하지만 어른들도 돈으로 살 수 없는 세상에서 가장 값진 선물을 받은 것이나 다름없었다. 우리 모두 한자리에 모이게 되었으니 말이다.

"아빠, 더 이상 바랄 게 없어요, 그죠?"

"아무럼, 여섯 달 전에 우리가 그랬잖니. 너랑 나랑 건강하게 크리스마스트리 앞에 앉아 있을 수 있다면 더 바랄 것이 없겠다고." 아버지가 다정하게 말했다. 아버지는 다시 건강해져서 몇 주 전부터 출근하고 계셨다.

거기다 기막힌 타이밍으로 선물이 하나 더 도착했다. 미각이 돌아온 것이다. 나는 고기에 야채는 물론이고 포도주까지 온갖 파티 음식을 한껏 즐겼다. 살이고 뭐고 간에 일단 즐기고 보자 싶었다. 다이어트를 시작하기엔 적절한 시점이 아니었으니까.

"자기, 한숨이 절로 나와."

"왜?"

"다행이다 싶어서 한숨이 나오고, 수술을 해야 하니 한숨이 나오고."

수술 날짜는 12월 30일로 잡혔다. 그러니까 나는 새해를 병원에서 맞이할 예정이었다. 식구들은 걱정이 태산이었지만 오히려 나는 담담했다. 그리고 부모님께 평소처럼 우리 집으로 와서 남편과 아이들과 함께 한 해의 마지막을 보내달라고 부탁했다.

"겁나?" 남편이 물었다.

"아무 생각이 없어." 솔직한 심정이었다. 닥쳐서 고민해도 늦지 않다. 괜히 미리 걱정하지 말자. 그것이 그동안 내가 배운 교훈이었다.

"겁이 난다기보다 내 가슴이 어떨까 기대가 돼. 다만 검사 결과가 걱정이야."

"의사 선생님 말씀 못 들었어? 뭐가 발견되어도 차이는 없다고 했잖아." 남편이 나를 안심시켰다. 맞다. 의사 선생님도 그렇게 말씀하셨다. 찌꺼기가 남아 있다고 해도 어차피 유방을 절제할 것이기 때문에 위험할 게 없다고.

"나한텐 차이가 있어. 항암으로 싹 다 해치웠다는 걸 꼭 알고 싶어. 지난 다섯 달의 고통이 아무 의미가 없었던 게 아니라는 걸 꼭 알아야겠어."

형편상
가슴을
포기하고

계획했던 유방 절제 수술, 전문용어로 피부보존유방절제술 SPM, Skin—sparing mastectomy 은 세 시간이 소요될 예정이었다. 수술 준비와 회복까지 합하면 약 다섯 시간이 걸릴 것이다.

식구들이 이 긴 시간 동안 병원에서 아무것도 못 하고 초조하게 기다릴 생각을 하니 안 되겠다 싶었다. 엄마는 아마 심장마비에 걸릴 것이고 남편은 참다가 미쳐 난동을 피울 것이다. 그래서 우리는 모두가 집에서 평소처럼 지내기로 약속을 했다. 친구 게리가 이른 아침 나를 병원으로 데려다줄 것이기 때문에 남은 사람들은 평소처럼 출근했다가 오후에 병원에 모이기로 말이다. 그때면 수술도 다 끝나 있을 것이다.

이상하게 마음이 편안했다. 유전자과에서 들었던 대로 수술은 "건강의 문을 여는 열쇠"라고 생각했다. 진단을 받은 후 처음 수술을 할 때는 엄청 불안했다. 그때는 앞으로 어떤 일이 닥칠지, 어떤 치료를 받게 될지 막연했을 때였다. 그에 비한다면 지금 이 수술은 전 과정을 종결짓는 마침표나 다름없었다.

"오늘 아침에는 뭘 해?" 게리가 차에서 물었다.

"설명은 금요일에 들었으니 오늘은 와이어로 수술 부위 마킹을 할 거야. 나는 유방조직이 많아서 수술할 때 편하라고 마킹을 하는 거래." 내가 들은 대로 설명을 해주었다.

"으, 아프겠다." 게리가 놀라서 소리쳤다.

"그 정도야 뭐. 더 아픈 것도 많은데."

"겁 안 나?"

"아직은. 좀 있으면 슬슬 무섭겠지. 근데 해피 알약이 있으니까 괜찮을 거야."

병원에선 늘 그랬듯 일이 척척 진행되었다. 아직 오전 일곱 시밖에 안 되었지만 병원은 벌써 분주했다.

입원실은 크고 환했다. 한 해가 저무는 시점이라 수술이 별로 잡혀 있지 않아서 병실에도 나 혼자였다.

"안녕하세요, 슈타우딩거 씨. 컨디션 괜찮으시죠?" 간호사가 명랑하게 인사를 건넸다.

"물론이죠. 탱탱하고 예쁜 가슴이 생기는데 더 좋을 수가 없죠." 내가 대답했다.

"그러네요. 30분 후에 원장님께서 수술 부위 그려주실 거예요. 그러고 나면 유방촬영기로 와이어 마킹을 할 겁니다."

저런! 유방촬영기 말고 초음파로 했으면 싶었는데. 유방촬영기는 불쾌할뿐더러 겁도 났다. 혹시 뭐가 발견되기라도 한다면…… 그럼 완치의 희망도 물거품이 될 것이다.

원장님의 그림은 금방 끝이 났다. 내 꼴은 영락없이 걸어 다니는 피카소였다.

"연휴 잘 보내셨어요?" 내가 원장 선생님께 물었다. 평범한 인사처럼 아무렇지도 않게 물었지만 사실 나는 그녀가 푹 쉬어서 컨디션이 최고인지 알고 싶었다.

"그럼요. 연휴 끼고 2주나 쉬다 왔는걸요." 그녀가 나를 보며 환하게 웃었다.

"아, 다행이에요, 푹 쉬셔서." 나도 웃었다.

"아주 푹 쉬었습니다." 내 마음을 훤히 들여다본 그녀가 미소를 지었다. 그래도 이분은 언짢게 생각하지 않으실 것이다. 내가 그녀의 능력을 의심하는 게 아니니까. 그저 불안해서 나도 모르게 튀어나온 말이었으니까.

"그럼 수술실에서 봅시다." 원장님이 인사를 건넸고, 간호사가 나를 촬영실로 데려갔다.

"윗옷을 벗으세요." 촬영 기사가 말했다.

그리고 유방 촬영이 시작되었다. 기분이 썩 좋지는 않았다. 이렇게 가슴을 힘껏 짓누르고 잡아당기면 아프기도 하거니와 뭔가 모욕감이 밀려왔다. 하지만 오늘은 그 정도에서 그치지 않았다. 이런 말까지 들었기 때문이다. "이제 바늘을 집어넣을 겁니다. 움직이시면 안 됩니다."

특별히 아팠다고 한다면 그건 거짓말일 것이다. 하지만 상상만으로도 충분히 아팠다.

"쳐다보지 마세요." 옆에서 보조 기사가 충고를 했지만 안타깝게도 2초 늦었다. 가슴에서 진짜 진짜 진짜 긴 와이어가 튀어나오더니 내 가슴에 딱 달라붙었다. 나도 모르게 저민 돼지고기가 떠올랐다.

"화면에 다른 게 보이나요?" 기사에게 이렇게 묻는데 금방이라도 심장이 터질 것만 같았다.

"아니요, 아무것도 없어요."

와우! 장애물 하나는 완전히 뛰어넘었다!

그다음부터는 일사천리였다. 병실로 돌아오기 바쁘게 간호사가 그토록 바라던 해피 알약을 가져다주었고, 약을 삼키기 바쁘게 수술실로 나를 밀고 갔다.

"게리, 약이 안 들어." 옆에서 쫓아오는 게리에게 내가 말했다. "이게 뭐야. 겁나잖아."

게리의 눈에 눈물이 그렁거렸다. "넌 할 수 있어. 조금만 참아. 몇 시간만 지나면 다 끝날 거고 그럼 이제 브래지어 안 해도 돼."

"무슨 일 생기면 우리 식구들한테 내가 정말 정말 사랑했다고 전해줘."

그러는 사이 수술실에 도착했다.

"여기서부터는 못 들어오세요." 간호사가 게리에게 말했다.

"아무 일도 안 일어나. 약이 금방 효과가 날 거니까 아무것도 모를 거야." 그것이 게리에게 들은 마지막 말이었다.

정말로…… 그 순간부터 아무 기억이 나지 않았다. 약효가 나타난 것이다.

갑자기 여러 사람이 훌쩍이는 소리가 들렸다.

"세상에, 내 새끼한테 무슨 짓을 한 거야?" 엄마 목소리가 희미하게 들렸다. 남편과 에벨린이 코를 푸는 소리도 들렸다. "아직 산소가 필요해요." "피를 많이 흘렸어요." 같은 소리도 들렸다. 나는 손을 들어 목소리가 들리는 쪽을 향해 엄지를 치켜세웠다. 그러고는 다시 깜깜해졌다.

"나 왔다, 니콜." 아빠의 목소리였다.

"음······."

"아직 정신이 돌아오지 않았어." 엄마가 말했다.

"큰 수술이었습니다." 간호사로 추정되는 사람의 목소리도 들렸다.

다시 고요했다.

"자기?" 이것은 알아듣기 힘든 나의 목소리였다.

"나 여기 있어." 곧바로 그의 손길이 느껴졌다.

"애들한테 가." 내가 중얼거렸다.

다시 찾아온 정적.

나중에 들어보니 나는 하루 종일 이렇게 자다 깨다를 반복했다고 한다. 마취약과 강한 진통제에 취해서 정신을 차리지 못했던 것이다. 한 가지는 기억이 난다. 식구들이 온종일 하릴없이 병실에 앉아 있는 것이 싫었던 기억이다. 내가 혼미한 와중에도 자꾸 채근을 했던지 남편은 늦은 오후에 아스트리트한테 맡겨둔 아이들을 찾으러 갔다고 했다.

"니콜, 우리 간다. 잘 자." 엄마가 속삭이며 부드러운 손길로 내 뺨을 쓰다듬었다. 딸의 이런 꼴을 보며 찢어지는 엄마의 마음이 목소리에서도 느껴졌다.

"내일 아침 일찍 올게." 엄마가 약속했다. 엄마가 밤새 한숨도 못 주무실 거라는 걸 나는 알았다. 나 역시 정신이 혼미한 상태에서도 마음이 찢어졌다.

"엄마, 나 괜찮아." 나는 속삭였다.

"그래, 알아." 엄마도 거짓말을 했다.

밤이 가고 새날이 왔는데도 나는 몰랐다. 간호사들이 규칙적으로 내 방에 들러 내 상태를 살폈고 링거액 주머니를 갈았고 필요한 게 있는지 물었다. 나는 여전히 몽롱한 상태였고 이튿날이 밝을 때까지 내내 그랬다.

"아침 식사 하시겠어요?"

"음…… 네." 하나 마나 한 질문에 나는 긍정의 대답을 던졌다. 아니, 아침을 먹겠느냐니? 그럼 나더러 굶으란 말인가. 위가 텅텅 비었는데.

살짝 몸을 일으켜 세운 자세로 나는 커피와 빵을 먹었다. 정신이 좀 돌아온 것 같아서 몸 상태가 어떤가 살펴보았다. 통증이 느껴졌다. 흉곽 전체가 아팠지만 참을 만은 했다. 조심히만 움직이면 견딜 수 있는 정도였다.

수술이 잘되었는지는 알 수가 없었다. 상체가 두꺼운 붕대로 친친 감겨 있었다. 눈으로 확인할 수 있는 게 별로 없었다.

그 순간 원장님이 회진을 오셨다.

"잘 주무셨어요? 어때요?"

"솔직히 말하면 별로예요."

"네, 그럴 겁니다. 하지만 우리가 볼 때는 다 잘되었어요. 피를 좀 많이 흘렸지만 수혈을 할 정도는 아니고요. 힘든 수술이었습니다. 정말 조직이 많았거든요. 그래도 전 결과에 만족합니다.

그녀는 말을 하면서 또 한 명의 의사와 함께 붕대를 풀었다.

"아주 좋습니다. 배액도 잘 되고요. 지금은 배액관이 네 개인데요. 추후 하나씩 제거할 겁니다. 통증은 어떠세요?"

"가만히 있으면 참을 만합니다."

"통증이 영 없지는 않나 보네요."

"네."

"그럼 조치를 취하겠습니다. 굳이 아플 필요는 없죠. 일어서서도 되고 조심만 한다면 산책도 가능합니다. 특수 뷔스티에(브래지어와 허리 부분을 붙인 여성용 상의—옮긴이)를 갖다 드릴 텐데요. 앞으로 석 달 동안은 그걸 입으셔야 합니다."

"박사님, 뭐 다른 게 있던가요?"

"아니요, 괜찮았어요. 물론 검사 결과는 아직 안 나왔어요. 연말이라 좀 지체될 수도 있습니다."

이른 아침에 소화하기엔 너무 많은 정보였다. 나는 회진과 아침 식사를 마치고 다시 선잠에 빠졌다.

낮 동안엔 식구들이 차례차례 찾아왔다. 아이들은 데려오지 못하게 말렸다. 아이들에게 이런 모습을 보이고 싶지 않았다.

"오늘은 훨씬 좋아 보이네." 남편이 말했다. "어제는 얼굴이 백지장 같아서 진짜 무서웠어. 회복실에서 내가 옆에 있었는데, 알았어?"

"아니, 기억 안 나는데."

"말도 해놓고는……. 나한테 '엄마한테 가. 난 괜찮아.' 그랬잖아."

"진짜? 하나도 기억 안 나는데." 무의식의 능력에 새삼 놀랐다. 마취가 된 상태에서도 엄마 걱정을 했다니 말이다.

시간이 갈수록 통증이 심해졌다. 배액통 때문에 움직일 때마다 아팠고 숨을 쉴 때도 고통이 따랐다. 저녁에 식구들이 다가고 나서는 도저히 참을 수 없을 만큼 아팠다.

"그럼 아주 센 걸로 놔드릴게요." 내가 너무 아파하니까 간호사가 결심을 했다. 링거를 놓고 몇 분 지나니 그래도 숨은 쉴 만해졌다.

"제가 원래 이렇게 징징대는 스타일은 아니거든요." 이튿날 나는 어제 아프다고 하소연한 것이 미안해서 간호사에게 변명을 했다.

"징징대다니요? 이 수술은 안 아플 수가 없어요." 간호사가 대답했다. 나이가 나랑 비슷해서 자주 수다를 떨었던 간호사였다.

"다들 참 대단해요. 예뻐지겠다고 이런 고통을 참고 수술을 하다니요."

"성형수술하고는 비교가 안 되죠. 환자분은 유두와 유방조직 전체를 절제했어요. 성형수술은 보형물'만' 집어넣으면 되는데요, 뭘."

아, 그렇구나. 그건 미처 생각지 못했다. 나는 정말이지 많은 것을 생각지 못했다. 수술이 훨씬 간단할 것이라고 생각했고 무엇보다 이렇게 아플 줄 몰랐다.

이틀이 지나도 통증은 크게 줄어들지 않았다. 그래도 오늘 아침에 배액통 하나를 빼고 나니 뒤셀도르프에서 수술했을 때보다는 덜 괴로웠다.

"펄펄 뛰는구나, 뛰어." 10분 만에 침대에서 내려온 나를 보고 엄마가 말했다.

"번개 같지?" 엄마를 보고 웃으며 내가 말했다.

"조심하라니까. 어쨌거나 회복이 빠르니 좋다. 근데 보긴 봤어?"

엄마는 새로 생긴 나의 가슴이 궁금한 모양이었다.

"응, 봤어."

"어때?"

"죽여주지."

"진짜?"

"끝내줘." 거짓말이 아니었다. 결과는 정말 만족스러웠다. 팽팽한 두 개의 작은 유방이 가슴을 장식한 것이 아주 색다른 기분이었다. 물론 그 대가가 커도 너무 컸다. 그동안 내가 얼마나 고단한 길을 걸었던가? 그러니 예쁜 가슴 정도는 선물로 받아도 충분할 것이다.

"혼자 두고 가려니 발길이 안 떨어지네." 남편이 슬픈 표정으로 나를 쳐다보았다.

"아냐, 괜찮아. 친구들이 면회 온다고 했어." 나는 남편을 위로했다. 오늘은 올해의 마지막 날이다. 한 해의 마지막을 떨어져 보내는 건 처음이다. 물론 나도 마음이 안 좋았다. 이런 날은 가족과 같이 있고 싶었다. 하지만 울적해한다고 달라질 것도 없으니 객관적으로 생각하려고 노력했다. 그냥 하룻밤이다. 내일 온 식구가 여기서 점심을 같이 먹기로 약속했다. 엄마가 음식을 만들어 와서 다 같이 먹을 예정이었다.

"알아, 그래도 슬프네."

"나도."

둘 다 눈물이 글썽였다. 벌써 몇 번째인지 모르겠다. 이놈의 눈물은 대체 언제나 그치려나?

"아침 일찍 올게. 그리고 다가오는 2015년은 우리의 해가 될 거야."

한 해의 마지막 날에도 수면제 덕분에 푹 잤다. 나쁠 것 없는 하루였다.

환자의 입장에서 보면 병원의 일상은 참 따분하기 그지없다. 병실을 혼자 쓸 때는 더 그렇다. 아침에 일어나 세수를 하는 데에만 한 시간가량이 걸린다. 욕실이 침대에서 족히 3미터는 떨어져 있다 보니 거기까지 가는 데만 벌써 10분이다. 게다가 손가방은 두고 간다고 해도 배액이 가득 든 비닐 주머니 세 개가 이만저만 성가신 게 아니다. 배액통 세 개에 수술한 가슴을 달고 있으니 동작이 엄청 굼떴고 무엇보다 몸을 마음대로 움직일 수가 없었다. 팔도 잘 올라가지 않았다. 그러니 세수 한 번 하는 것도 올림픽 수준의 고난도 행군이다. 세수만 하고 와도 너무 힘이 들어 한숨 자야 한다. 하지만 그것 말고는 사실 딱히 할 일이 없다.

그래도 찾아오는 사람이 많아서 시간은 잘 갔다.

"왜 안 먹어?" 에벨린 이모가 걱정스레 물었다. 열여덟 살 이후로 내가 이렇게 안 먹는 광경은 본 적이 없었으므로 이모는 과일이랑 초콜릿을 한가득 가져왔다.

"식욕이 없어요."

"왜? 통증이 심해서? 아니면 다른 이유가 있는 거야?"

"내일 검사 결과 나오거든요."

"아, 그렇구나."

에벨린 이모도 입맛이 딱 떨어졌는지 포크를 내려놓았다. 그날은 하루가 참 길기도 했다.

다음 날 아침 회진 때 원장 선생님이 배액통 하나를 더 제거했다. 그래도 아직 두 개가 남았다.

"검사 결과 나왔나요?" 나는 겁이 나서 조심히 물었다.

"아직 안 나왔어요. 잘하면 오늘 오후에 나올 것도 같은데, 월요일에나 나올 수도 있습니다."

이틀이나 더 벌벌 떨어야 한다니 생각만 해도 속이 울렁거렸다.

오후에는 아스트리트가 와서 함께 커피를 마셨다. 내가 불안해하는 것 같으니까 애써 자꾸 딴 이야기를 꺼냈다.

"애들 왔다 갔어?"

"응, 어제하고 그제. 애들 보니 좋더라. 하지만 애들은 심심해하지."

"언제 퇴원해?"

"병원에선 배액통 뗄 때까지 있으라고 하는데 너무 길어서. 월요일에 나갈 수 있으면 좋겠어."

"수술이 이럴 거라고 예상했어?"

"아니, 이렇게 아플 줄 몰랐지." 나는 여전히 강력한 진통제를 먹고 있었지만 그래도 통증이 심했다. 게다가 자세가 구부정하다 보니 등과 목까지 아팠다.

"쯧쯧, 그래도 잘 버텼어. 이제부턴 좋은 날만 있을 거야. 방사선은 어쩔 거래?"

"암 컨퍼런스에서 또 내 사례를 의논했다나 봐. 정확히는 모르겠지만 검사 결과가 중요한 것 같아. 오늘은 보기 글렀네. 벌써 다섯 시 반이잖아. 하긴 의사들도 오늘 같은 날엔 쉬어야지. 아스트리트, 나 너무 무서워. 그래서 가끔 의사 선생님이 와서 다 괜찮다고 하시는 장면을 상상하기도 해."

마지막 말이 내 입에서 떨어지기 무섭게 노크 소리가 들렸다. 저녁 식사구나 싶어 크게 소리쳤다. "네, 들어오세요." 문이 빼꼼 열리더니 위로 쳐든 엄지손가락이 보였다. 그 엄지를 따라 환하게 웃는 원장님 선생님의 친숙한 얼굴이 들어왔다. 순간 헛것을 보았다고 생각했다. 약이 너무 세서 이제 헛것이 보이는구나! 원장 선생님이 내 앞으로 다가와 말했다. "다 괜찮답니다." "아스트리트, 너도 보여?" 내가 친구에게 물었다. 꿈이 아니라는 확신이 필요했다.

"보여." 아스트리트가 울며 대답했다.

나는 손뼉을 치며 새된 비명을 질렀다.

"진짜요? 괜찮아요?" 나는 믿을 수가 없어 또 물었다.

"네, 다 건강한 조직이랍니다." 그녀가 내게로 다가와 나를 꼭 안아주었다.

긴장이 스르르 풀렸다. 나는 울다가 웃었고 안도감에 계속 훌쩍거렸다.

"살았어요, 이제 살았어요! 아스트리트, 너도 들었지?"

원장 선생님이 나가고 우리는 침대에 나란히 누웠다. 이 순간 혼자가 아니어서 다행이었다.

지난 여섯 달 동안 들었던 소식 중에서 가장 반가운 소식이었다. 우리는 너무 좋아 눈물을 흘렸다.

새해 복
많이 받으세요!

나로서는 아직 새해가 시작되었다고 볼 수 없었다. 다행히 수술을 받고 정확히 일주일 후 나는 완전관해라는 반가운 소식을 들었고 가벼운 마음으로 퇴원 준비를 했다.

짐 싸는 것이 아직 힘에 부쳐서 음악을 들으려고 헤드셋을 썼다. 자축하고 싶었고 행복해지고 싶었다. 하지만 오늘 병원은 음악을 듣기에 적당한 장소가 아니었다. 병동이 난리 통이었다. 그동안은 연휴라서 유방과도 텅 비다시피 했었는데, 새해 첫 평일이라 그런지 오늘은 환자가 계속해서 밀려들었다. 빈 물병을 버리러 휴게실로 갔다가 거기서 접수 양식을 작성 중인 여자들을 보았다. 신참들, 새내기들이었다. 표정만 봐도 진단받은 지 얼마 되지 않았다는 것을 금방 알 수 있었다. 아마 크리스마스 직전에 소식을 들었을 것이고 휴가 내내 불안과 두려움에 떨다가 병원 문이 열리자마자 달려왔을 것이다. 다들 너무 안쓰러웠다.

그녀들을 위로해주고 싶었다. 꼭 안아주며 말해주고 싶었다. "힘내요. 할 수 있어요!"

하지만 너무 오지랖이다 싶어 꾹 참았다. 어쨌든 나는 다 끝났으니 감사했고 행복했다.

"엄마!" 우리 집 둘째의 목소리에 번쩍 정신이 들었다. 남편과 아이들이 나를 데리러 온 것이다. 새로 얻은 두 개의 가슴과 두 개의 배액통과 함께 나는 마침내 집으로 돌아갈 수 있게 되었다.

이런 큰 수술이 얼마나 고달픈 일인지를 병원에선 크게 실감하지 못한다. 세수하고 좀 걷고 여기저기서 수다를 떠는 것 말고는 크게 할 일이 없으니까. 하지만 집에 도착하자 예전에 생검 수술을 했을 때처럼 불편한 것이 한두 가지가 아니었다. 일단 내 몸을 어디다 두어야 할지부터가 큰 고민거리였다. 좌우 양쪽에 배액통이 달려 있었는데, 새로운 진공시스템 때문에 배액통을 항상 아래쪽으로 향하게 두어야 했다. 그 말은 의자에 앉을 수가 없다는 소리였다. 소파는 몸이 너무 푹 들어갔고 의자는 너무 불편했으며 침대에는 이제 그만 눕고 싶었다.

남편이 멋진 아이디어를 냈다. 정원에서 쓰던 야외 의자에 푹신한 방석을 깔아서 거실로 들고 들어왔다. 등받이를 조절할 수가 있어서 그럭저럭 앉을 만했다. 나는 하루 종일 고매한 여왕님처럼 의자에 앉아서 입으로만 사사건건 참견했다.

"이게 뭐야? 미치겠네." 나는 남편에게 투덜거렸다.

"왜? 자기가 집에 왔다는 게 중요하지." 남편이 나를 달랬다.

"엑스트라 같잖아."

"엑스트라는 아니지. 엑스트라는 대사가 없거든." 남편이 히죽 웃었다.

이틀에 한 번꼴로 상처를 소독하러 병원에 갔다. 회복이 빨라서 마지막 남은 배액통마저 떼고 나자 완전히 통증에서 해방되었다.

"자, 오늘은 보형물을 채워봅시다. 원하는 크기가 될 때까지

식염수를 주사할 거예요."

오우, 엄청 실용적인데! 이렇게 생각하며 눈을 주사 도구 쪽으로 돌렸다. 간호사 손에 무지막지하게 큰 주사기가 들려 있었다. 길이가 못 되어도 0.5미터는 될 것 같았다.

"헉, 그걸로 뭐 하시게요?" 내가 놀라서 물었다.

"네, 좀 재밌게 생겼죠? 시트콤 같나요?" 의사가 웃으며 괴물 주사기를 가리켰다.

"아니요, 선생님은 재밌을지 몰라도 전 아니에요." 이미 속수무책으로 진료대에 누운 나는 울상을 지었다. 하지만 내 가슴이 아니니 바늘로 찔러도 아무 느낌이 없었다.

상처가 너무 잘 아문다며 원장 선생님이 감탄을 했다. 네, 뭐, 그러시겠죠. 여전히 심한 이 통증은 내 몫이지 원장님 몫이 아니니까.

"진통제 뭐 먹어?" 엄마가 물었다.

"안 먹어."

"안 먹어?"

"다 끊었어요. 통증이 그렇게 아주 심한 건 아니거든. 어쨌든 수술한 지 2주나 지났잖아."

"아냐, 내 보기엔 그렇게 아주 심하지 않은 게 아냐. 잘 움직이지도 못하잖아. 참지 말고 먹어야 해. 내일 우리 병원에 가자. 거기 선생님이 통증이 얼마나 나쁜지 잘 설명해주실 거야."

나는 말 잘 듣는 착한 아이였으므로 다음 날 아침 엄마가 일하던 병원의 내 주치의 선생님을 찾아갔다. 선생님은 왜 통증이 해로운지 알아듣기 좋게 설명해주셨다. 통증기억이나 면역계 약화 같은 말들이 튀어나왔다. 그는 계획표를 작성한 후, 약효를 유지하려면 먹고 싶다고 아무 때나 먹어서는 안 되며 시간을 잘 지켜야 한다고 강조했다.

"저는 그냥 지난 몇 달 동안 약을 너무 많이 먹었다 생각했어요." 진통제를 꺼리는 이유를 내가 설명했다.

"맞습니다. 하지만 진통제는 해가 없고, 또 몇 달 계속 먹을 것도 아니니까요. 거울 한번 보세요. 아파서 얼굴을 찡그리고 계시잖아요."

나는 약 복용 계획표를 들고 집으로 돌아와서 의사가 시킨 대로 약을 먹었다. 그랬더니 다음 날 같은 시간이 되자 세 알밖에 안 먹었는데도 통증이 싹 사라졌다. 역시 현대 의학이 최고다!

쾰른이여,
영원하라!

*독일의 쾰른 카니발은 재미난 분장을 하고
서 모인 시민들의 "쾰른이여 영원하라!"는
외침으로 문을 연다. —옮긴이

인생은 참 알 수가 없다. 아침이면 이렇게 환하다가도 밤이 되면 언제 그랬냐는 듯 온 세상이 깜깜해진다. 어제만 해도 강연을 했는데 오늘 벌써 암이다. 하지만 거꾸로 오늘 수술을 했는데 내일 벌써 카니발일 수도 있다. 카니발 얘기가 나왔으니 말인데, 실제로 카니발이 가까웠다. 나는 카니발 때는 몸이 어느 정도 회복되어서 조금이라도 즐길 수 있기를 바랐다.

수술을 하고 3주 정도 지난 지금 통증은 완전히 사라졌지만 움직이는 것은 아직 예전만 못했다. 그래도 쾰쉬 Koelsch (독일 쾰른 지방의 전통 맥주—옮긴이) 마시는 거야 팔만 올렸다 내렸다 하면 될 테니 아무 문제도 없을 것이다.

"방사선 치료 받으면서 술 마셔도 된대?" 아스트리트가 물었다.

저번 주에 방사선과 의사와 면담을 했다. 방사선 치료를 안 할 수는 없냐고 운을 띄웠지만 얄짤없었다.

"치료 이후 상태가 아니라 처음 소견으로 판단하기 때문에 받으셔야 합니다." 마이어 박사님도 몇 주 전에 그렇게 설명하셨다. 방사선 치료도 당연히 받아야 한다고 말이다.

그래도 방사선과 의사의 설명은 예상보다 듣기 좋았다. 항암에 비하면 예상되는 부작용이 정말로 애들 장난이었다.

"이런 질문 드려도 될지 모르겠지만, 저 같은 경우 방사선을 어디에다 쐬나요? 조직이 하나도 없는데요." 나는 의사에게 물었다.

"환자분의 경우 흉벽에 쏩니다. 마지막 남은 세포까지 제거하는 거죠."

"카니발 전에 시작이야?" 아스트리트가 물었다.

"아쉽게도 그러네. 어제 CT 모의 치료 받았는데 주말에 다시 가야 해. 다음 주부터 시작이야. 총 28회고."

"매일 가?"

"응, 주말만 빼고. 근데 정작 치료는 몇 분 안 걸려."

"여인들의 목요일 Aschermittwoch (재의 수요일과 함께 쾰른 카니발 본행사의 문을 여는 날로, 여자들이 분장을 하고 즐기는 날이다.─옮긴이)에도?" 아스트리트가 살짝 놀란 표정으로 물었다.

"세상만사 정도가 있지. 당연히 그날은 안 받아." 내가 웃으며 대답했다. 일주일에 네 번은 반드시 받아야 하기 때문에 무슨 일이 있을 때는 하루 "휴가"를 낼 수 있었다. 당연히 카니발 때는 하루 빠지겠다고 말을 해두었다.

오늘은 우리 여자들이 마음껏 즐기는 날이기에 우리는 어린 아이들처럼 들떴다. 머리카락이 아직 제대로 자라지 못한 상태여서 나는 오랫동안 처박아두었던 가발을 꺼냈다. 눈썹도 그리고 눈에도 예쁘게 화장을 했다(하지만 속눈썹은 아직 너무 짧았다).

가발은 정말이지 대단했다. 아무도 내가 항암 치료를 받은 줄 모를 것이다. 내가 봐도 예전하고 똑같았다. 어찌나 똑같았던지 친구들도 처음엔 가발임을 알아차리지 못했다.

"너 완전 멋지다."

"진짜네! 근데 뭔가 달라." 친구들이 고개를 갸웃거렸다.

"맞아, 근데 뭐가 달라졌을까? 음……." 나도 친구들에게 장단을 맞췄다.

"아, 알았다! 머리카락." 마침내 찾아냈다.

"와, 대단해. 똑같아."

"다들 고마워. 오늘 나는 완전 가짜야. 가발에 그린 눈썹에 가짜 젖꼭지에, 다 가짜야." 내가 고백했다.

"아무렴 어때! 카니발 갈 건데. 어차피 다 가짜야." 친구들이 웃었다.

완벽한 밤이었다. 신나는 음악, 진짜로 맛난 쿼쉬, 아직 노는 걸 안 까먹었다는 행복한 깨달음이 있는 행복한 밤이었다.

Let it shine!

내일은 치료 마지막 단계의 첫날이다. 총 28회로 예정된 방사선 치료를 시작하는 날이기 때문이다. 지금까지는 아예 방사선 생각을 안 하려고 했고 오늘까지도 그것이 내 일이 아닌 양 굴었다. 아예 암에 걸린 적이 없는 사람처럼 말이다.

방사선과 의사에게 설명을 들을 때도 마음이 편했기 때문에 사실 별로 겁이 나지 않았다. 또 방사선과 기사와 의사 들이 내게 투여할 방사선의 양을 계산하기 위해 CT 모의 치료를 실시했지만 그것 역시 금방 끝났고 전혀 아프지 않았으며 뭔가 사무적이었다.

그럭저럭 수술한 지 4주가 지났고 하루가 다르게 동작이 편해졌다. 하지만 상처가 완전히 아물지는 않아서 수술 날부터 여태 목욕은커녕 제대로 된 샤워 한 번 못 했다.

수술하고 며칠 있다가 농담처럼 원장님께 슬쩍 떠보았다. "운 없으면 방사선 치료 전까지 샤워를 한 번 할까 말까겠네요." 원장님은 그저 웃기만 했다.

방사선 치료를 받을 때도 샤워는 하면 안 된다. 가슴에 그린 마킹이 지워지면 안 되기 때문이다.

그래서 오늘 병원에 가면서는 은근히 기대했다. 상처가 다 아물었으니 초음파 시작하기 전까지 적어도 한 번은 뽀득뽀득 씻어도 된다는 소리를 들을 수 있을 것 같았기 때문이다.

"완벽하게 아물었어요. 샤워를 마음껏 하셔도 되겠는데요." 의사가 말했다.

"정말 다행이에요. 내일부터 또 못 할 거라 은근 걱정하고 있었는데."

"근데 마킹 있어도 잠깐 샤워는 괜찮아요."

"네. 근데 제가 원하는 건 잠깐이 아니거든요. 잠깐 샤워는 몇 주 전부터 했어요. 전 오래, 아주 오래 하고 싶어요. 필링젤도 바르고 비누칠도 하고 물을 맞으며 오래오래 하고 싶어요." 흉곽 전체에 물이 들어가면 안 되기 때문에 지난 몇 주 동안 그 모든 것을 할 수가 없었다.

"이해합니다. 오늘은 마음껏 샤워하세요." 의사가 말했다.

"감사합니다. 근데 먼저 방사선과에 가야 해요. CT 모의 치료 받기로 했거든요.

벌써부터 살짝 초조했다. 어쨌든 CT를 찍는다니 또 뭔가 발견되는 거 아닌가 싶어 불안했다.

"아, 오늘 CT는 그런 게 아니에요." 의사가 안심을 시켰다. 휴, 다행이다!

"방사선 기기를 환자분에게 맞추는 겁니다. 마킹도 할 거고요. 그러니까 오늘부터 샤워하시면 안 됩니다."

"네? 그게 무슨 말씀이세요?" 나는 깜짝 놀라 물었다. 순간 몰래카메라가 어디 숨어 있는 줄 알았다.

"제가 지금 4주 동안 샤워를 못 했어요. 오늘이 마지막 기회인 줄 알았는데……."

"이런, 어쩌죠?" 의사가 살짝 재미있다는 표정으로 말했다.

"하, 그러니까요." 나는 하나도 재미있지 않았다.

항암에 비하면 초음파는 정말이지 산책하는 수준이었다. 다만 좀 짜증 나는 긴 산책이었다. 매일 투자하는 시간이 너무 많았다. 오가는 시간만 따져도 족히 한 시간 반은 걸렸고 운이 나쁜 날에는 정말 많이 기다렸다. 두 시간, 심할 땐 더 기다린 날도 있었다.

물론 방사선은 항암 치료보다 훨씬 사무적이었다. 방사선과에 들어서면 환자카드를 벽에 달린 단말기에 집어넣은 뒤 대기실에 앉아 기다려야 했다. 가지각색의 질병에 걸린 환자들이 앉아 기다렸는데 이따금 중병의 노인들도 보였다.

"대기실에서는 접촉을 자제하셔야 합니다." 첫날 방사선 기사가 이런 주의사항을 일러주었는데 이제야 그 뜻을 알 것 같았다. 유방센터와 달리 이곳에선 서로 말을 하지 않았다. 그래서 앞으로 책을 갖고 다니기로 했다.

내 이름이 불리면 나는 탈의실에 들어가서 상의를 벗었다. 그때마다 거울에 비친 나의 상체를 보았고, 매일매일 결과에 감사했다. 큰 수술이었는데도 흉터가 거의 없었다. 가슴은 양쪽 균형이 잘 맞았고 자연스러워서 처음 본 순간부터 내 가슴이라는 생각이 들었다. 더 기가 막힌 것은 브래지어를 안 해도 딱 선다는 거다. 예전에는 통풍을 시켜주려면 두어 번 "덜렁덜렁" 흔들어줘야 했는데 이제는 그럴 필요가 없다. 와우! 미친!

나의 여성성은 수술로도 훼손되지 않았고 남편 역시 새로운 가슴의 열성 팬이 되었다. 감각은 없었지만 그런 사실은 별로 인식하지 못했고 또 문제가 되지도 않았다. 그보다는 내가 할 수 있는 건 다 했다는 안도감이 훨씬 더 컸다.

탈의실에서 나오면 방사선 촬영실로 들어갔다. 진료대에 누워 오른팔을 뒤쪽 거치대에 걸치면 바로 촬영이 시작되었다. 기계가 내 주변을 돌며 여러 곳을 탐색했고 윙윙 규칙적인 짧은 소리를 뱉어냈다. 2분이면 촬영은 끝났고, 나는 다시 집으로 돌아왔다. 전혀 특별할 것이 없는 과정이었다.

처음 며칠은 극도의 피로와 구역질 같은 부작용이 있었지만 일주일쯤 지나자 괜찮아졌다. 피부가 살짝 붉어져서 규칙적으로 파우더를 발랐다. 방사선 치료를 받은 사람들에게 들어보니 나는 참 운이 좋은 케이스였다.

"엄마, 어디 가?" 토요일 아침에 막스가 물었다(가끔 기계에 문제가 생겨서 치료를 못 하는 경우 토요일에 받을 때가 있었다).

"초음파 하러 가." 내가 막스에게 대답했다. 초음파를 시작했을 무렵 아이에게 미리 설명을 해두었다.

"아, 그거 아파?"

"아니."

"그럼 약만큼 안 아파?"

"응, 벌써 4주나 받았잖아. 네가 학교에 갔을 때 다녀왔으니까 몰랐지? 엄마가 아픈 것 같았어?"

"아니, 완전 멀쩡해. 아무것도 몰랐어."

"봐, 그렇다니까."

실제로 방사선이 내 일상에 아무런 영향을 미치지 않아서 얼마나 고마웠는지 모른다. 아이들을 보살피거나 아이들과 놀아줄 수 있었고 서서히 워킹도 다시 시작할 수 있었다.

어쨌거나 모든 것을 되찾은 기분이었다. 머리카락이 자라기 시작했고 반갑지 않은 부위에도 다시 털이 자라났다. 속눈썹과 눈썹은 항암 이후 석 달 만에 예전처럼 풍성해졌고 코르티손으로 인한 달덩이 얼굴도 자취를 감추었다. 한마디로 내가 다시 내가 된 것이다.

"슈타우딩거 씨, 혈액 수치에 이상이 없네요. 모든 수치가 다 정상 범위예요." 주치의가 환한 표정으로 말했다.

"정말 다행이에요. 다 나았다는 말이겠죠?"

"물론입니다. 다 나아서 건강하다는 말입니다. 정말 반갑네요." 의사는 나와 함께 기뻐했다.

우리는 자신의 몸을 당연한 것으로 여긴다. 내 몸이 매일 아침 알아서 벌떡 일어나 내가 마음먹은 대로 척척 움직여주리라 기대한다. 그리고 해롭다는 것을 알면서도 몸에게 온갖 주문을 해댄다. 여섯 달 동안이나 지옥에 살면서 몸을 들들 괴롭혔는데도 그 몸이 석 달 만에 거뜬하게 회복되다니, 참으로 기적이 아닐 수 없었다.

"니콜, 어때?" 엄마가 전화로 물었다.

"좋아! 왜요?" 나는 살짝 당황해서 되물었다.

"방사선 받는 중이니까. 괜찮은 게 당연하지가 않으니까." 엄마가 대답했다.

"맞아요, 당연하지 않지. 하루하루가 선물 같아. 그렇게 아팠는데 다시 아무 일도 없었던 것 같으니까."

"진짜 괜찮아?"

"네, 진짜로 다 괜찮아요. 살만 좀 빠지면 좋겠는데."

"그게 뭐 중요하다고."

"중요하지. 가슴은 이렇게 예쁜데 엉덩이가 뒤룩뒤룩해서야 되겠어요?" 말은 그렇게 했지만 나도 알고 있었다. 그런 건 하나도 중요하지 않다는 것을 말이다.

삶이 다시 제자리를 찾아가는 동안 28회의 방사선이 순식간에 끝났다.

마지막 날은 잘 끝마친 나 자신에게 상을 주기 위해 집으로 바로 가지 않고 속옷 가게로 달려갔다. 석 달 동안 걸치고 다녔던 뷔스티에를 벗어 던져도 되니 진짜로 예쁜 브래지어를 살 생각이었다.

"도와드릴까요?" 판매원이 내게로 다가와 물었다.

"네, 도와주세요. 가슴이 새것이라서 속옷도 새것으로 바꾸어야 하거든요."

살짝 당황한 듯했지만 그녀의 시선에 웃음기가 어렸다.

"그럼 이리 오세요. 사이즈를 재야 하니까요."

탈의실에서 벗은 내 상체를 본 그녀의 시선이 흔들렸다.

"성형수술이 아니다, 그죠?" 호기심이 아니라 연민이 담긴 질문이었다.

"네." 우리는 대화를 시작했고, 당연히 그녀 역시 카를 자식의 방문을 받은 수많은 여성들을 알고 있었다.

"근데 진짜로 결과가 대단한데요. 몇 가지 모델을 보여드릴게요. 솔직히 브래지어가 없어도 되겠어요. 혼자 잘 서 있는데요." 그녀가 미소를 지었다. 그녀의 말이 옳았다.

두 시간 후 나는 두 개의 쇼핑 봉투를 들고서 행복에 젖어 집으로 향했다.

사랑하는 나의 가족을 향해, 새 인생을 향해, 건강한 몸과 큰 경험과 더 큰 사랑을 가슴에 담고서.

예전의 '나'이자
새로운 '나'로

아홉 달 동안 내 인생의 화두는 카를 자식이었다. 그 자식은 내 인생뿐 아니라 내가 사랑하는 사람들의 인생까지 마구 뒤흔들어놓았다. 그랬던 자식이 마침내 떠났다. 이제 뭘 해야 할까? 어디서부터 시작해야 할까? 멈췄던 그 자리에서? 그게 될까? 지난 아홉 달은 나를 크게 변화시켰다. 그 시간은 과연 나의 무엇을 바꾸어놓았을까?

나와 같은 상황이라면 아마 모든 여성이 이런 질문을 던질 것이다. 암은 나를 어떤 사람으로 만들어놓았을까? 암은 대체 뭘 말하고자 했던 것일까? 경고를 하려던 것일까? 짜증을 부린 것인가? 잘 모르겠다. 하지만 나는 일찍이 결심을 굳혔다. 눈을 똑바로 뜨고 그 모든 과정을 이겨내겠노라고. 처음 진단을 받았을 때 의사들이 항불안제를 권했다. 솔직히 혹하는 제안이었다. 하지만 나는 응하지 않았다. 일단은 내 안에 그런 상황에 대처할 힘과 방법이 숨어 있는지 한번 보고 싶었다. 내게 닥칠 고난이 어떤 것인지, 내가 과연 그것을 어떻게 이겨낼지 알고 싶었다.

뭐니 뭐니 해도 가장 큰 어려움은 불안이었다. 불안은 다리를 걸고 손발을 묶는다. 불안은 뚜렷한 생각을 방해하고 숨통을 틀어막는다. 그리고 불안이 있는 곳에 공포가 있다. 항암 부작용을 다 합친다고 해도 불안보다 더 나쁘지는 않을 것이다. 현재 카를 자식은 떠났지만 아쉽게도 불안은 여전히 남아 있다. 어쩌면 평생 이 불안과 함께 살아야 할지 모른다. 물론 시간이 가면 조금 나아질 것이다. 3년, 5년 후면 조금 덜해질지도 모르겠다. 그런데 누가 알겠는가. 그러니 이 불안을 어떻게 내 삶으로 받아들일 수 있을지 그 방법을 고민해야 한다. 불안도 영원히 나의 일부일 것이기 때문이다.

물론 녀석이 내 삶을 장악하고 지배하게 두어서는 안 된다. 그럼 삶의 질이 너무 떨어질 것이다. 그래서 나는 불안에게서 달아나려 애쓴다. 조깅이나 워킹은 머리를 비우고 활기를 느끼기에 아주 좋은 방법이다.

하지만 그보다 훨씬 더 중요한 게 대부분의 일이 내 영향권 밖에 있다는 것을 깨닫는 것이다. 암이 되돌아오고 말고는 결국 내 손에 달린 일이 아니다. 나는 지금까지 할 수 있는 것을 다 했고 앞으로도 그럴 것이다. 그 밖의 것은 그저 바랄 뿐, 나는 남은 인생을 즐기면 된다.

걱정을 한다고 해서 나쁜 일이 안 생기는 것도 아니고 행복하게 지낸다고 해서 나쁜 일이 생기는 것도 아니다. 삶을 즐기다가 문제가 생기면 그때 가서 해결하면 된다. 5년 후에 일어날 수도 있는 일을 미리 걱정할 필요는 없다는 소리다. 내일 내가 어찌 될지 누가 알겠는가. 내일 당장 버스에 치여 죽을 수도 있다. 아무도 모를 일이다. 오늘은 기분이 좋으니 되었고, 내일 일은 내일 생각하면 될 것이다.

이것이 카를 자식에게서 배운 것이다. 산이 나타나면 산을 오르면 된다. 길이 평탄할 때는 여유 있게 걸으며 힘을 저축할 것이다. 중요한 건 현재뿐, 그것 말고는 아무것도 중요치 않다.

지금 나는 책상에 앉아 산처럼 쌓인 종이 더미를 보고 있는 기분이다. 이 종이 더미를 깔끔하게 정리해야 한다. 종이에는 지난 몇 개월간의 경험이 적혀 있는데 이제 이것으로 뭘 할지, 이것을 어디다 치울지 고민해야 한다. 살다 보면 또 어디 쓸 데가 있을 수도 있다. 아니, 분명 어딘가에는 쓸모가 있을 것이다. 눈을 똑바로 뜨고 힘든 시간을 지나온 사람은 그 경험을 남들보다 쉽게 정리할 것이고 바르게 해석할 수 있을 것이다.

또 카를 자식은 병에 걸렸어도 내가 나쁜 엄마가 아니라는 사실을 가르쳐주었다. 잠 못 드는 밤이면 나는 괴로워했다. 우리 아이들이 무슨 잘못을 했기에 병든 엄마 때문에 힘들어야 하는가? 내가 아이들에게 무슨 짓을 저질렀단 말인가? 하지만 지금 나는 알고 있다. 병이 들었다고 해서 나쁜 엄마인 건 아니라는 것을. 물론 우리 아이들이 머리카락 다 빠진 엄마를 안 볼 수 있었다면 훨씬 더 좋았을 것이다. 막내가 수술을 끝내고 돌아온 나를 차마 안지 못하고 "엄마 아파?" 하고 물었을 때 내 가슴은 찢어졌다. 나도 괴로웠지만 아이들도 힘들었을 것이다. 하지만 지난 몇 달 동안 우리 아이들은 힘든 상황이 닥쳐도 숨지 않고 당당하게 헤쳐나갈 수 있다는 것을 배웠다.

한번은 막스에게 학교 친구가 물었다. "왜 너희 엄마는 머리가 없어?"

"엄마가 아프거든." 막스는 세상 당연하다는 듯 그렇게 대답했다. 나는 그 아이가 자랑스러웠다. 안타깝지만 병도 삶의 일부이기에 우리가 아무리 노력한다 해도 아이들을 병으로부터 완전히 보호할 수는 없다.

우리는 아마도 가장 힘들었을 시험을 함께 풀어나갔고 무사히 통과하였다. 그건 남편과 나도 마찬가지였다. "기쁠 때나 슬플 때나 함께하자"는 맹세는 모든 부부가 쉽게 하지만 우리는 그 지키기 힘든 약속을 굳건히 지켜내었다. 남편은 지난 몇 달 동안 정말이지 대단했다. 그러기에 이제 나는 그를 믿을 수 있고 그 역시 나를 믿을 수 있을 것이다. 그 사실을 아는 것만으로도 우리는 큰 힘을 얻을 것이다.

물론 카를 자식에게 빼앗긴 것도 있다. 몇 년은 더 지키고 싶었던 것, 바로 무사태평의 나날이다. 나는 서른둘에 벌써 죽음을 생각해야 했다. 정말이지 무섭고 괴로운 일이었다. 보통 내 나이 또래면 슬슬 부모님의 죽음을 걱정해야 할 때다. 그것만 해도 슬프고 힘들다. 그래도 자기 자식이 있으면 부모님의 죽음을 조금 쉽게 견딜 수가 있다. 하지만 자신의 죽음은 전혀 다른 문제다. 내 또래면 어디가 좀 욱신거려도 그러려니 하고 넘어가지만 난 곧바로 전이를 걱정한다. 불안하기 때문이다. 불안이 삶의 일부가 되어버렸기 때문이다.

카를 자식이 나의 여성성마저 앗아갔을까? 의외로 그런 생각은 별로 들지 않았다. 가짜 유방을 달고 있고 난소마저 제거했지만 나는 내가 여성적이지 않다고 느낀 적이 없다. 오히려 지난 몇 달의 경험으로 더 성숙해졌고 나의 강점이 무엇인지를 깨달았다. 물론 나는 이제 아이를 낳을 수 없다. 하지만 이미 세상에서 제일 멋진 아들이 둘이나 되므로 내게 없는 것이 아니라 내가 가진 것에 집중할 것이다. 여성성은 내면에서 오는 것이지 외모나 장기와는 하등 상관이 없다.

그리하여 처음의 질문으로 다시 돌아왔다. 이제 뭘 하지? 그래, 이제 뭘 할 것인가. 나는 아홉 달 전에 멈추었던 그곳에서 다시 시작할 것이다. 병이 들기 전에 이미 삶의 우선순위를 새로 정해두었으니 그것을 지키며 살아갈 것이다. 무엇보다 나는 두 아이의 엄마다. 그리고 머리카락이 많은 착한 아내와 딸이 되려 노력할 것이다. 나는 삶을 즐기고 실수를 저지를 것이다. 웃고 울 것이고 매일을 새로운 기회로 생각할 것이며 내 앞에 놓인 종이 더미를 정리하고 치울 것이다.

그리고 언젠가는 다시 드라이어로 머리를 말릴 것이다. 춤을 추고 노래를 부르고 싸우고 화해할 것이다. 물론 정기 검진이 다가오면 불안에 떠는 어두운 날도 있을 것이다.

나는 인생의 구석구석을 흠뻑 음미할 것이다. 그리고 이제 내 인생의 한 장을 마무리 지으려 한다. 하지만 이 장을 억지로 자물쇠를 채워 꽁꽁 봉하지는 않을 것이다. 이것 역시 내 인생이니까.

자, 비켜라! 내가 간다. 예전의 니콜, 새로운 니콜, 무엇보다 건강한 니콜이.

감사합니다!

여기까지 읽으셨다면 칭찬으로 생각하겠습니다. 너무 지루하지는 않았다는 뜻일 테니까요.

안타깝게도 이 책은 허구가 아닙니다. 모두 실제로 일어났던 일이죠. 개인정보 보호를 위해 이름과 장소는 바꾸었지만 여기에 등장하는 모든 인물이 실존 인물입니다.

왜 이 책을 썼냐고요?

좋은 질문입니다. 일단은 이 모든 일을 스스로 소화해내고 싶었습니다. 그럴 땐 역시 글쓰기가 좋은 수단이지요.

또한 정말이지 많고도 많은 유방암 환자들에게 조금이나마 도움을 줄 수 있었으면 하는 바람이 있었습니다. 앞서 본문에서도 말했지요. "그녀들을 위로해주고 싶었다. 꼭 안아주며 말해주고 싶었다. '힘내요. 할 수 있어요!'" 이 책도 꼭 그런 심정으로 썼습니다. 그러니 당신이 만일 인생 최대의 고비에서 이 책을 만났다면 멀리서나마 당신을 꼭 안으며 위로해주고픈 저의 마음을 잊지 말고 힘을 내셨으면 좋겠습니다.

뭘 가르치겠다는 건 절대 아닙니다. 손가락을 치켜들고 이래야 한다고, 저래야 한다고 경고하려는 것이 아닙니다. 제가 항암을 하면서 운동을 많이 했다고 해서 당신도 꼭 그래야만 하는 건 절대 아니지요.

의학적인 조언을 주려 했던 것도 아닙니다. 여기서 소개한 의학 지식들은 그저 제가 나름대로 이해한 내용입니다. 전 의사가 아니니 제대로 못 알아들었을 수도 있고 오해했을 수도 있습니다. 그래도 성심껏 거짓 없이 제가 아는 지식을 담았습니다. 저 역시도 흥미롭게 공부했던 카르보플라틴에 관한 최신 연구 결과도 그런 지식 중 하나입니다.

단지 지극히 개인적인 저의 깨달음을 당신과 나누고 싶었습니다. 혹여 읽다가 군데군데에서 웃음을 터트렸다면 그것 역시 참 반가운 일입니다.

뒤셀도르프 유방센터에서 만난 저의 영웅이자 구세주였던 선생님! 당신이 없었다면 저는 아마 지금 엄청 늙어 보였을 겁니다. 당신은 처음부터 올바른 방향으로 치료를 이끌어주셨지요. 항암 동지들을 보면서 제가 얼마나 운이 좋은 사람인지 새삼 깨달았습니다. 당신은 제 생명의 은인이십니다.

쾰른 유방센터의 의사와 간호사분 들께도 그 못지않은 감사의 인사를 전하고 싶습니다. 이렇게 예쁜 가슴은 말할 것도 없고, 이 세상에 흰옷 입은 천사들이 실제로 존재한다는 사실을 경험으로 알게 된 것도 모두 당신들 덕분입니다.

그 밖에도 저를 도와주신 많은 분이 계십니다. 주치의 선생님, 방사선과 의사 선생님과 기사님, 간호사님 들께도 감사를 전합니다.

베를린에 계시는 그 교수님께도 감사드립니다. 인터넷에 떠도는 교수님의 동영상은 아마 제가 400만 번쯤 돌려봤을 겁니다. 교수님은 절 모르시겠지만, 깊은 구덩이에 빠져 허우적대는 절 여러 번 꺼내주신 정말로 고마운 은인이십니다.

카를 자식과 함께 제가 처음으로 찾아갔을 때 "아, 네······ 암이네요." "허, 대박이네." "큰데? 상당해!" 같은 고견을 들려주셨던 그 의사분은 실명 공개를 하지 않은 저한테 외려 감사 인사를 해야 할 것 같습니다. 그래도 그 사람이 누구인지 당신도 알고 저도 알지요. 그걸로 됐습니다.

당연히 우리 식구들에게도 감사의 마음을 전하고 싶습니다. "자기"와 우리 엄마가 그중에서도 단연코 일등입니다. 두 분이 없었다면 전 견디지 못했을 거예요. 두 분이 없었다면 다른 결말을 맞았을지도 모릅니다. 두 분은 제가 필요할 때 언제나 제 곁을 지켰습니다. 두 분 덕분에 전 그 힘든 시간을 무사히 버텨낼 수 있었고 한 번도 제가 부담스러운 존재라는 기분을 느끼지 않았습니다. 분명 저 때문에 많이 힘드셨을 텐데도 말이에요.

사랑하는 우리 두 아들, 나중에 나이가 더 들어야 이 책을 읽을 테지만 이 자리를 빌려 미리 말할게. 너희들은 최고야. 엄마는 이 세상 누구보다도 너희를 사랑한단다.

이제야 사실을 다 알게 되셨을 아빠. 힘들지 않다고 아빠를 속여서 죄송해요. 하지만 다 아빠를 위해서 그런 거니까 용서해주세요.

암에 걸리기 전부터 제 곁을 지켰고 지금도 여전히 제 곁에 남아 있는 저의 절친들에게도 고마움을 전하고 싶습니다. 병에 걸리면 친구도 다 떠난다고 하던데 제 친구들은 정말 끝까지 저를 지켜주었거든요.

또 세계에서 제일 유명한 SNS에도 감사의 인사를 하고 싶어요. 덕분에 니콜(이름이 같아서 더 가까워진 것 같지만), 율레스, 질비아, 나딘을 비롯하여 많은 사람을 만났으니까요. 얼굴은 보지 못했어도 모두 절 열심히 응원해주었고, 덕분에 전 큰 용기와 힘을 얻었답니다.

부적절한 말을 날렸던 모든 이에게도 감사의 인사를 전합니다. 덕분에 저의 순발력 강연 내용이 아주 풍성해졌거든요.

대머리 여자를 보고 놀라 쓰레기봉투를 떨어트렸던 그 아주머니께는 사과를 드리고 싶어요. 죄송해요, 아주 살짝.

마지막으로 세상 최고의 출판사에도 감사 인사를 빼먹지 말아야겠지요. 우리의 사랑은 첫눈에 반한 사랑 같아요. 또 처음부터 이 책을 제대로 이해하여 곱게 다듬어주신 멋진 편집자님께도 고마움을 전합니다.

마무리를 짓기 위해 마지막 항암을 받은 직후 포트를 제거해서 박테리아로부터 해방되었다는 말씀도 드려야겠습니다.

방사선이 끝나고 일주일 후 난소도 제거했습니다. 그건 정말 어린애 장난이어서 아무 문제 없이 잘 끝났습니다.

아직 실리콘 보형물로 갈아 끼우는 과정이 남았습니다. 그 수술은 별 탈 없이 지나갔으면 좋겠네요. 안 그러면 또 책 한 권 더 써야 할 테고 그럼 또 그 책을 읽느라 여러분이 머리를 싸매야 할 테니까요. 마지막으로 우리 아들들과 3주 예정으로 요양을 떠날 계획이라는 말씀을 드립니다.

그런 의미에서, 모두 건강하세요!

옮긴이 **장혜경**

연세대학교 독어독문학과를 졸업하고 같은 대학 대학원에서 박사 과정을 수료했다. 독일 학술교류처 장학생으로 하노버에서 공부했다. 현재 전문 번역가로 활동 중이다. 《나는 왜 무기력을 되풀이하는가》, 《나는 이제 참지 않고 말하기로 했다》, 《다들 그렇게 산다는 말은 하나도 위로가 되지 않아》, 《내 안의 차별주의자》, 《침묵이라는 무기》, 《나는 괜찮을 줄 알았습니다》 등을 우리말로 옮겼다.

새드엔딩은 취향이 아니라

초판 1쇄 발행   2021년 4월 15일

지은이 • 니콜 슈타우딩거
옮긴이 • 장혜경

펴낸이 • 박선경
기획/편집 • 서상미, 홍순용, 강민형, 공재우, 오정빈
마케팅 • 박언경
표지 디자인 • 엄혜리
본문 디자인 • 디자인원
제작 • 디자인원(031-941-0991)

펴낸곳 • 도서출판 갈매나무
출판등록 • 2006년 7월 29일 제 2006-000092호
주소 • 경기도 고양시 일산동구 호수로 358-39 (백석동, 동문타워 I) 808호
전화 • 031)967-5596
팩스 • 031)967-5597
블로그 • blog.naver.com/kevinmanse
이메일 • kevinmanse@naver.com
페이스북 • www.facebook.com/galmaenamu

ISBN 979-11-90123-97-6/03850
값 14,800원